KB049179

당
신
에
게

# 당신에게

あなたへ

모리사와 아키오 장편소설 * 이수미 옮김

샘터

제1장
## 각각의 여름밤

조금 쌀쌀한가…….

　거실 의자에 앉아 문고본을 읽던 구라시마 에지는 에어컨 스위치를 끄고 베란다로 통하는 유리창을 활짝 열었다.

　방충망 저편 어스름에서 방울벌레들의 사랑 노래와 함께 호쿠리쿠(北陸) 지방의 그윽한 여름 밤바람이 살랑살랑 숨어든다.

　딸랑.

　창가에 달아둔 풍경이 맑은 음색을 연주한다.

　"예쁜 소리."

　낡은 2인용 소파에 지친 듯 비스듬히 누운 아내 요코가 조금 쉰 목소리를 낸다.

　"안 잤어?"

　"으응……."

요코는 새우처럼 몸을 웅크린 채 멍하니 풍경 쪽을 보고 있다. 얇은 수건이불을 덮고 있어도 골격이 다 드러나 보이는 여윈 몸이 애처롭다.

"이제 8월도 다 지났네……."

아무 생각 없이 중얼거린 에지였지만, 자기 입에서 나온 말이 얼마나 조심성 없었는지를 깨닫고는 뒤를 이을 말을 찾을 수가 없었다.

요코는 오히려 살짝 미소 지으며 밝은 목소리로 대답한다.

"그러게. 곧 9월이야."

"……."

에지는 무심코 미안해라고 사과할 뻔했지만, 그 말만큼은 가까스로 목구멍에서 삼킨다.

8월이 끝나면 당연히 9월이다.

그 9월은…… 53년이라는, 너무나 짧은 요코의 인생에 종지부를 찍을 시간이라고 선고받은 달이다.

악성 림프종.

남은 삶은 6개월.

담당의에게 선고받은 그날부터 정확히 5개월이 지난 오늘, 요코는 오랜만에 자기 집인 도야마(富山) 교도소 직원관사 202호실로 돌아왔다.

'마지막 귀가'인 셈이다.

요코의 몸에 싹튼 암 세포는 이미 온몸으로 전이되어 의사들도 어떻게 손쓸 방도가 없었다고 한다. 암은 밉살스럽게도 선고받은 여명대로 정확히 요코의 생명을 갉아먹고 있다.

딸랑.

또 한 번 풍경이 울리자 요코는 나른한 몸을 일으켜 기력을 짜내려는 듯 "후우" 하고 숨을 내뱉는다.

"여보."

"응?"

"차갑고 산뜻한 주스가 마시고 싶어, 레몬스쿼시 같은……."

저녁밥은 거의 목에서 넘기지 못했지만, 음료수라면 마실 수 있을 것 같은 모양이다.

"그래? 그럼 잠시 나가서 사 올게."

에지는 막 읽기 시작한 문고본을 테이블에 내려놓고 일어선다.

"나도, 갈게."

"어……."

딸랑.

풍경이 운다.

"저녁 공기가 모처럼 쾌적할 것 같아."

요코가 소파 등받이를 잡고 천천히 일어난다.

"괜찮겠어?"

"괜찮을 수 있도록 에스코트 잘해줘."

"에스코트?"

요코는 에지를 이렇게 놀리며 큭 하고 웃더니 안쪽 방으로 들어가 잠옷을 벗고 다른 옷으로 갈아입기 시작했다.

에지는 오래 입어서 낡은 티셔츠에 운동복 바지를 입고 손에 지갑을 든 채로 요코를 기다린다.

그런데 5분을 기다려도 요코가 방에서 나오지 않는다.

설마…….

"요코."

이름을 부르면서 문을 연 순간, 경대 앞에서 화장을 하는 아내의 옆얼굴이 보인다.

"미안. 다 돼가."

"근처 편의점에 가는데 화장은 뭐 하러?"

자세히 보니 입은 옷도 나들이용이다.

목걸이에 귀걸이까지 걸고 있다.

대체 무슨 바람이 분 걸까?

항암제 치료를 시작한 후로 하루가 다르게 여위어가는 몸으로, 생기 잃은 입술에 조금 밝은 색깔의 립스틱을 바른 요코는 아래위 입술을 서로 비비며 거울에 비친 에지의 얼굴을 보았다.

거울 안에서 눈이 마주치자 싱긋 웃어준다.

"조금은 노력하게 해줘."

"응?"

"아마 마지막 데이트일 테니까."

"……."

에지는 아무 말 없이 자신도 새 바지로 갈아입고 티셔츠 위에 빳빳한 반소매 버튼다운 셔츠를 걸쳤다.


요코와는 15년 전에 결혼했다.

그 당시 에지는 48세, 요코는 38세. 조금 노력하면 아이를 가질 수도 있는 나이였지만 두 사람은 평온하고 조용한 어른들만의 만족스러운 삶을 살기로 했다.

에지는 목공 전문 교사, 즉 교도 작업을 하는 수형자들에게 목공을 가르치는 지도원이다. 지난 15년간 네 번의 전근을 경험했다. 근무처는 물론 전국 각지의 교도소다. 이곳 도야마 교도소가 그런 에지에게 마지막 직장이 될 줄 알았는데, 정년 후 생각지도 못하게 촉탁으로 재고용되어 올해로 3년째다.

"여보, 우리 골목길로 빙 둘러갈까?"

관사에서 나와 부드러운 밤바람을 깊이 들이마시던 요코가 손가락으로 왼쪽을 가리킨다. 골목길이란 교도소 뒤편 통로를 말하는 것인데, 논과 시냇물과 용수로가 옆으로 나 있다.

에지는 "응" 하고 고개를 끄덕이며 교도소의 높은 담을 따라 왼쪽으로 천천히 걸었다.

"상쾌한 바람……."

밤하늘을 보듯 약간 고개를 든 요코가 나란히 따라온다. 머리카락이 다 빠져버린 머리에 하얀색 니트 모자를 쓰고 있다. 그 옆얼굴이 왠지 머나먼 저세상을 응시하는 듯 보여서 에지는 반대로 시선을 떨구고 만다.

논에서 수많은 개구리들의 울음소리가 들려왔다. 용수로가 졸졸 기분 좋은 물소리를 자아낸다. 낮 시간이라면 은빛 비늘을 반짝이는 작은 물고기들의 모습까지 훤히 들여다보이는 맑은 흐름이다.

"그러고 보니 올해는 반딧불이를 못 봤네. 아쉽다."

문득 요코가 에지를 돌아보았다.

"그러네."

장마철이면 이 골목길에 반딧불이가 날아다닌다. 수는 그리 많지 않지만 그래도 매년 요코와 저녁 바람이나 쐴 겸 산책을 하다 보면 환상적인 초록빛이 눈앞에 나타나곤 했다. 하지만 이제 내년이면 이렇게 요코와 밤길을 산책할 수가 없다.

에지는 비트적비트적 불안한 발걸음으로 걷는 요코의 손을 가만히 잡는다. 앙상하고 차가운, 허무할 만큼 작은 손이다. 꼭 잡으면 거품처럼 사라질 것만 같다.

"당신이 먼저 손을 잡아준 건 이번이 처음이야."

기쁜 듯, 슬픈 듯한 목소리로 말한 요코가 힘주어 에지의 손을 잡는다.

"에스코트하라는 명령을 받았거든."

쑥스러운 듯 말하자 요코가 "후훗" 하고 웃는다.

과연 이번이 처음이다. '마지막 데이트'가 되어서야 먼저 손을 잡아주다니……, 이토록 소극적인 자신의 성격이 너무 한심하다.

에지는 철들 무렵부터 다른 사람 앞에는 잘 나서지 않으려 했다. 중학교 교사였던 엄격한 아버지에게 꽉 잡혀 자란 탓도 있을 것이다. 자기 의지로 새로운 길을 개척해야 하는 상황을 되도록 피하면서 하루하루 살아왔다.

생각해보면 직업훈련 교사가 된 것도 공무원을 좋아했던 아버지의 의견을 따른 결과였다. 유일한 취미인 목공을 살리면서 아버지가 원하는 공무원이라면, 길은 단 하나, 교도소의 직업훈련 교사밖에 없었다. 그런 소극적인 소거법을 통해 인생을 크게 좌우할 직업을 선택했다.

하지만 에지는 후회하지 않는다. 매일 아침 정해진 시각에 딱 맞춰 일어나, 규정에 따른 작업을 소화하고, 누구에게도 폐를 끼치지 않고 자그마한 담 안의 세계에서 살아가기란, 뜻밖에도 에지의 성격과 잘 맞는 생활이었다.

목공을 가르치는 상대가 범죄자라는 사실도 오히려 도움이 되었다. 교도관의 냉엄한 시선 속에서 늘 규율 바르게 행동해야 하는 그들은 에지에게 반항할 수도 없거니와 불평을 입에 담을 수도 없었다. 만약 담 밖의 보통 사회에서 '자기보다 훌륭한 타인'을 지도해야 하는 상황에 놓였다면 적지 않은 부담감과 불안감에 시

달렸을 것이다. 범죄자를 상대해야 한다는 위험이 있지만 심적으로는 교도소가 편했다.

출세를 위한 경쟁과 상관없는 직종이라는 점도 좋은 조건이었다. 교도관과 달리 에지 같은 교사에게는 진급도 없고 강등도 없다. 몇 년이 지나도 직책은 같은 중간급이므로 주변 인간관계에 쓸데없이 신경 쓰지 않아도 된다. 그런 점도 이곳 생활을 편안하게 했다.

어디까지나 평탄한 수동적인 인생.

에지는 한결같이 그런 소극적인 길을 따라왔다. 친구에게도 여자에게도 먼저 나서서 뭔가를 시도한 적이 없다. 적극적인 태도는 자신에게 어울리지 않는다고 믿었다. 그저 하루하루 담담하고 평온하게 살아왔다.

그러던 중 흑백처럼 수수했던 에지의 인생을 선명한 천연색으로 칠해버린 존재가 나타났다. 다름 아닌 요코였다.

요코는 에지의 태도를 바꾸려 하지 않은 대신, 에지의 사고방식을 뿌리째 바꿨다. 그때까지 자랑스럽게 여기지 못했던 직업에 대해서도 "당신에겐 천직이야"라며 마치 자기 일처럼 소중히 여겨주었고, 말주변이 없어도 "침묵은 금이지"라며 격려해주었다. 또한 자극이 없는 평범한 생활로도 "이런 게 행복이라 생각해"라고 말하며 미소 지었다.

나 같은 사람도 누군가를 행복하게 해줄 수 있다…….

그 혁명적인 깨달음은 요코에게 받은 인생 최고의 선물이었다.

"여보, 저기 달이."

요코의 갑작스러운 말에 에지가 밤하늘을 올려다본다.

동쪽으로 흘러가는 구름 사이로 은색 초승달이 예리한 칼처럼 빛나고 있다.

"꽤 엷은 달이네."

"그래도 빛이 강해."

"응."

두 사람은 잠시 발을 멈추고 구름 사이로 나타났다 숨었다 하는 달을 바라본다.

어쩌면 이렇게 어깨를 나란히 하고 달을 보는 것도 마지막인지 몰라. 에지는 요코의 가냘픈 손에서 느끼는 힘을 은혜로 받아들이며, 코 안 깊숙이 치밀어 오르는 열기가 눈물로 변하지 않도록 애썼다.


편의점에서 물건을 사고 관사로 돌아왔을 때, 이미 요코의 체력은 거의 남지 않았다.

"계단 오를 수 있겠어?"

"응, 괜찮아요."

힘들어 하면 업고 올라야겠다고 생각하면서, 에지는 요코의 겨드랑이에 왼팔을 끼우고 계단에 한 발을 올린다.

한 걸음 한 걸음 천천히 오른다.

가까스로 층계참에 다다랐을 때 에지의 오른발 밑에서 "아지 직" 하는 오싹한 소리가 들린다.

"아."

무심코 목소리를 내고 말았다.

과자를 밟은 듯한 감촉이긴 했다. 그러나 밟은 순간 "매⋯⋯" 하는 단말마의 비명이 들렸다.

매미다.

"왜?"

필사적으로 계단을 오르던 요코에겐 그 비명이 들리지 않은 모양이다.

"아냐, 아무것도." 에지는 표정을 바꾸지 않고 요코를 부축하는 팔에 힘을 꾹 실었다. "이제 조금 남았어."

"응⋯⋯."

요코는 가냘픈 다리에 힘을 주며 계단을 오른다.

이제 조금 남았다.

매미의 생명도 분명 조금밖에 남지 않았을 것이다.

8월이 끝날 무렵이면 지상에서 보낸 7일간의 생명도 다할 게 틀림없다. 이미 나무에 붙어 있을 힘조차 없어서, 땅 위를 기어, 결국 개미에게 온몸을 먹히면서, 괴로워 발버둥 치며 죽을 운명이다. 그런 지옥 같은 고통을 경험할 바엔 차라리⋯⋯.

에지는 작은 살생이라도 죄책감을 떨치려 그런 생각을 해본다.

하지만 역효과만 날 뿐이다.

지금 요코는 암에게 온몸을 먹히면서도 필사적으로 살고 있지 않은가? 마지막 순간까지 죽을힘을 다해 에지와 '마지막 데이트'를 하려 한다. '차라리'라고 생각하는 것 자체가 있을 수 없는 일이다.

현관문이 보인다.

"조금만 더 힘내."

"응……."

요코가 떨리는 무릎에 힘을 실으며 계단을 오른다.

조금만 더.

비록 남은 시간이 조금이라도, 나는 마지막 순간까지 그 시간을 아끼고 사랑해야 한다.

내일, 그 매미를 어딘가에 묻어주자.

에지는 마음속으로 매미에게 사죄하면서, 한편으로는 사랑스러운 생명의 바싹 마른 나뭇가지 같은 무게를 왼팔에 느끼며, 마지막 계단을 올랐다.


집에 들어오자마자 요코는 소파에 털썩 주저앉는다.

마시고 싶다던 레몬맛 탄산음료도 한 모금 마시고는 뚜껑을 닫는다.

"에어컨 켤까? 창문을 열까?"

에지가 묻는다.

"바깥바람이, 좋겠네."

에지는 고개를 끄덕이며 창문을 연다. 주방의 작은 창문도 열어서 바람을 통하게 한다.

딸랑.

요코가 좋아하는 풍경 소리가 울렸을 때,

"하아."

한숨이 아니라 감격한 듯한 목소리가 흘러나온다.

"왜?"

"꿈같은 시간이었다는 생각이 들어서······."

"응?"

요코는 소파 등받이에 기대어 어딘가 먼 곳을 바라보며 미소 짓고 있다.

"이젠 당신이랑 밖에 나가 나란히 걷는 게 불가능하다고 생각했거든. 게다가 손까지 잡고. 후후후."

"······."

"밤바람이 정말 기분 좋더라. 흙이랑 물 냄새도 나고, 달빛도 예쁘고."

"응."

"아, 나는 이토록 멋진 세상에서 살았구나, 아프고 나니까 그런 생각이 드는 거 있지? 좀 더 빨리 알았으면 좋았을 텐데."

살았구나, 좋았을 텐데……. 요코는 모두 과거형으로 말한다. 그런 점을 받아들이고 싶지 않아서 에지는 자꾸 미래를 말하고 싶어진다.

"음, 내일은 요코가 좋아하는 고등어 초회라도 사 올까? 역 앞에 맛있는 집이 생겼던데."

말주변이 없는 에지는 횡설수설하면서 속이 빤히 들여다보이는 말을 내뱉고 만다. 이럴 때야말로 침묵은 금이라는 말을 통감한다.

그러나 요코는 눈부신 듯한 표정으로 에지를 바라보며 "응" 하고 미소 지으며 고개를 끄덕인다.

요코에겐 목욕할 기력도 체력도 남아 있지 않다.

세면대에서 겨우 화장을 지우고 잠옷으로 갈아입고는 그대로 쓰러지듯 이불에 엎드린다.

시간은 이제 저녁 9시를 막 지났을 뿐이지만, 에지도 함께 잠자리에 들기로 한다.

침실에 나란히 깔아둔 이불은 오른쪽이 에지, 왼쪽이 요코 것이다. 결혼한 후로 15년간 줄곧 그래왔다. 가까운 장래에 이불이 하나로 줄 침실을 상상할 때마다 에지는 척추 한가운데가 얼어붙듯 선뜩하다.

한숨을 참으며 조명을 작은 전구로 바꾼 다음, 에지는 두 장의 이불 사이에 틈이 생기지 않게끔 자기 이불을 민다. 그리고 나서 이불로 기어든다.

꿈같은 시간이었다는 생각이 들어서······.

아까 들었던 요코의 말이 귀에서 떠나지 않는다.

에지는 옆 이불 속으로 가만히 손을 넣는다. 요코의 손을 찾아 이불 속에서 꼭 쥔다. 하지만 쑥스럽기도 하여 천장을 본 채 아무 말도 하지 않는다.

"꿈속까지 에스코트해주려는 건가요?"

요코가 조금 숨이 막히는 듯, 하지만 장난스럽게 말한다.

에지는 '응'도 아니고 '어'도 아닌 목소리를 내고는 자그맣게 헛기침한다.

침실에 둔 자명종시계가 째깍째깍째깍 하고 일정한 리듬을 새긴다. 시간은 무자비할 정도로 정확히 흐른다.

"여보······."

"응?"

에지는 천장을 본 채 작은 소리로 답한다.

딸랑.

거실에서 풍경 소리가 들려온다.

"고마워요. 정말로."

목소리는 힘없이 갈라졌지만, 온 마음을 담았다는 사실이 애처로울 만큼 고스란히 전해져왔다.

에지는 떨리는 마음을 들키지 않으려고 최대한 침착한 어조로
대답한다.

"오늘처럼 컨디션이 좋은 날에는…… 또 산책이나 할까?"


딸랑.

딸랑.


풍경이 두 번 울려도 요코의 대답은 들리지 않았다.

무의식중에 돌아보려던 찰나…….

"글쎄……."

라는 작은 소리가 들렸다. 목소리가 떨리고 있었다.

에지는 아주 조금 고개를 움직여 요코 쪽을 살짝 본다.

천장을 가만히 응시하던 요코의 눈꼬리에서 물방울이 주르르
넘쳐 귀까지 흘러내린다. 에지는 그 모습을 못 본 것으로 하고 자
신도 천장으로 시선을 돌린다.

가슴 안쪽에서 넘쳐나는 여러 '생각'들이 열을 품기 시작한다.
하지만 그 어떤 '생각'도 말이 되어 나오지 않는다. 만약 준비되지
않은 채 '말'로 바뀐다면, 한없이 '안녕'에 가까운 울림을 동반할 것
같다.

에지는 잡은 손의 온기에 마음을 담았다.

요코의 손이 에지의 손을 살짝 맞잡은 순간, 여태까지 줄곧 붙

잡고 있던 에지 안의 가느다란 실이 뚝 끊어졌다.

갑작스레 눈꼬리에서 물방울이 주르르 넘쳐 귓속으로 흘러내린다.

딸랑.

요코가 좋아하는 풍경이 울린다.

두 사람은 늘 보아 익숙해진 천장에 시선을 준 채, 이불 속에서 가만히 손을 잡고, 소리 죽여 울었다.

\* \* \*

여름 밤하늘에 은하수가 걸려 있다.

머리 위가 휘황찬란한 만큼, 그 아래 고개의 전망대 주차장엔 고요한 암흑이 가라앉아 있다.

주차장 주위는 농밀한 숲으로 빙 둘러싸여 있다.

머리 위에서는 그림자극을 연상케 하는 수천 개의 가지와 잎이 미지근한 밤바람과 장난을 치며 술렁술렁 불온한 소리를 내고 있다.

줄곧 켜졌다 꺼지기를 반복하는 자판기가, 하나.

오래된 수은등, 둘.

믿음직스럽지 못한 이 광원엔 무수한 나방들만 빨려 들어와 미친 듯 유리에 부딪치며 어지러이 날아다닌다.

그 빛조차 거의 닿지 않는 주차장 안쪽 구석에 짙은 남색 하이에이스 왜건이 서 있다. 마치 몇 년 전 그곳에 버려진 듯 쓸쓸히 암흑에 동화되어 있다. 수십 대는 세울 수 있을 만한 주차장이지만 자정이 지난 지금은 이 차 하나뿐이다.

"거미는 그물을 치고 나는 나를 긍정한다."

등받이를 뒤로 젖힌 왜건 운전석에서 백발의 스기노 데루오가 천장을 향해 툭 내뱉듯 중얼거린다.

방랑의 하이쿠 시인, 다네다 산토카(種田山頭火)의 시다.

중얼거린 시는 곧 암흑에 빨려들어 안개처럼 흩어져 사라지고, 귀울음이 느껴질 만큼 고요한 정숙이 다시금 차 안을 채운다.

스기노는 목에 걸고 있던 수건으로 기름진 곰보 얼굴에 밴 땀을 쓱쓱 닦는다.

시동은 꺼두었다. 그래서 에어컨도 꺼져 있다. 차 안이 굉장히 무덥다. 창문이라도 열어 바람을 쐬고 싶지만 그러면 모기가 일제히 달려들 테고, 이 차 안에 인간이 존재한다는 사실을 사냥감이 눈치 챌 수 있다. 그러니 꼭 닫아둔다.

환갑을 넘긴 지 1년 정도 지난 몸에 이런 열대야는 큰 타격일수 있지만, 거미가 사냥감을 잡기 위해서는 주위의 모든 기운을 지워야 한다.

한참이 지나고…….

주차장으로 차 한 대가 들어온다.

스기노는 뒤로 젖혔던 의자에서 상체를 살짝 일으켜 그 차의 상태를 몰래 관찰한다. 하얀색 고급 세단이 전망대로 이어지는 산책로 계단에서 가장 가까운 자판기 앞에 멈춘다.

"드디어 거미줄에 걸리셨군."

스기노는 혼잣말을 중얼거리며 세단에서 사람이 나오기를 기다린다.

조수석 문이 먼저 열렸다. 느릿한 동작으로 내린 건 예상대로 젊은 여자다. 뒤이어 운전석에서 키 큰 남자가 내린다. 남자는 여자보다 열 살 정도 많아 보인다.

차 옆으로 돌아온 남자가 여자의 어깨를 안고 걷기 시작했다. 여자도 손을 남자의 허리에 두른다. 두 사람은 상반신을 딱 붙이고 서로 엉겨 붙듯 전망대로 이어지는 계단을 오르기 시작한다.

"천천히 쉬다 오시지요."

중얼거린 스기노는 곰보 자국이 흉터로 남은 볼을 일그러뜨린다.

웃은 것이다. 싱긋.

이 주차장에서 전망대까지는 편도 15분. 왕복이면 30분 걸린다. 커플이라면 야경을 바라보면서 한참을 노닥거리겠지. 즉 그들이 여기로 돌아오기까지 적어도 40분은 걸린다는 계산이 나온다. 스기노가 일을 완수하기에 충분한 시간이다.

이 위의 전망대에는 통나무로 만든 벤치가 세 개 있고 자판기는 없다. 그러니 굳이 지갑이나 가방을 가지고 내리지 않으리라고 예상했는데 스기노의 추측이 멋지게 맞아떨어졌다. 두 사람은 빈손으로 걸어갔다.

커플의 뒷모습이 사라진 후 스기노가 조용히 운전석에서 내린다. 실내등을 끄고 문은 살짝 열어둔 채로 놔둔다. 조심성 없게 탈칵 하고 소리 내는 것은 아마추어나 하는 짓이다.

차 밖에는 숲 냄새를 품은 밤바람이 불고 있었다. 바람이 스기노의 땀 맺힌 목덜미를 쓱 어루만지며 화끈해진 피부를 식혀준다.

스기노는 은하수를 향해 양손을 번쩍 들어올렸다.

으음, 하고 크게 기지개를 켠 다음 아무도 없는 고급 세단을 향해 어슬렁어슬렁 걸어간다. 등을 구부린 채 짧은 안짱다리를 옮기며 회색 반바지 주머니에 양손을 찔러 넣는다. 그리고 오른손으로 지포(Zippo) 형 터보라이터를, 왼손으로는 물이 들어 있는 작은 페트병을 끄집어낸다.

전망대로 이어지는 계단 아래까지 와서 일단 귀를 기울인다. 커플의 기척은 완전히 사라졌다.

스기노는 고급 세단 운전석 옆에 서서 차에 경보 장치가 달려 있는지 확인한다.

칙 하고 작은 소리를 내며 터보라이터에 불을 붙인다.

슈욱.

스기노는 기세 좋게 뿜어져 나오는 파란 불꽃을 유리창의 한

지점에 바짝 댔다.

20초 정도 대고 있으니 고열로 유리창이 물엿처럼 구불텅해진다.

"이쯤이야."

라이터 뚜껑을 닫고, 이번엔 페트병 뚜껑을 열어 일그러진 유리에 물을 콸콸 쏟는다.

찍, 찌익찌익찌익.

메마른 소리와 함께 유리에 거미줄 모양의 금이 생겼다. 유리는 급격한 온도 변화에 약하다.

"제법 예쁜 거미줄이군."

만족스러운 듯 눈을 가늘게 뜬 스기노는 예술 작품이라도 감상하듯 유리의 균열을 바라본다. 그리고 라이터 바닥으로 거미줄의 중심을 탁 친다.

스륵스륵스륵.

잘게 부서진 유리 조각이 거의 소리도 내지 않고 차 안으로 쏟아진다.

유리창에 둥그런 구멍이 뻥 뚫렸다.

온도 차를 이용한 유리 깨기.

요즘 절도범 사이에서 유행하는 방법이다.

절도범이 유리창을 통해 침입하는 방법 중에 몇 가지 알려진 게 있지만, 실제로는 어떤 방법도 효율적이지 못하다. 문을 따고 침입하는 방법을 스기노도 예전엔 자주 써먹었는데, 전문적인 도구와 기술이 필요한 데다 웬만한 솜씨가 아니고서는 시간도 많이 걸린다. 막된 외국인처럼 유리를 쳐서 깨뜨리면 시간은 안 걸리겠만 큰 소리가 난다.

그렇다면 열을 이용하는 방법이 가장 좋다. 라이터와 물은 갖고 다녀도 경찰이 수상하게 여기지 않고 소리도 거의 나지 않는다. 문을 열기까지 고작 1분 정도 걸릴까?

스기노는 유리에 뚫린 구멍으로 오른손을 집어넣고 도어록을 해제한 다음 여유롭게 운전석 문을 열었다.

켜진 실내등이 차 안을 노랗게 비춘다.

조수석에 여자 가방이 있다. 고급 브랜드다. 콘솔박스 위에는 남자용 가죽 가방이 아무렇게나 놓여 있다.

"식은 죽 먹기군."

가방 두 개를 훌쩍 들어 올리고 남자 가방에서 장지갑을 꺼내 내용물을 대충 확인했다. 1만 엔짜리 지폐가 열 장 이상 들어 있다. 스기노는 후쿠자와 유키치(1만 엔권에 새겨진 인물)를 하나 빼내 대시보드 위에 올린다. 만약 돌아가는 길에 기름이 동이 났는데 돈이 하나도 없으면 가엾기도 하고, 러브호텔 숙박료 정도는 남겨두는 게 프로로서의 예의인 것이다.

스기노는 지문이 남았을 만한 곳을 손수건으로 공들여 닦은 다음 라이터 바닥으로 스위치를 눌러 실내등을 껐다. 겨울에는 장갑을 끼기 때문에 지문을 남길 염려가 없지만, 여름에는 불심검문에 대비하여 장갑은 들고 다니지 않는 것이 상식이다. 물론 범행 후에 차 문을 닫아 소리를 내는 짓도 하지 않는다. 살짝 열어둔 채로 방치한다.

별이 빛나는 하늘을 올려다보며 천천히 자기 차로 돌아와 비싼 가방 두 개를 조수석에 툭 던진다. 그리고 "어이차" 하고 소리 내며 운전석에 올라탄다. 조용히 문을 닫고 시동을 켜고 에어컨 스위치를 누른다.

쾌적한 바람에 한숨이 절로 새어 나온다.

"오늘도 열심히 일했더니 사람이 그립구나."

산토카의 시를 중얼거린 후 천천히 출발한다. 우선 관할 경찰이 바뀌는 이웃 현까지 달려서, 어딘가 차를 세우고 현금만 빼낸 다음, 가방과 지갑은 강물에 흘려보낸다. 이것이 스기노가 늘 쓰는 수법이다.

주차장을 나와 핸들을 왼쪽으로 꺾는다.

그대로 어두운 비탈길을 내려간다.

고개를 내려가면 일단 국도를 타고 바다를 따라 남하하면서 그대로 서쪽으로 향할 생각이다. 특별한 이유는 없지만, 굳이 말하자면 '일'을 수차례 반복하면서 도호쿠(東北) 지방에서 내려왔으니 왠지 그쪽으로 다시 돌아가고 싶지 않은 것이다.

오늘은 이렇게 가다가 바닷가에 마련된 주차 공간이라도 찾으면 그곳을 보금자리 삼아 밤을 지새울 생각이다. 이 왜건은 캠핑용으로 개조되었기 때문에 어디든 주차한 곳이 그날 밤의 숙소가 된다. 내일은 운치 있는 온천이라도 찾아 목욕을 한번 하는 것도 좋겠다.

어둡고 꾸불꾸불한 산길을 하염없이 내려가니, 이윽고 멀리 나무들 틈으로 마을 불빛이 언뜻언뜻 보이기 시작한다.

라디오 스위치를 켠다.

지방 FM으로 주파수를 맞추니 일기예보가 흐른다. 날카롭고 조금 허스키한 목소리의 여자가 내일은 전국에 악천후가 예상된다고 보도한다. 서해안 쪽은 지역에 따라 세찬 뇌우가 발생할 우려가 있다고 한다.

천둥이라…….

스기노는 커브를 따라 핸들을 천천히 꺾으며 먼 곳을 보았다.

그날의 천둥은……, 여고 국어교사 출신답게 말하자면 춘뢰(春雷)라 부를 수 있는 것이었다. 한랭전선이 통과할 때 가끔 발생하는, 봄날의 세찬 우레.

스기노의 머릿속에 20년 전 방과 후 교실의 영상이 머릿속에 끓어오르듯 되살아났다. 땀과 화장품이 뒤섞인 여고 특유의 달콤한 냄새까지도 결국 선명하게 떠오르고 만다.

그때…….

교실에서 본 창문 저편은 어둑어둑하고 보얗게 흐린 세상이었다. 큰비가 세차게 내리치고, 이따금 강한 천둥소리와 함께 번개가 섬광을 발했다.

아무도 없는 교실 한가운데서 스기노의 넥타이를 고쳐 매주는 한 여학생. 10대의 천진난만한 얼굴 뒤로 어른 같은 요염함이 살짝살짝 보였다가 사라진다.

"제발, 선생님."

어리광 섞인 콧소리. 교태를 잔뜩 품은 암컷의 목소리다.

"안 된다니까. 선생님은 그런 부정을 저지를 수 없어."

아이는 출석일수도 시험점수도 부족하여 올해 졸업이 어려운 문제아 중 한 명이었다. 진학에 열성적이지 않은 어느 지방 여고. 그중에서도 유독 됨됨이가 좋지 못한 이 학생은 두 차례 경찰의 선도를 받은 경험이 있다.

"응, 알아요. 졸업 못해도 상관없어. 선생님이 곤란해지는 거 싫거든요."

"……"

"그런데요……." 촉촉한 눈으로 스기노를 올려다보며 목소리에 더 짙은 요염함을 담았다. "내가 학교 그만두면……, 교사와 학생 관계가 아니게 되면……."

"어……."

여학생은 스기노의 와이셔츠 가슴 부분을 하얀 손가락으로 어루만졌다.

"선생님 애인이 되고 싶을 뿐."

"무, 무슨 말 하는 거야, 너……."

"알고 있었죠?" 스기노의 말을 가로막듯 자그맣게 소리친다. "내 마음……. 알고 있었죠?"

"어, 아니, 선생님은……."

그런 마음, 티끌만큼도 알지 못했다.

"저, 더 이상, 참을 수 없어요."

별안간 여학생의 왼팔이 스기노의 목에 감기더니 다음 순간 입술이 겹쳐졌다. 너무나 갑작스러운 사건에 멍해진 스기노가 퍼뜩 정신을 차리고 얼굴을 떼어내려는데 이번엔 하반신이 달콤하게 저려온다. 여학생이 오른손을 스기노의 다리 사이로 뻗고 있었다.

키스를 당하면서 무심코 꿀꺽 하고 침을 삼켰다.

"응……."

다시 입술을 떼려고 했지만 여학생은 목에 감은 왼팔에 더욱 힘을 싣고 끈질기게 혀를 휘감아왔다. 그대로 바지 지퍼가 내려지고, 가늘고 하얗고 부드러운 손가락이 그 속으로 쑥 미끄러져 들어왔을 때, 스기노는 자기 안에서 이성이 증발되는 것을 느꼈다.

춘뢰의 섬광이 터지고, 일순 교실이 새하얀 세상으로 뒤바뀐다. 곧 강한 천둥소리가 울려 퍼지고 유리창이 드르르 흔들린다. 휘감기는 혀. 침에서 느껴지는 꿀맛. 하얀 손가락의 감촉. 미숙한 애무. 달콤하게 녹아가는 다리 사이.

스기노는 거의 무의식적으로 양팔을 여학생의 등에 두르면서 연약한 상반신을 끌어안았다.

그대로 부드러운 입술을 세게 빨기 시작했다.

"아……. 자, 잠깐, 선생님."

갑자기 달라진 스기노의 태도에 놀랐는지, 여학생은 지퍼 안에서 오른손을 빼고 한 발 뒷걸음질 치며 도망가려 했다.

그러나 스기노의 완력이 후퇴를 허락하지 않았다.

세일러복을 입은 등을 힘껏 끌어당겨 다시 그 부드러운 입술을 막았다.

그 순간 번개가 아닌 섬광이 교실을 밝혔다.

깜짝 놀라 빛이 터진 곳을 보니 세 명의 여학생이 교실 입구에 서서 히쭉히쭉 웃고 있었다. 게다가 가장 맨 앞에 선 학생은 손에 수동 카메라를 들고 있는 게 아닌가?

"이거 봐, 에로 선생."

조금 전까지 입술을 빨던 여학생이 스기노의 팔을 강제로 흔들어 풀었다.

허니트랩.

깨달았을 때는 이미 늦었다.

다음 날 스기노는 여학생의 출석일수와 시험성적을 고쳐주고 반드시 졸업시켜주겠다고 약속했다. 교환 조건으로 필름을 달라고 하니, 소녀가 "허어?" 하고 비웃는 투로 말했다.

"그건 안 되죠. 필름만 받아 챙기고, 역시 졸업은 안 되겠다고 하면 곤란하잖아요. 그런데 말이죠, 솔직히, 선생님이 그 짓을 좋아해서 얼마나 다행인지. 땡큐."

태연하게 볼 옆에서 V 사인을 그린 후, 제자는 경쾌한 발걸음으로 복도를 달렸다. 너무나 천진난만한 뒷모습에 스기노는 오싹해지면서 소름까지 돋았다.

그 여학생을 졸업시키고 한 달 정도 지나 학교 전체가 가까스로 신학기에 익숙해졌을 즈음, 별안간 교장이 스기노를 호출했다. 설마 하고 생각했지만 불길한 예감은 적중하게 마련인지, 사진이 교장과 현 교육위원회 손에 들어가 있었다.

조금만 생각하면 알 만한 사실이었다. 사춘기 여자아이들의 입은 완벽히 봉할 수 없다는 것. 스기노가 호출되었을 때, 이미 사진은 학교 관계자와 보호자 그리고 학생들에게까지 퍼져 있었다.

여고 국어교사가 학생을 성추행……

며칠 후 TV와 신문에서도 뉴스로 다뤘다.

경찰 조사를 받으면서 있는 그대로 이야기해보았지만 예상대로 귀 담아 들어주지 않았다. 그것도 당연하다. 현장에 있던 증언자라곤 여학생과 그 친구들뿐이고, 증거 사진까지 찍었다. 이제 와서 무슨 말을 해도 소용없다는 건 스기노도 잘 알았다.

스기노를 함정에 빠뜨린 여학생의 부모가 사건의 성격상 재판을 하면 딸이 더 큰 상처를 입을 거라 주장해 결국 합의로 마무르기로 했다.

스기노는 곧 교직에서 쫓겨났다.

직장을 잃었고 동시에 가족도 잃었다.

그 무엇보다 소중했던 아내와 딸이 어깨를 떨군 채 울어 퉁퉁 부은 얼굴로 정들었던 집에서 떠나갔다.

동네 사람들은 하나같이 가시 돋친 시선으로 스기노를 찔러댔다. 오랜 친구까지 "그동안 널 잘못 봤다"라고 말했다.

어디에 있든 주위의 시선이 신경 쓰였고, 뒤에서 자기 험담만 할 것 같은 피해망상에 시달리다가 결국 우울증까지 앓았다.

적어도 사람 눈을 의식하지 않고 살고 싶어 다른 현의 저렴한 아파트로 이사해보기도 했지만, 병든 마음을 스스로 아무리 질타해보아도 일할 기력은 생기지 않았고 생활은 점점 더 궁핍해졌다.

그러다 예금 잔고가 거의 바닥을 드러낼 즈음에 옆방 대학생의 꼬임에 넘어가 내기 마작을 하게 되었다. 거기서 알게 된 피라미한테 장난삼아 대마초 맛을 배웠는데, 정신을 차리고 보니 어느새 조직적으로 차량을 훔치는 일에 발을 들여놓은 상태였다.

"조금 특수한 기술만 배워놓으면, 그다음부턴 돈 버는 건 일도 아니에요."

남자는 그렇게 말하며 장난스럽게 웃었다.

염세적인 데다 하루하루의 생활이 곤궁한 스기노에겐 거절할 이유 따위 없었다.

원래 손재주가 많았던 스기노는 문을 따는 기술을 배운 순간, 물 만난 물고기가 되었다. 쉴 새 없이 차를 훔치고 정체 모를 조직으로부터 약간의 돈을 받아 생활하는 나날이 이어졌다. 한 대당 보수는 적지만 그것이 열 대가 되면 어느 정도 목돈이 되었고, 고급차를 훔치면 그럭저럭 괜찮은 보수를 받을 수 있었다. 이윽고 스기노는 고급차만 전문적으로 훔쳐 가난한 생활에서 가까스로 빠져나왔다.

그러나 자칭 '법치국가'인 이 나라의 경찰이 자존심을 걸고 절도조직 근절에 적극적으로 나서자 말단인 스기노는 맥없이 포박당하고 말았다. 그때부터 교도소와 바깥세계를 왕래하는 인생이 시작되었다. 교도소에서 출소해도 100년에 한 번이라는 이런 불황에서는 제대로 된 일자리가 없었고, 그 결과 자꾸만 손쉽게 돈을 벌 수 있는 길로만 치달았다.

세 번째로 체포되어 수용된 곳이 아오모리(青森) 교도소였다. 재범률이 높은 범죄자가 많이 들어가는 곳이지만, 그래도 스기노는 그곳에서 하나의 심리적 계기를 마련하게 되었다. 교도 작업의 일환으로 주어진 목공 일이 스스로도 놀랄 만큼 적성에 맞고 즐거웠다.

목공 일을 할 때는 타인의 눈을 의식하지 않고 물건 만들기에만 집중할 수 있었다. 그 점이 무엇보다 마음을 편하게 했다. 일종의 평안마저 느껴지는 시간이었다. 게다가 완성된 스기노의 작품을 다른 사람이 마음에 들어 하고 또 즐겨 이용한다는 사실을 지도 교사에게 들으면, 그때까지 거칠고 피폐했던 마음이 서서히 부드러워지는 듯했다.

목공에 매달린 스기노는 교도 작업에 열정을 쏟는 모범수가 되었고, 예정보다 반년 정도 짧아진 형기를 마치고 마침내 출소했다. 그리고 심기일전하여 목공소 일자리를 알아보러 다녔다.

그러나 세상은 그런 스기노를 끊임없이 손가락질했다. 똑같은 죄를 몇 번이나 저지른 전과자를 흔쾌히 고용해주는 유별난 직장이 쉽게 있을 리 없었다.

그러나 문전박대를 당할 각오로 필사적으로 돌아다니는 동안, 마침내 천재일우의 기회가 찾아왔다. 어쩌다 사원 세 명이 한꺼번에 그만두는 바람에 난처한 상황에 처한 제재소 겸 목공소가 있었다. 환갑을 앞둔 스기노가 스무 살이나 젊은 사장에게 굽실굽실 머리까지 숙여가며 겨우 일자리를 구했다.

그런데 취직하자마자 문제가 발생했다. 경리사무를 처리하는 여직원이 현금 2만 엔이 부족하다고 소동을 피운 것이다. 제일 먼저 의심받은 사람이 스기노였다.

"당치도 않습니다. 저는 맹세코 훔치지 않았습니다."

말하면 말할수록 회사 사람들의 눈빛은 차가워졌다. 그건 성추행 사건이 불거지고 난 후 주위 사람들이 스기노에게 보낸 것과 똑같은, 가시 돋친 시선이었다. 자신을 우울 속으로 끌고 간, 그

견디기 힘든 독침…….

스기노는 당장이라도 도망치고 싶은 충동에 휩싸였지만, 여기서 일을 그만둬버리면 무고한 죄를 인정하는 것이라고 생각했다. 스기노는 직장에서 고립된 채로 묵묵히 일만 했다. 근면하게 행동함으로써 이해받고자 한 것이다.

그런데 일주일 후, 사장이 스기노의 어깨를 두드렸다.

"나도 스기노 씨가 범인이 아니라는 걸 믿고 싶어요. 그런데 미안하지만, 다른 사원들 입장도 생각해야겠기에…… 음, 이해하죠?"

그렇게 말하는 사장의 시선에도 독이 듬뿍 들어 있었다.

스기노는 또다시 무직의 떠돌이가 되었다.

그로부터 한동안 예전에 내기 마작을 하던 친구에게 빌붙어 빈둥빈둥 하루살이 생활을 했다. 그러던 어느 날, 그들 중 한 명이 뇌졸중으로 급사했다는 소식을 들었다. 의지할 친척도 없이 혼자 사는 중년 남자였다.

스기노는 상주가 누구인지도 모르는 장례식의 혼란한 틈을 타서, 죽은 남자의 집에 당당히 들어가 거실 서랍 안에서 태연하게 차 키를 꺼냈다. 그리고 남자의 차가 세워져 있는 주차장으로 향했다. 걸어서 몇 분 걸리는 곳의 자갈 깔린 주차장에 언젠가 본 적 있는 남색 왜건이 주차되어 있었다. 문을 열고 운전석에 앉았다. 외관은 도요타의 일반적인 하이에이스 왜건인데, 차 안을 보니 숙박이 가능한 캠핑카였다. 뇌리에 여행이 끝나면 다시 다음 여행이 시작되는 유유자적한 방랑 생활의 이미지가 펼쳐졌다.

경애하는 다네다 산토카 역시 불행의 연속 끝에 방랑의 여행을 떠나지 않았던가?

그렇다면 나도…….

스기노는 내기 마작 친구들에게 아무 말도 하지 않고 훔친 캠핑카를 타고 훌쩍 여행을 떠났다.

정확히 두 달 전, 장마가 잠시 멈춘 날이었다.

출발하자마자 산토카의 시를 읊었다.

"헤치고 들어가도 헤치고 들어가도 푸른 산."

방랑 생활은 상상 이상으로 스기노를 만족시켰다. 자신을 둘러싼 풍경이 바뀔 때마다 스기노의 마음을 칭칭 얽어맸던 쇠사슬이 스르르 풀려가는 듯했다.

나는 이제 세상을 버렸다. 현대의 산토카가 된 것이다. 무엇에도 속박되지 말고, 모든 것을 흘려보내며 살자. 그걸로 됐다. 여행의 끝도, 목적지도 정하지 말고, 죽을 때까지, 그저 흘러가자. 스기노는 결심했다. 그렇게 정했더니 마음에 날개가 돋아나 자유로워지고, 오랜만에, 아니 20년 만에 '내 인생'이라는 상쾌한 바람이 마음속을 오가는 감각을 느꼈다.


"내일 천둥이 친다고? 정말 재수 없게."

고갯길을 끝없이 내려가면서 스기노는 자신을 비웃었다.

카스테레오로 듣는 FM이 일기예보에서 젊은 취향의 음악 프로그램으로 바뀐다. 스기노는 AM 민방으로 돌려 마음에 드는 프로그램을 찾느라 채널을 조작한다. 뉴스, 록 스타일의 팝송, 시시한 토크, 또 젊은 취향의 음악 프로그램.

귀찮아져서 스위치를 끈다.

고개를 다 내려오자마자 빨간 신호등에 붙잡힌다.

아무 생각 없이 차창 밖의 밤하늘을 올려다본 순간, 산토카의 시가 뇌리를 스친다.

〈달이 뜨고 여름풀들은 향기를 발한다〉

먼 거리의 불빛……, 그 위에 칼처럼 날카롭게 빛나는 초승달이 떠 있다.

"달한테 찔릴 것 같군."

이렇게 중얼거리고 버튼을 눌러 창문을 내린다.

하지만 차 안으로 밀려든 것은 여름풀 향기가 아니라, 희미한 바다 냄새와 벌레들의 노랫소리다.


＊ ＊ ＊


도쿄 역에서 약 1시간 반.

번화하지 않은 조용한 마을. 아니, 오히려 시골이라는 단어가 잘 어울릴 교외의 어느 역에서 내린 다미야 유지가 플랫폼 위에서 홀로 심호흡한다.

일주일 만에 들이마신 동네 밤공기에 그윽한 흙냄새가 듬뿍 섞여 있어 묘하게 안심이 된다. 플랫폼 뒤편의 풀밭에서 수수한 방울벌레의 노랫소리가 울려 퍼지고, 탁 트인 여름 하늘엔 은하수가 걸려 있다. 숲이 헐리면서 맨몸이 드러난 언덕은 검은 실루엣을 드리우고, 그 위엔 마치 칼처럼 날카롭게 빛나는 가느다란 초승달이 떠 있다.

자동 개찰구를 빠져나와 공사 중인 역 앞 로터리로 나왔다.

아직 주민이 얼마 되지 않는 규모가 작은 마을 치고는 로터리가 제법 널찍하다. 주변 음식점 간판들이 마치 벌레한테 먹힌 것처럼 띄엄띄엄 빛나고 있지만, 그것 말고는 완전히라고 할 수 있을 만큼 컴컴했다. 택시 승차장에서 기다리고 있는 차량도 한 대뿐이다.

좋잖아. 조용하고.

역시 사람은 이런 곳에서 살아야지.

별이 총총한 하늘 아래를 한가로이 걸으며 다미야는 혼잣말을 했다.


다미야는 머지않아 서른여섯 번째 생일을 맞는다. 이 한적한 지역에 작은 2층집을 지은 후로도 거의 1년이 흘렀다. 대출금은 25년 상환. 60세에 정년퇴직하고 동시에 빚을 깨끗이 청산하겠다는 계획이다.

솔직히 말하면 단독주택은 다미야의 수입으로는 도저히 넘볼수 없는 물건이었다. 그래도 죽기 아니면 살기로 과감히 뛰어들었다. 도쿄의 무역회사에서 일하던 아내 미와가 과로로 쓰러진적이 있는데, 그 일이 다미야의 등을 강하게 밀었다.

처녀 시절부터 줄곧 회사에서 인정받으며 능력을 발휘해왔던미와는 요즘의 젊은 여성답지 않게 결혼 후엔 전업주부로 지내고싶어 했다. 과거에 두 번이나 위궤양을 앓은 적도 있고 상당히 고된 직장이었던 모양이다. 언젠가는 아기를 낳고 육아에 전념하고싶은 생각도 있지 않았을까?

아무튼 본인이 전업주부를 원하니 조금이라도 쾌적하게 지낼수 있는 정원 딸린 단독주택을 선물하고 싶었다. 좀 더 솔직히 말하면, 모르는 남자들이 우글거리는 회사에서 미와를 데리고 나오고 싶은 마음도 적지 않았다.

미와는 일이 바빠지면 종종 회사에서 밤을 샜다. 결혼한 지 6년,이제 신혼은 아니지만 그래도 갓 서른인 아내가 외박한다는 것이껄끄러웠고, 가끔씩 생기는 불안감도 떨쳐버리고 싶었다. 팔불출이라고 할까 봐 입 밖으로 꺼내지는 않았지만, 미와는 누가 봐도청초한 미인이라 할 만큼 괜찮은 여자였다.

그렇게 홀딱 반한 것도 약점으로 작용하여, 좀 무리를 해도 이곳에 마지막 거처를 마련하기로 했다.

새집으로 이사하고 당장 양측 부모님을 초대하여 조촐한 파티를 열었다. 부모님들은 줄곧 웃는 얼굴이었고 축하 선물도 듬뿍 안겨주었다.

"아이 방이 두 개던데, 가족계획을 그렇게 세웠나 보네?"

미와의 어머니가 장난스럽게 물었지만, 그건 미와가 오래전부터 그려왔던 미래상이었다. 그러니 이제부터는 아기 만들기에 주력하여 내년이나 내후년 정도에 첫째를 출산, 3년 후에 둘째. 둘째가 유치원에 들어갈 즈음엔 래브라도를 한 마리 키운다……. 그런 일본 어디서라도 흔히 볼 수 있을 듯한 자그마한 꿈을 미와는 갖고 있었다. 그 꿈은 다미야 자신의 것이기도 했다. 미와의 웃는 얼굴이 다미야에겐 가장 큰 행복이었다.

실제로 살아 보니 새집은 무척 쾌적한 생활공간이었다. 걸어서 10분이면 도착하는 역에 준급행열차가 서고, 차로 가까운 대형 쇼핑몰에 가면 없는 게 없었다. 요즘 유행하는 아웃렛도 차로 5분 거리에 있었다. 그리고 무엇보다 훌륭한 것은 공기와 물이 맛있고, 풍경이 평온하고, 조용한 환경이라는 점이었다. 도심에서는 약간 멀지만 한 달에 반은 출장 때문에 지방을 돌아다녀야 하는 다미야에게 나쁜 조건이 아니었다.

다미야는 홋카이도의 에키벤(철도역에서 판매하는 도시락) '이카메시(홋카이도의 향토요리로 우리의 오징어순대와 비슷하다)'를 직접 만들어 판매하는 일을 하고 있었다. 전국 백화점이나 대형 슈퍼마켓에서 개최하는 '홋카이도전' 같은 특별 전시장에 부스를 마련하고 손님들 앞에서 이카메시를 만들어 그 자리에서 바로 판매한다.

원래 이카메시는 에키벤이지만 실제로 역에서 팔리는 도시락 수는 총매출의 10퍼센트도 되지 않는다. 나머지 90퍼센트는 다미야 같은 '이카메시 요리사'가 전국 행사장에서 시연하고 판매한다.

본사는 홋카이도의 하코다테에 있고, 다미야가 소속된 곳은 유라쿠초에 있는 도쿄 지사다. 담당 지역은 간토에서 서쪽에 위치한 매장인데, 일손이 딸릴 때는 도호쿠나 홋카이도까지 가야 한다. 대체로 한 달간 네다섯 곳의 행사장을 돌며 하루 평균 2천 개 정도의 이카메시를 판다. 많이 팔면 그만큼 수당이 붙는데, 성격이 밝고 말을 유쾌하게 잘하는 다미야는 주부 손님들에게 인기가 있어서인지 40명 정도 되는 직원 중에서도 늘 최상위 성적을 올린다. 매출이 많은 날은 5천 개를 팔아 치우기도 했다. 다른 사람에 비해 두 배 가까이 버는 달도 있을 정도였다. 사장에게도 지사장에게도 인정받았고 '이카메시를 전국에 판매하는 최고의 세일즈맨'으로서 홋카이도 지방TV에 소개된 적도 있다.

다미야는 자기 일에 자부심을 느꼈다. 이 일이 미와를 행복한 전업주부로 지내게 해준다는 자부심도 있었다. 그래서 이곳으로 이사 온 후로는 자연스레 가슴을 펴고 성큼성큼 시골 길을 활보했다.

은하수를 바라보며 역 앞 로터리를 걷는데 문득 며칠 전에 개

점한 과자점이 눈에 띈다. 다미야는 가게에서 미와가 좋아하는 롤케이크를 사고, 아직 어린 산딸나무가 나란히 서 있는 가로수 길을 유유히 걷는다. 직선으로 난 인도가 넓고 조용하여 산책하기에 좋은 길이다. 가을이 되면 붉게 물들 이 나무들도 우리 가족의 생활과 함께 성장하겠지?

교외의 뉴타운에는 꿈이 있다. 특히 이른 시기에 입주한 주민에게는 마을의 발전을 상상하며 가슴 설렐 권리가 주어진다. 다미야는 늘 그런 생각을 하면서 홀로 조용한 행복감에 젖곤 한다.

가로수 길을 걷는 다미야의 오른쪽 어깨에 검은색 여행가방 끈이 죄어들었다. '이카메시 마에다 식품' 로고가 큼직하게 새겨진 이 가방엔 매장에서 입을 위생복과 부스에 걸 포럼이나 현수막, 모자와 장부 등이 들어 있고, 그 외에도 갈아입을 사복과 칫솔, 면도기, 일회용 밴드, 상비약 등의 여행용품이 뒤섞여 있다.

솔직히 말하면 디자인 센스가 전혀 없는 가방이지만, 이 가방을 든 40명의 직원이 전국을 누비면 돈 안 드는 광고 효과를 얻을 수 있다는 사장의 훈시가 있었기에 모두들 마지못해 들고 다닌다. 만화 스타일의 오징어 그림 주위를 벼이삭이 둥글게 감싼 '이카메시' 로고 마크가 하얀색 도장처럼 찍혀 있다. 그 그림이 너무 촌스러워서 창피한 것인데, 원래 소박한 시골 맛을 내세운 음식이니 이 역시 어쩔 수 없다고 생각한다.

다미야는 인기척 없는 조용한 가로수 길을 느긋하게 걸으며 다시 한 번 심호흡한다. 역시 좋은 공기다. 오늘은 조금 무리를 해서라도 집에 오길 잘했다는 생각이 든다.

원래 오늘밤엔 행사장 근처 시즈오카 역 앞 호텔에서 쉬고 내일 오후에 귀가할 예정이었다. 그런데 다행히 부스 뒷정리가 빨리 끝나기도 했고 그리 피로하지도 않아서 예약해둔 호텔을 취소하고 신칸센에 올랐다.

생각지 못한 남편의 이른 귀가에 사흘간 외톨이로 지낸 미와가 깜짝 놀라 눈을 둥그렇게 뜨겠지. 그리고 좋아하는 롤케이크를 보고 그 눈을 가늘게 뜨며 싱긋 웃겠지. 미와가 웃으면 눈과 입이 꼭 하늘에 떠 있는 초승달 모양이 된다. 몇 번을 봐도 싫증나지 않는 아내의 웃는 얼굴을 상상하며, 다미야도 씩 웃어버리고 말았다.

차갑고 예리한 달 아래로 흙냄새를 품은 여름 밤바람이 불어왔다.

가로수 길의 나무들이 사각사각 기분 좋은 소리를 연주한다.

발밑에서 피어오르는 여름 벌레들의 사랑 노래.

다미야는 걸으면서 자신과 미와의 가까운 장래를 그려보았다. 분명 2, 3년 후엔 가족 셋이 손을 잡고 이 가로수 길을 걷겠지? 따스한 햇살이 나뭇잎 사이로 비치는 길에서 아장아장 걷는 귀여운 아이를 사이에 두고 다미야와 미와가 미소 지으며 걷고 있다. 아이가 원하면 양손을 들어 올려 그네도 태워준다.

좋았어. 오늘밤엔 아기 만들기에 한번 힘써볼까?

다미야는 자꾸만 히쭉거리게 되는 얼굴을 애써 긴장시키며 집으로 향하는 발걸음을 재촉한다.

가로수 길의 완만한 비탈길을 다 내려가서 신호등 없는 골목길에서 왼쪽으로 꺾는다. 거기서 20미터 정도 걸으면 오른편에 우리 집 현관이 보인다.

모처럼 이렇게 되었으니 더 깜짝 놀래줄까? 정원 창문에 갑자기 나타나 "나 왔어!"라고 말하는 거야.

다미야는 문 안으로 들어가 현관을 그냥 지나쳐 집 주위를 왼쪽으로 빙 돌았다. 잔디가 깔려 있는 작은 정원으로 나온다. 벽돌로 구획을 나눈 안쪽 화단에 미와가 좋아하는 허브가 몇 가지 보인다. 밤공기 속에 산뜻한 향기가 녹아 있다. 미와는 이따금 그 잎을 따서 향기로운 허브티를 만들어준다.

정원 쪽으로 실내의 쓰레기를 쓸어내기 위해 바닥과 같은 높이로 만든 작은 창문이 있는데, 그 창문의 레이스 커튼 너머로 형광등 불빛이 새어 나온다. 불빛이 좁은 툇마루를 희미하게 비춘다. 툇마루에서 몰래 신발을 벗으려던 다미야가 깜짝 놀라 움직임을 멈춘다.

레이스 커튼 안에 사람의 그림자가 있다.

그 그림자는 몸집이 작고 연약한 미와의 것이 아니다. 미와보다 한 뼘이나 두 뼘이나 큰 남자의 뒷모습이다.

다미야는 벗으려던 신발을 다시 신고 조용히 정원수 그늘에 몸을 숨겼다. 그리고 가만히 집 안을 살핀다.

암흑 속에서 심장이 자기 것이 아닌 듯 난폭하게 뛰며 목구멍 안쪽에서 두근두근 고동친다. 가만히 있으니 곧 모기가 몇 마리나 달려들었지만 그런 것에 신경 쓸 틈이 없다.

남자가 레이스 커튼 너머에서 거실 중앙으로 이동하자 형광등 빛을 받아 그 모습이 선명하게 드러난다. 아직 20대로도 볼 수 있을 만한 젊은 남자다. 노란빛 티셔츠에 청바지를 입었고, 약간 긴 듯한 머리카락은 굽실굽실했다. 본 적도 없는 얼굴인데, 남자는 너무나 편안한 표정이다.

남자가 오른손을 흔드니 시선 끝에서 자그마한 그림자가 나타난다. 주방에서 미와가 나온 것이다. 손에 들고 있던 유리그릇을 테이블 위에 내려놓고 즐거운 얼굴로 남자에게 무슨 말을 하기 시작한다. 그러자 남자도 미소 지으며 천천히 다가가 양손을 미와의 허리에 두른다.

어……, 설마, 아니겠지……?

다미야가 침을 꿀꺽 삼킨 순간, 남자가 상반신을 굽혀 얼굴을 미와의 얼굴에 가까이 댄다.

"……."

기나긴 키스였다.

최근엔 다미야와 나눈 적이 없는 농밀하고 정열적인 키스였다.

미와와 함께 홈센터에서 고른 레이스 커튼 너머에서, 다미야가 열심히 '이카메시'를 팔며 빠듯하게 대출받아 지은 '내 집' 안에서, 낯선 남자가 미와를 안고, 끝없이, 끝없이, 입술을 빨고 있다.

분노도, 초조감도, 슬픔도 느꼈다. 하지만 왜 그런지 이상하게도 그 감정에는 현실감이 없다. 만약 이대로 아무 일 없었다는 듯 "나 왔어"라고 말하며 창문을 연다면 그 순간 남자의 모습이 홀연히 사라질 것만 같은 느낌마저 들었다.

그러나 막상 그렇게 하려고 해도 후들후들 떨리는 무릎이 말을 들어주지 않았다. 마음은 현실을 거부하지만, 몸은 받아들이고 정직하게 반응한다.

적어도…….

적어도, 미와는, 거부하길…….

그런 바람과 동시에 미와의 양팔이 천천히 남자의 목에 휘감겼다. 그것이 마치 '일상'인 것처럼 너무나도 자연스럽게.

서로의 입술을 충분히 탐한 다음, 남자가 일단 미와에게서 입술을 뗀다. 그리고 티셔츠를 천천히 벗는다. 맨살이 드러난 남자의 탄탄한 가슴을 미와의 양손이 어루만지기 시작했을 때 두 사람의 모습이 구불텅하게 일그러진다.

어, 하며 눈을 깜빡이니 뜨거운 물방울이 양쪽 볼을 타고 내려온다.

뭐야. 나 우는 거야?

바보 아냐?

마음속으로 중얼거리니 주르르 물방울이 넘쳐흐른다.

후우. 후우. 후우.

오열을 참기 위해 몇 번이나 짧은 숨을 내뱉었다.

문득 밤하늘을 올려다보니 옆집 지붕 위에 초승달이 떠 있다. 웃을 때 미와의 눈과 입 모양을 닮은 달이 예리한 칼처럼 번쩍번쩍 차갑게 빛나고 있다. 그 예리한 달을 오른손으로 잡고 남자의 미간을 푹 찌른다. 그런 이미지가 뇌리에 떠올랐지만 그것도 한순간이다.

오늘은 이제 이 집에 들어갈 수 없다.

아니, 어쩌면, 내일도, 모레도…….

다미야는 창문 속 두 사람에게서 시선을 뗀 후 떨리는 다리로 천천히 걸었다. 발소리를 내지 않도록 노력하면서, 집 옆을 빙 돌아, 문 밖으로 나와서, 역을 향해 왔던 길로 되돌아간다.

자칫하면 비틀거릴 것 같은 불안한 발걸음으로 가로수 길을 걷다 보니 어느새 젖었던 볼도 말라 있었다. 여름 밤하늘에 떠 있는 차가운 초승달이 다미야 뒤를 끈질기게 따라온다.

역 근처까지 돌아왔을 때 편의점 쓰레기통이 눈에 띄었다. 그속에 롤케이크를 상자째 집어넣었다.

쓰레기통 옆에서 피어오르는 방울벌레의 슬픈 노래에 귀 기울이며 그토록 마음에 들어 했던 가로수 길을 바라본다. 친숙한 가로수 길이 왠지 가짜처럼 보인다.

다미야는 멍한 머리로 생각한다.

음…….

여기서 제일 가까운 비즈니스호텔이 어느 역에 있더라?

* * *

눈이 팽팽 돌 만큼 바빴던 하루 일을 끝내고 혼자 사는 싸구려 아파트로 돌아온 난바라 신이치는 필터까지 태울 듯 끝까지 빨아들인 담배를 재떨이에 비벼 끄고 자그맣게 한숨짓는다.

휴우…….

지쳤다.

반으로 접은 방석을 베개 삼아 다다미 위에 벌렁 드러눕는다. 세 평짜리 단칸방의 좁은 천장을 올려다보니 형광등 덮개 안에서 작은 나방이 빠져나갈 구멍을 잃고 당황한 듯 우왕좌왕하고 있다.

그렇게 안달하지 마.

들어갔으니 언젠가는 나오게 된다니까…….

나방을 보면서 마음속으로 중얼거리고 나니, 왠지 그 말이 자기 자신에게로 향하는 듯하여 더 무거운 피로감이 어깨 부위를 짓누른다.

"휴우, 피곤하다."

이번에는 작게 목소리를 냈다.

오늘은 아침부터 쉴 틈도 없이 도시락을 만들고, 또 팔아 치웠다. 목표인 2000개는 달성하지 못했지만 가까스로 1800개는 팔았으니 나쁘지 않다. 말솜씨가 없고 무뚝뚝하며 뭐든 서투른 데다 오랜 세월 동안 햇볕에 그을어 초콜릿색이 되어버린 볼썽사나운 얼굴을 가진 사람으로선 제법 괜찮은 성과다. 이 개수라면 까다로운 지사장에게 웅얼웅얼 잔소리를 듣지 않아도 되리라. 그렇게 생각하니 조금 안심이 되어 또 한숨이 새어 나온다.

조금 전까지 오른쪽 어깨를 짓누르던 커다란 검정색 여행가방이 TV 옆에 떡 버티고 있다. 장사 도구를 넣고 다니는 가방인데 디자인이 참 꼴사납다. 옆면에 만화 스타일의 오징어와 그 오징어를 빙 둘러싼 벼이삭이 그려져 있다. 게다가 뻔뻔스럽게도 얼마나 큼직한지.

난바라는 드러누운 자세로 TV 리모컨을 손에 들고 스위치를 누른다. 가전매장에서 제일 값이 쌌던 중국산 LCD에 아이돌 스타일의 여성 앵커가 나타난다. 마침 민영방송에서 뉴스가 시작될 모양이다.

어차피 볼 만한 뉴스도 없겠지.

그렇게 생각하고 채널을 바꾸려던 찰나, 앵커가 뉴스 시작을 알리는 인사와 함께 오늘 날짜를 고했다.

〈8월 25일, 오늘의 주요 뉴스입니다.〉

응?

그제야 난바라는 깨달았다.

오늘이 자신의 51번째 생일이라는 사실을.

"쉰하나……. 벌써 7년인가……."

감회가 깊은 듯 중얼거리며 시선을 오른쪽으로 돌리니 조금 녹이 슨 커튼레일이 눈에 들어왔다. 그 커튼레일의 오른쪽 끝에 어부가 오징어 낚시에 이용하는 루어, 낚시꾼 사이에서 흔히 '에기(餌木)'라는 이름으로 불리는 것이 거꾸로 걸려 있다.

그 에기를 보고 오른쪽 눈썹을 손톱으로 박박 긁었다.

난바라의 오른쪽 눈썹 중앙에는 젊었을 때 생긴 상처 자국이 있다. 그곳만 눈썹이 자라지 않는다. 그 오른쪽 눈썹이 난바라의 인상을 더욱 험악하게 만들어 이카메시 매상에도 영향을 주는 게 아닐까 하고 스스로도 생각한다. 그리고 상처는 어른이 된 지금도 이따금 가렵다.

의지할 사람 하나 없이 홀로 생활한 지도 어느덧 7년이 지났다. 그동안 직장을 두 번 옮기고 이사도 두 번 했다. 생각해보면 지금 하고 있는 이카메시 판매 일을 가장 오래 했다. 벌써 4년째다. 자기와는 절대 맞지 않으리라 생각했던 이 일을 설마 가장 오래 할 줄이야. 인생이란 언제 어떻게 될지 아무도 모른다.

44세 이후 외톨이로 지낸 7년. 되돌아보면 몹시 길었던 것 같기도 하고, 정말이지 한순간 같기도 하다. 그동안 너무나 많은 일이 있었다. 그래서 때때로 생각한다. 어쩌면 인생을 두 배로 사는

지도 모른다고. 그럴 땐 어김없이 강렬한 피로감에 휩싸여 녹초
가 되고, '나'라는 존재 자체에 신물이 나면서, 평균 수명까지 남
은 20, 30년을 떠올리고 비탄에 잠긴다. 그럴 때마다 '자살'이라는
단어에 굉장히 공감하는 심정이다.

형광등 덮개 안의 나방은 여전히 파닥파닥 무의미한 날갯짓을
반복하고 있다. 딱딱한 플라스틱과 뜨거운 유리 형광관에 몸이
몇 번이나, 몇 번이나 닿는다.

어쩌면 넌 못 빠져나올지도…….

상반신을 일으켜 두 번째 담배에 불을 붙인다.

금연을 권하는 사람이 주위에 한 명도 없다는 사실을 생각하면
담배 연기가 혀에 더 까슬까슬하게 느껴진다.

생일을 알려준 앵커에게 자그마한 경의를 표한 다음, 채널을
바꾸지 않고 리모컨을 상 위에 올린다.

〈여름 휴가철이 시작된 후부터 도호쿠 지방을 중심으로 차량
털이범이 기승을 부리고 있습니다. 가장 많이 이용되는 범죄 수
법은 라이터와 물로 창문에 구멍을 뚫는 방법인데, 발생 건수가
올해 들어…….〉

귀여운 얼굴의 앵커가 애써 진지한 표정을 지으며 아무래도 좋
을 뉴스를 계속 전한다.

자동차 따위 털지 말고, 성실하게 돈 벌 생각을 해야지.

마음속으로 투덜거리며 천천히 일어나 부엌에 있는 작은 냉장

고에서 캔맥주를 하나 꺼낸다.

그러자 바로 그때, 거실의 레이스 커튼이 팔랑 하고 크게 흔들린다.

습기를 머금은 여름밤의 남풍이 방으로 밀려든 것이다.

도쿄 만에서 그리 멀지 않아서인지 바람에 바다 냄새가 듬뿍 녹아 있다.

바다라…….

난바라는 바다 냄새를 폐 구석구석까지 깊이 빨아들이며 가만히 눈을 감았다.

이윽고 "후우" 하고 숨을 내뱉으며 눈을 뜨고는 손에 든 맥주를 다시 냉장고에 넣고 대신 콜라 캔을 꺼낸다.

부엌에 선 채 캔을 따고 꿀꺽꿀꺽 목을 울린다. 350밀리 캔이 순식간에 텅 비었다.

"자, 그럼……."

이렇게 중얼거리며 거실로 돌아와 오징어 그림이 그려진 가방에서 지갑을 꺼내 면바지 뒷주머니에 찔러 넣는다. 유리창을 닫고 잠근 다음 빠른 걸음으로 집을 나선다.

작년에 산 중고 경자동차는 아파트에서 걸어서 2분 걸리는 곳에 월정액제로 주차해두었다. 그 차로 가까운 은행에 가려는 것이다. 아직 저녁 8시. 평일에는 현금인출기를 밤 11시까지 이용할 수 있다.

난바라는 은행에 도착하여 이번 달 월급이 입금되었는지 확인하고 생활비 10만 엔을 인출했다. 그리고 5만 엔을 다른 계좌로 송금한다. 계좌번호는 기억하고 있다. 매달 거르지 않고 보낸다.

차로 다시 돌아와 가까운 항구를 향해 액셀을 밟았다.

도중에 전국 체인망을 가지고 있는 낚시도구 가게에 들러 미끼로 갯지렁이를 샀다.

그리고 15분 정도를 더 달려 밤 항구에 내려서자 바다 내음이 난바라를 감싼다. 도시의 바다답게 하수구 냄새가 조금 섞여 있긴 하지만 그래도 바다 냄새는 나쁘지 않다.

문득 밤하늘을 올려다보니 가느다란 초승달이 떠 있다. 시퍼렇게 날이 선 칼처럼 번쩍 하고 날카롭게 빛난다.

남쪽에서 불어오는 바람 때문인지 해수면의 물결이 평소보다 조금 더 흔들렸다. 발밑의 검은 바닷물이 콘크리트 안벽에 부딪쳐 철썩 철썩 하고 달콤한 물소리를 낸다.

난바라는 해치백 트렁크 문을 열어 낚싯바늘과 릴이 그대로 달린 낚싯대를 손에 들었다. 그리고 외등과 가로등이 하늘하늘 비치는 검은 수면을 바라보며 방파제 끝까지 걸어갔다.

도시의 바다에서는 헤드램프가 없어도 밤낚시가 가능하다. 심야에도 하늘이 어슴푸레하고, 너무 밝다 싶을 정도의 외등이 아침까지 켜져 있다. 물론 편리한 건 좋지만, 난바라의 생각은 '멋이 없다'는 쪽으로 좀 더 치우쳐 있다. 원래 밤바다는 훨씬 어둡고 무서운 곳이라야 한다.

난바라가 태어난 고향의 작은 어촌에 그런 밤바다가 있었다. 고요한 만의 후미진 곳에 있는 조용한 항구는 해가 저물면 오싹할 만큼 무서운 암흑으로 뒤덮인다. 칠흑 같은 바다는 정체를 알 수 없는 생물들의 존재감으로 그득했다. 방파제 끝에 자그마한 빨간색 등대가 있긴 했지만 회전하는 빛은 발밑을 비춰주지 않으니 방파제 위에 있으면 거의 눈을 감은 상태라고 해도 좋았다. 빛이라곤 밤하늘에 두둥실 뜬 달이나, 먼바다에 흩어져 있는 고기잡이배 위의 등불뿐이었다.

난바라의 아버지는 오징어나 날치를 잡는 어부였다. 그 때문에 소년 시절의 난바라는 깜깜한 항구에서 친구들과 밤낚시를 하는 동안에도 먼바다 위에 떠 있는 등불을 유심히 바라보곤 했다. 일렬로 나란히 떠 있는 은색 빛……. 그중 하나는 아버지 배의 집어등이고, 몇 시간 후면 어획물을 잔뜩 싣고 돌아올 것이다. 그런 기대감을 가슴에 품고 늦은 밤까지 밤낚시를 즐기곤 했다.

고기잡이배가 항구에서 몇 킬로나 떨어진 먼 바다에 있다는 것 정도는 소년 시절의 난바라도 알고 있었다. 그러나 눈앞에 펼쳐진 바다 위에 아버지가 있다고 생각하면, 그것만으로 검은 바다에 대한 공포심이 엷어졌다.

멀리 떨어져 있어도, 저기엔 아버지가 있다.

그러니, 괜찮아.

57

근거는 없어도 분명히 느꼈던 그 신비로운 안도감이 지금도 가슴속 깊은 곳에서 선명하게 숨 쉰다.

"아버지라⋯⋯."

중얼거린 말이 바다 냄새를 품은 밤공기에 빨려들 듯 사라진다.

방파제 끝에 이르러 접혀 있던 낚싯대를 펴고 낚싯바늘에 갯지렁이를 두 마리 달았다. 녹색으로 빛나는 전기찌 스위치를 켜고 낚싯대를 가볍게 휘두른다. 빛나는 낚시찌가 초록빛 잔상을 남기며 밤하늘에 호를 그리다가 검은 바닷속으로 퐁당 떨어진다.

마침 만조가 지났을 시간이었다. 이 포인트는 만조 때가 지나면 조수의 흐름이 바뀌어, 서쪽에서 흘러오는 바닷물이 방파제 끝에 닿는 곳이다. 그러면 오른쪽으로 완만하게 돌아가는 소용돌이가 생기고, 그로부터 먼바다로 향하는 조류가 발생한다. 난바라는 낚시찌를 그 흐름에 맡겼다.

곧 녹색으로 빛나는 전기찌가 물속으로 쑥 가라앉았다.

잽싸게 낚싯대를 세우자 묵직한 손맛이 느껴진다.

휘어진 낚싯대가 머리 위에서 반짝이는 초승달 같은 호를 그린다.

당길 힘이 만만치 않은 걸 보니 제법 쓸 만한 농어가 걸린 모양이다.

농어는 겨울에 알을 낳는 물고기라서, 그 전후로는 살이 없고 먹어도 그리 맛있지 않다.

그러나 지금은 여름. 농어의 계절이다.

"빨리 올라와."

횡하니 손질하여 찬물에 씻어 먹어줄 테니. 돌아가는 길에 시원한 청주라도 사 갈까?

난바라는 숙련된 손놀림으로 물고기를 죽죽 끌어당겼다.

어딘가 멀리서 화물선 기적 소리가 울린다.

눈앞의 수면 위에서 농어의 은빛 비늘이 반짝인다.


\* \* \*


나가사키 현 히라도(平戸) 시의 서쪽 변두리에 위치한 우스카(薄香) 항이 무더운 밤공기에 감싸였다.

연일 이어지던 열대야도 오늘로서 딱 일주일이다.

항구 서쪽으로 뻗은 방파제 끝에 빨간 등대가 아담하게 놓여 있다. 그 등대 밑에 낚싯대를 손에 든 청년이 한 명 서 있다. 오우라 다쿠야. 지난달 스물여덟 번째 생일을 맞은 젊은 어부다. 하얀색 탱크톱에 헐렁한 반바지. 햇볕에 탄 피부에 키가 크고 몸은 여위었지만, 탄력 있고 강인한 용수철 같은 육체노동자다운 근육이 온몸에 붙었다. 오른손엔 손때 묻은 낚싯대. 이마에 걸친 헤드램프는 전지가 다 되었는지 가냘픈 빛을 발하고 있다.

"후와아아아."

크게 하품을 한 다쿠야의 낚싯대엔 이날 밤 아직 한 번도 신호가 오지 않았다. 검은 수면 위에서 얌전하게 흔들리는 전기찌를 하품 때문에 눈물 맺힌 눈으로 줄곧 바라보고만 있다.

낮에는 레모네이드를 담은 병처럼 투명했던 이 바다도 밤이 되면 먹을 풀어놓은 듯 새까맣게 변한다. 뭔가 정체를 알 수 없는 생물이 헤엄치고 있을 것 같은 두려움을 느낀다. 먼바다에서 화살오징어를 잡을 때도, 이렇게 방파제에서 낚시 놀이를 할 때도, 밤바다는 어쩐지 무서운 곳이다.

오늘 밤에는 바람이 조금 있다. 그만큼 물결도 거칠어져 검은 바닷물이 안벽에 부딪치며 찰랑 찰랑 달콤한 소리를 낸다. 우스카 같은 한적하고 자그마한 어촌의 밤에 참 잘 어울리는 소리라고 늘 생각해왔다.

헤드램프 빛으로 손목시계를 보았다.

저녁 8시가 넘었다.

이미 만조 시간이 지났다. 곧 오른쪽에서 흘러오는 바닷물이 방파제 끝에 닿아 소용돌이를 일으킬 것이다. 그 소용돌이 끝에서 먼바다로 나가는 조류에 미끼를 올리면 잘 낚이는 포인트에 도달한다.

"나오코, 그런 데서는 아무리 해도 안 낚여."

옆에서 낚싯대를 잡고 있는 하마사키 나오코에게 말했다.

"그래? 방금 저 부근에서 라이즈가 있었거든."

라이즈란 물고기가 수면 위로 뛰어오르는 현상을 뜻하는 낚시 용어다.

"라이즈가 있었어?"

"응."

"농어?"

"아마도."

농어가 작은 물고기를 잡아먹으려고 올라왔다면 낚을 확률이 높아진다. 하지만 늘 잡았던 곳이 더 희망적이지 않을까? 소년 시절부터 줄곧 이 항구에서 낚시를 해왔다. 그 정도는 안다.

"등대 밑에서 밖으로 나가는 흐름이 있잖아. 거기를 노려봐."

"응. 알겠어."

순순히 대답한 나오코는 일단 릴을 감아 미끼를 회수했다. 그러고 익숙한 손놀림으로 다쿠야가 알려준 데로 미끼를 훌쩍 던진다. 녹색으로 빛나는 전기찌가 흔들흔들 흔들리며 조금씩 멀리 이동한다. 나오코는 그에 맞춰 낚싯줄을 풀어갔다.

방파제 끝에서 다리를 내던지듯 뻗고 앉은 나오코.

다쿠야도 그 옆에 앉아 낚싯줄을 드리운다.

"다쿠짱, 내 줄이랑 엉키지 않게 해."

"바보. 나, 그렇게 서툴지 않거든."

후훗 하고 나오코가 살짝 웃는다.

철들 무렵부터 줄곧 소꿉친구였던 동갑내기 나오코. 끈질기게

구애하여 마침내 '애인'으로 승격된 것이 벌써 2년 전 일이다. 거기서 한 발 더 나아가 '약혼자'의 자리에 오른 게 바로 지난달이다.

떨리는 입술로 나오코에게 고백한 곳도 이 방파제였고, 일부러 무뚝뚝한 말투로 프러포즈를 한 곳도 여기다. 두 사람은 우스카라는 작은 어촌에서 자라, 마을의 빨간 등대 아래에서 고백과 프러포즈를 했고, 또 이 마을 한구석에서 어느 한 사람이 죽을 때까지 함께 살아갈 것이다.

두 사람이 잡을 수 있는 것은 지극히 평범하고 작은 행복뿐일지도 모른다. 하지만 자신이 할 수 있는 모든 것을 다하여, 둘 중 하나가 죽을 때 "다쿠짱과 결혼해서 좋았어"라는 말을 듣고야 말리라. 다쿠야의 가슴속엔 이런 결의가 있다. 나오코에게 단순하다고 자주 핀잔을 듣는 머릿속엔, 늙어서 몸을 잘 가누지 못하더라도 사이좋게 마주 보고 웃는 부부의 모습만큼은 선명하게 그려져 있다.

"있잖아, 다쿠짱. 오늘 초승달, 왠지 칼 같아."

"응?"

다쿠야가 하늘을 올려다본다. 머리 위에 하얀 은하수가 어렴풋이 걸려 있고, 교교히 빛나는 초승달이 그 부근을 떠다닌다.

"정말이네. 유독 차갑게 느껴지는 은색이야."

윙 하는 소리가 울릴 것만 같은 시퍼렇게 날이 선 초승달이다.

"아, 왔다." 나오코가 소리치며 낚싯대를 획 세운다. "물었어."

손끝에서 휘어지는 낚싯대를 꽉 잡은 채 다쿠야를 돌아보며 나오코가 웃는다. 웃었지만, 그 얼굴에 다쿠야가 좋아했던 보조개는 없다.

"어때? 커?"

"으음, 그럭저럭."

나오코는 어부 못지않은 침착한 손놀림으로 눈 깜짝할 사이에 그럴듯한 볼락을 낚아 올렸다.

"이것 봐."

"오, 크다."

"볼락 치고는 크지? 이 정도면 가게에 내놔도 되겠어."

기쁜 듯 눈을 가늘게 뜨며 어부들이 경매에 부칠 때 사용하는 발포 스티롤 상자에 볼락을 던져 넣는다. 그러고는 펄떡펄떡 뛰는 물고기를 살짝 누르며 뚜껑을 덮는다. 상자 안에는 바닷물을 얼린 얼음 조각이 가득 들어 있다. 되도록 신선한 상태로 보존하여 내일 가게에 내고 싶은 것이다.

우스카엔 식당이 딱 한 군데 있는데, 그곳이 나오코의 집이다.

1층은 가게이고, 2층에서 어머니 다에코와 둘이 산다. 가게를 꾸리는 것도 두 모녀의 일이다.

가게 이름은 성을 따서 '하마사키 식당'이라 지었다. 우동, 카레, 닭고기 달걀덮밥도 있지만, 메인은 역시 신선한 생선 요리다. 다쿠야는 고기잡이 하러 나갈 때 가끔 낚싯대로 물고기를 낚아서 나오코 가게에 그냥 주곤 한다. 돈을 받지 않는 대신 언제든 맛있는 밥을 먹을 수 있다는 계약이다. 물론 계약서 따위는 주고받지 않았다.

한편 다쿠야네는 대대로 어부 집안이고 배는 할아버지 고로의 것이다. 고로는 말하자면 어로장인데, 손자인 다쿠야는 고로에게 봉급을 받는 신분이다.

온화하고 말수가 적고 사람 좋은 농부 기질의 할아버지를 다쿠야는 어릴 때부터 잘 따랐다. 할아버지는 올해로 78세. 짧은 백발도 꽤 많이 빠져서 이제는 두피에 생긴 검버섯이 더 잘 보인다. 몸집도 한층 작아졌고, 지난 몇 개월간은 지병인 요통의 상태가 그다지 좋지 않은 듯했다. 어쩌면 이제 슬슬 은퇴를 해야 할지도 모른다.

겨울철 오징어도, 봄부터 여름까지 잡히는 화살오징어도, 가을철 날치도, 연말의 가다랑어도, 이미 다쿠야는 혼자서도 잡을 수 있을 만큼 경험을 쌓았다. 그러나 언젠가는 할아버지와 함께 배를 탈 수 없는 날이 오리라는 생각을 할 때마다 쓸쓸한 마음에 가슴 깊은 곳이 희미하게 아파온다.

원래는 할아버지가 은퇴하면 '아빠', '엄마'와 배를 탈 계획이었다. 그러나 다쿠야의 부모님은 7년 전 폭풍을 무릅쓰고 거친 바다로 고기잡이를 나갔다가 다시는 돌아올 수 없는 사람이 되었다.

게다가 같은 해에 나오코의 아버지까지 조난하여 바다의 일부가 되었다. 나오코의 웃는 얼굴에서 보조개가 사라진 건 아버지가 조난한 그날부터였다.

그 후로 나오코를 보는 다쿠야의 눈이 변했다. 나오코도 마찬가지였을 것이다. 다쿠야와 나오코는 마음 어딘가에 가족을 바다에게 빼앗긴 '같은 처지'라는 생각을 품었고, 그래서 사귀기 전부터 '보이지 않는 손'을 서로 꼭 잡은 듯한 신비로운 유대감을 느꼈다.

해마다 부모님의 기일이 되면 할아버지의 배로 먼바다에 나가 손을 모으고 꽃을 바쳤다. 두 사람에게 이 조용하고 아름다운 바다는 어장이면서 부모님의 산소이기도 했다.

여름의 미지근한 밤바람이 훅 불어온다.

검은 바닷물이 찰랑찰랑 하고 달콤한 소리를 낸다.

헤드램프 빛에 드러난 나오코의 옆얼굴에 검은 머리카락이 살짝 드리워진다.

이 얼굴에서 보조개를 다시 볼 수 있다면……. 다쿠야는 늘 생각한다.

바람이 가라앉자 나오코가 손가락빗으로 검은 머리를 정돈한다.

샴푸 냄새가 살짝 흘러와 다쿠야의 코를 간질인다.

보조개는 내가 반드시…….

"나오코."

"응?"

뒤돌아보는 나오코를 바라보며 다쿠야가 헤드램프를 끈다. 키스 신호다.

캄캄해진 방파제 끝에서, 다쿠야는 엉덩이를 조금 옮겨 나오코 옆에 딱 붙어 앉는다.

"나 말이야……."

"응?"

"결혼하면 나오코를 많이 웃게 해줄 거야."

"왜 그래? 갑자기."

대답 대신 나오코의 어깨를 가만히 끌어안는다.

소매 없는 셔츠 밖으로 드러난 가느다란 어깨가 조금 싸늘했다.

나오코의 턱에 손을 대고 끌어당긴다.

두려움 섞인 어둠 속에서, 다쿠야는 나오코의 달콤한 입술을 음미한다.

## 제 2 장

받을 수 없는 편지

아침식사를 위해 차린 된장국을 맛본 순간, 나는 무심코 젓가락을 든 손을 멈추고 말았다.

그릇 안을 가만히 응시한다.

왜 이렇게 싱겁지…….

아무래도 재료를 넣는 만큼 싱거워진다는, 그런 단순한 계산을 잊고서 된장의 양을 조절한 모양이다. 애써 날치와 다시마를 우려 국물을 냈는데 영 맛이 나지 않는다.

결혼 후 15년간 요리라면 모두 아내 요코에게 떠맡긴 죗값을 치르는 것 같다.

고작 된장국일 뿐인데…….

따뜻한 김이 희미하게 피어오르는 싱거운 된장국을 바라보며 작은 한숨을 내쉰다.

나는 그릇을 손에 든 채 의자에서 일어나 다시 부엌에 섰다.

일단 레인지 위에 놓인 냄비에 된장국을 도로 붓는다. 그리고 요코가 늘 이용하던 시골 된장을 큰 숟가락으로 가득 떠서 국물에 풀고 조리용 젓가락으로 잘 저어준다. 주방의 작은 서랍을 차례차례 열어 분말로 된 조미료를 찾아 적당히 훌훌 뿌리며 잘 섞어보기도 한다.

불은 중불 정도에 맞췄다. 다시 끓인 된장국이 보글보글 소리를 내고, 반투명해진 양파와 미역이 국물 속에서 춤을 춘다.

보기에도 그렇고 냄새도 그렇고 맛있을 것 같다.

국자로 국물을 떠서 맛을 본다.

음…….

이번에는 가까스로 제대로 된 된장국 맛이 나는 것 같아 조금 안심이다. 그와 동시에 한 가지 사실을 깨닫고 냄비 안을 응시한 채 멍하니 서 있다.

나도 모르게 부부 두 사람이 먹기에 딱 좋은 분량으로 만든 것이다.

"뭐, 저녁까지는 충분히 먹겠구나."

마음이 울적해지기 전에 재빨리 소리 내어 중얼거렸다.

조용히 거실을 돌아보니 옷장 위에 놓인 요코의 영정사진이 나를 보고 있다. 약간 눈이 부신 듯 가늘게 뜬 눈으로 이렇게 말하는 것 같다.

후후. 당신다워.

요코와의 영원한 이별은 바로 지난주에 일어난 일이었고, 일련의 장례식 행사가 끝난 지 만 이틀밖에 지나지 않았다. 그래서 우리 부부가 함께 살았던 이 도야마 교도소 직원관사 202호실엔 아직 향냄새가 감돈다.

요코를 죽게 한 것은 악성 림프종이라는 이름의 암이다.

그냥 피곤해서 그래. 이젠 나이도 무시할 수 없지.

두 달 동안 줄곧 몸이 좋지 않았던 요코에게 병원에 가서 검사를 받아보자고 했지만, 늘 그런 말로 얼버무리기만 했다. 그래도 몇 번이고 집요하게 검사를 권하여 겨우 무거운 엉덩이를 움직여주었다고 생각했는데, 믿기지 않는, 아니, 믿고 싶지 않은 검사 결과가 나온 것이다. 그때 요코의 몸에 둥지를 튼 암은 이미 4기에 접어든 상태였다. 즉 말기 암. 겨드랑이 밑, 다리와 몸의 연결 부위, 쇄골 위 림프절에 각각 유리구슬 크기의 악성 종양이 생겼고, 그 암이 림프관을 통해 온몸을 돌면서 몇몇 장기로 전이된 후였다.

남은 시간은, 6개월입니다.

젊고 왠지 미덥지 못한 여의사가 단호하게 선고한 대로, 그날부터 요코는 눈에 띄게 쇠약해졌다. 항암제로 머리카락이 빠졌고, 방사선 치료로 몸은 피폐해졌고, 급기야 흙빛의 마른 나뭇가지처럼 변해버린 손으로 내 손을 힘없이 잡은 채 마지막 숨을 거두었다.

향년 53세.

내가 63세의 나이에 홀아비가 된 것도 비교적 이른 편이지만, 그보다 요코의 죽음은 너무나 일찍 찾아왔다. 여성의 평균 수명에서 30년이나 부족했다.

그 이별은 솔직히 우리 부부에게 갑작스러운 교통사고 같은 너무나 뜻밖의 사건이었다. 적어도 나는 아내의 남은 생을 선고받은 후 반년간에 마음의 준비를 한다는 것이 불가능했다.

죽음의 순간 역시 갑작스레 찾아왔다.

여느 때처럼 일을 마치고 병원에 가서 잠든 아내의 손을 가만히 잡고 있는데, 갑자기 요코가 숨을 거두고, 그때부터 주위가 분주해지기 시작하고……

정신을 차리고 보니 장례식이 끝나 있었다. 그렇게 느껴질 뿐이다.

장례식 준비라든지 상주로서의 역할을 정말로 내가 해냈는지, 지금도 실감이 나지 않는다.

요코는 어땠을까?

마음의 준비가 되어 있었을까?

되돌아보면 병원 침대 위의 요코는 늘 초연하게 미소 짓고 있었던 듯하다. 현실을 받아들이지 못하고 허둥대는 나와 달리 암 치료의 고통을 참고 견디면서도 한편으로는 마음속을 하나하나 정리하고 있었는지도 모른다.

그 젊은 의사에게 처음으로 요코의 암에 대한 설명을 들은 날 밤, 나는 그 내용을 하나도 숨기지 않고 요코에게 이야기했다. 남은 생까지 포함하여 모두, 있는 그대로. 과연 잘한 것인지 아닌 것인지, 지금의 나는 알 수 없다. 다만 생전의 요코는 나에게 몇 번이나 이렇게 말했다.

"내가 만약 병에 걸려 시한부 인생을 살게 된다면 절대로 숨기지 말고 가르쳐줘. 아무것도 모르고 죽으면 여러 가지로 마음이 편치 않을 것 같아."

이 말에 나도 동의했다. 둘의 입장이 바뀐다 해도 똑같이 알려주기로 약속했다. 하지만 설마 정말로 이렇게 비참한 일이 우리 두 사람의 평온한 일상에 끼어들리라고는 생각지도 못했다.

시한부 선고는 뻔뻔한 데다 방약무인했다. 노크도 하지 않고 이 집에 들어오더니, 그날부터 일상 속에 당당히 버티고 앉았다. 그 후로 요코와 나는 '시한부'라는 줄어드는 시간의 흐름에 지배당하고 협박받으며 지난 반년을 보냈다. 하루하루가 굉장히 무겁고, 짧고, 농밀하고, 허무했다. 아름다운 계절의 변화를 보고도 조건 없이 감동하지 못하고, 오히려 '위협'으로 느꼈다. 벚꽃이 졌다, 달콤한 치자나무 향기가 났다, 수국이 피었다, 벼 이삭이 여물었다, 유지매미가 울었다, 이 모두가 아름다운 가시였다. 가시는 가차 없이 우리의 마음을 찔러, 질척질척한 피를 흐르게 했다.

멍한 머리에 한없는 생각이 꼬리를 물고 있는데 어느새 간소한 아침식사가 끝나 있었다. 나는 음식의 맛을 조금도 느끼지 못했다는 사실을 깨닫고 작은 죄책감을 느끼며 젓가락을 내려놓았다. 요코는 종종 이런 말을 했다. "식사를 한다는 건 여러 생물한테서 생명을 선물 받는 것이니, 제대로 맛을 느끼지 않으면 그 생물들에게 미안해요"라고.

"잘 먹었습니다."

살아 있었다면 요코가 앉았을 맞은편에 쉰 목소리로 중얼거리고 한 사람 분의 그릇을 정리한다.

그리고 TV로 뉴스를 보면서 차를 마셨다. 시간은 아직 오전 6시. 출근 시간은 7시지만, 이 직원 관사에서 바로 옆에 있는 도야마 교도소까지는 걸어서 5분도 걸리지 않는다.

할 일이 없어서 제복을 다리기 시작한다. 이건 요코와 결혼한 후에도 직접 했던 몇 안 되는 집안일 중 하나인 만큼 솜씨 좋게 마무리할 수 있다. 그러나 솜씨가 좋은 탓에 셔츠와 바지가 너무 빨리 말쑥하게 다려지고 말았다.

또 시간이 남는다.

이제 무엇을 할까.

생각하면서 다리미 스위치를 끄는데, 등 뒤에서 계절에 어울리지 않는 소리가 들린다.

딸랑.

창틀에 매달아둔 풍경이었다.

"이것 봐. 디자인이 사랑스럽지?"라고 말하면서 몇 년 전에 요코가 사 온 조금 독특한 모양의 풍경이다. 일반적인 종이 아니라 초롱꽃이 거꾸로 매달린 모양으로, 테두리가 다섯 등분되어 볼록 솟아 있다.

딸랑, 딸랑.

마음 안까지 쓱 들어올 것 같은 맑은 음색이 가을바람을 데리고 방으로 들어온다. 그 소리와 바람이 울적하고 답답했던 기분을 조금은 정화해줄까? 그런데 이 소리를 들을 때 보여주곤 했던 요코의 기쁜 미소가 떠올라, 오히려 가슴이 아련하게 아파온다.

딸랑.

9월의 바람이 레이스 커튼을 살짝 흔든다.

온기를 지닌 칼날로 마음을 베는 듯한 풍경의 음색에 귀를 기울이니 문득 절에서 들을 수 있는 경쇠 소리가 떠올라 옷장 위에 둔 요코의 위패에 향을 바친다. 위패 옆에 납골 항아리가 놓여 있고, 그 안쪽 벽에 영정이 세워져 있다.

양손을 가만히 모으고 눈을 감는다.

딸랑.

다시 한 번 풍경이 운다.

그 소리를 계기로 별안간 눈시울이 뜨거워졌지만, 나는 "후우" 하고 젖은 숨을 길게 내뱉으며 가까스로 참는다.

아직 한동안은……, 요코를 잃은 사실을 인정하고 싶지 않다.

그러니 울지 않겠다.

물론 내 안의 '이성'은 요코의 죽음을 인지하고 있다. 그러나 '감정'은 전혀 따라가지 못하고 있다. 아직 내 '마음'이 영원한 이별을 단호히 거부하며, 마른 나뭇가지 같았던 요코의 손을 잡고 있다.

만약 내가 눈물을 흘린다면, 그때가 분명, 내 '감정'도 요코와의 영원한 이별을 받아들였을 때이리라.

이유는 모르겠지만 그렇게 느꼈다.

* * *

6시 40분이 되자 제복으로 갈아입었다. 물빛 셔츠에 남색 바지와 모자. 왼쪽 가슴 주머니에 교도관 수첩을 넣고, 오래 신어 익숙한 안전화에 발을 넣고 집을 나선다.

관사 밖으로 한 걸음 내딛은 순간에 무심코 눈을 가늘게 뜬다. 이미 9월도 후반에 접어들었는데, 아침 해가 한여름처럼 번쩍여서 눈이 부셨다. 어딘가 멀리서 매미 소리가 울린다. 단 한 마리가 부르는 구슬픈 사랑 노래다.

직원 관사는 3층짜리 아파트식 건물로 ABC 세 동이 나란히 서 있다. 나는 우리 집이 있는 A동과 B동 사이의 아스팔트 통로를 성큼성큼 걸었다. 말쑥하게 다린 제복을 입으면 저절로 등이 펴지니 좋다.

관사 뜰을 벗어나자마자 바로 교도소 사무동이 나오고, 그 건물 안의 직원 전용 통로를 빠져나가면 드디어 크림색의 높은 담 안으로 들어가게 된다. 여태까지 40년을 근무했지만 담 안쪽에 존재하는 독특한 위험을 품은 공기에 완전히 익숙해진 적은 없다. 언제나 얼얼한 긴장감이 목덜미를 간질이는 듯한 느낌이 든다.

"안녕하십니까."

경비를 서고 있는 낯익은 교도관들을 지나칠 때면 그들이 늘 아름다운 경례를 붙인다. 나도 살짝 웃으며 응한다.

이곳 도야마 교도소에 근무하는 '교도관'은 총 135명. 그 외에 나 같은 '직업훈련 교사'가 여섯 명 있는데, 나만 유일하게 정년퇴직 후 촉탁 식으로 재임용된 몸이다. 즉 이 교도소 안에서는 내가 가장 고령인 셈이다. 단, 나이가 많아도 직업훈련 교사의 직급은 거의 중견으로 정해져 있어 결코 '높은 신분'이라 할 수 없고, 그 이상으로 출세할 가능성도 없다. 더구나 나 같은 촉탁직은 급여 등의 대우도 큰 폭으로 삭감되는 게 보통이다.

직업훈련 교사란 정식으로는 별정직 공무원에 속하는 직종인데 수형자가 목공, 금속가공, 인쇄, 재단, 농작업 등의 교도 작업을 수행할 때 각각의 전문 기술을 지도하는 사람이다.

나는 목공 담당으로서, 특히 미코시(일본의 전통 축제 행렬에 등장하는 대형 가마)를 만드는 기술과 그동안의 경험을 높이 평가받아 촉

76

탁직으로 남게 되었다. 이곳 도야마 교도소의 목공 공장에는 교도 작업으로서는 그리 흔치 않은 미코시 만들기 전통이 있어서, 지금까지 전국의 신사, 지역 주민의 자치 단체 등에 약 5천 개의 미코시를 납품한 실적이 있다.

나는 공장에 들어가기 전에 늘 그랬듯 사무동 라커룸으로 먼저 들어갔다. "교사·구라시마 에지"라고 적힌 개인 사물함을 열고, 끈으로 묶인 열쇠 꾸러미를 꺼낸다. 그 끈의 한쪽 끝을 가죽으로 된 허리벨트에 단단히 매고, 열쇠 꾸러미는 한데 모아 바지 주머니에 밀어 넣는다. 휴대전화나 지갑, 결혼반지 등 일할 때 필요 없는 것은 모두 이 사물함 안에 넣어둬야 한다. 이는 교도소에서 일하는 모두에게 적용되는 규칙이다.

"어, 구라시마 씨."

찰칵 하고 사물함 열쇠를 잠갔을 때 뒤에서 누가 말을 걸었다. 뒤돌아본 곳에 총무부장 쓰카모토 가즈오의 온화한 얼굴이 있다.

"경조 휴가 중에 웬일이십니까?"

평소에 늘 생글생글 웃고 다니는 쓰카모토라도 오늘 아침엔 역시 웃지 않았다. 오히려 눈썹을 팔자로 내리고 의아스럽다는 표정을 짓는다.

"아아, 안녕하세요. 좀 무료해서."

"무료하다니……."

"혼자 집에 있기보다 일하러 나오면 잠깐이나마 잊을 수 있을 것 같아서요. 휴가 중에 공장에 나오면 곤란한가요?"

"아뇨, 구라시마 씨만 괜찮다면 우리로서는 더 좋지요."

"그럼, 허락해주십시오."

쓰카모토는, 어허, 이것 참, 하고 속으로 말하듯 작은 미소를 띠더니 "알겠습니다. 허락하겠습니다"라고 한 후 내 등을 톡톡 두드렸다. 그리고 "조만간 한잔합시다"라는 말을 남기고 물러났다.

"감사합니다."

나는 제복 모자를 벗고 통통하게 살이 붙은 쓰카모토의 등을 향해 머리를 숙인다.

쓰카모토의 현재 계급은 부소장급으로, 이 교도소에서는 소장에 이어 실질적으로 넘버투인 셈이다.

나는 삿포로 교도소에 있을 때 처음 쓰카모토를 만났다. 그러니 벌써 30년도 더 지난 일이다. 나이는 나보다 여덟 살 아래고, 처음 만났을 당시에는 훈련 교사인 나와 계급이 같았다.

비교적 내향적이고 말이 없는 나와, 사교적이고 말하기를 좋아하는 쓰카모토는 자석의 S극과 N극처럼 궁합이 잘 맞아서 일이 끝나면 자주 함께 술잔을 나누는 사이가 되었다. 적어도 내게는 '나이 차가 제법 나는 친구'라고 말하고 싶은 동료였다. 하지만 국가고시를 거친 쓰카모토는 그 후 일본 각지로 전근을 거듭하며 차근차근 출셋길에 올랐고, 30년 만에 이곳 도야마 교도소에서 다시 만났을 때는 이미 하늘 같은 상사가 되어 있었다.

그리하여 여기서는 두 얼굴을 적절히 가려 쓰며 나와 친분을 유지하고 있다. 교도소 내에서는 쓰카모토의 직급을 존중하여 경어를 쓰지만, 담 밖으로 한 걸음 나가면 옛날처럼 스스럼없는 친구가 된다.

쓰카모토의 아내인 구미코와 내 아내 요코는 나와 쓰카모토가 그런 것보다 더 사이가 좋았는지도 모른다. 두 사람은 마침 동갑이어서 옛날 학교 친구처럼 친하게 지냈다. 요코의 장례식 때 누구보다도 손수건을 흠뻑 적셔준 사람이 다름 아닌 구미코였다.

쓰카모토가 나가자 라커룸이 다시 고요해진다.

나는 손에 들고 있던 모자를 쓰고, 미코시를 만드는 제4공장으로 이어지는 복도를 걸었다.

\* \* \*

수형자들의 작업 시작 시간보다 조금 일찍 제4공장으로 들어갔다. 아무도 없는 널찍한 공간에서는 소리 하나 나지 않고, 공기엔 향긋한 목재 냄새가 녹아 있다.

옛날부터 이 목재 냄새가 좋았다.

맡으면 왠지 마음이 평온해졌다.

코를 통해 가슴 가득 공장의 공기를 훅 빨아들인다. 그리고 안심할 때 나오는 한숨처럼 휴우 하고 숨을 내뱉는다.

공장 왼편 창문에서 산뜻한 아침 햇볕이 쏟아져 들어와 떠다니는 무수한 먼지를 반짝반짝 비춘다. 나는 그 빛 속을 천천히 걷는다. 태평스러운 공장에 안전화 소리가 뚜벅뚜벅 울린다.

지금 걷고 있는 통로의 양쪽 옆에 작업대가 이어져 있고, 그 위에 목공에 쓰는 다양한 전동 공구가 나란히 놓여 있다.

나는 제일 안쪽 왼편 작업대 앞에서 발을 멈추었다.

그곳에 만들다 만 미코시 부품이 죽 널려 있다. 지붕, 신전 모형, 뼈대, 기둥, 문, 어깨받이 막대…… 수형자들의 마음이 담긴 이 정교한 부품들 역시 신선한 레몬빛 아침 햇살을 받아 기분 좋게 빛난다.

나는 그 부품들을 하나하나 점검한다. 장례식 때문에 쉬었던 며칠간, 작업이 어디까지 진행되었는지 확인하고, 오늘 하루의 작업 내용을 정해두고 싶었다.

지붕, 뼈대, 막대는 칠도 끝났고 당장이라도 조립할 수 있을 것 같지만, 그 외의 부품은 그다지 진척되지 않은 듯하다. 즉 미코시를 만들어본 경험이 별로 없는 수형자들은 내가 없었던 탓에 손을 움직이지 못했던 것이다. 그래도 단순 작업으로 소화할 수 있는 부분은 제법 잘 완성되어 그들의 의욕을 충분히 느낄 수 있었다. 지도 교사로서는 기쁜 일이다.

현재 도야마 교도소에서 목공 교도 작업에 참가하는 수형자 수는 총 35명. 그중 열 명이 미코시 담당이다. 미코시는 주문을 받고 나서 완성하기까지 최소한 3개월은 걸리는 데다 시간을 들여 특수한 기술을 습득해야 하므로 기본적으로는 형기가 긴 수형자가 담당하게끔 되어 있다. 물론 형기가 길다는 건 그 수형자가 흉악한 범죄를 저질렀다는 뜻이므로, 그만큼 나도 지도할 때 세심한 주의를 기울여야 한다. 하지만 여태까지의 경험으로는 형기가 긴 사람일수록 조금이라도 출소를 앞당기고자 작업에 성실히 임하므로 오히려 모범적인 경우가 많았다.

재미있는 사실은 단 한 번이라도 미코시를 완성한 기쁨을 맛본 수형자는 대체로 그다음부터 제작에 임하는 눈빛이 달라진다는 것이다. 몇 개월 동안 신경을 곤두세우고 세심한 작업을 반복하면서 노력에 노력을 거듭한 결과, 누가 봐도 성스럽고 숭엄하고 눈부시게 아름다운 미코시가 완성된 것이다. 분명 그들에겐 스스로 자신을 칭찬해주고 싶은 순간임에 틀림없으리라. 물론 나도 열심히 노력한 그들의 어깨를 두드리며 마음껏 칭찬해준다.

요코와 나는 그 미코시가 실제 축제 때 쓰이는 모습을 보러 가곤 했다. 요코는 생생한 사진도 찍어주었다. 그 사진을 출력하여 수형자들에게 보여주면, 그들은 쑥스러워하면서도 미코시를 함께 완성한 동료들과 서로 마주 보며 웃었다.

어쩌면 나는 그런 그들의 얼굴을 보고 싶어서 일부러 이 나이가 되도록 여기 남아 지도를 계속하는지도 모른다.

지금 눈앞에 완성 직전의 미코시 부품들이 나란히 놓여 있다.

주머니에서 수첩을 꺼내 오늘 작업 일정을 되도록 자세히 기입한다. 완수해낸 순간에 보게 될 그들의 '멋진 얼굴'을 상상하면서.

* * *

7시 40분에 시작된 교도 작업은 점심시간에 잠시 쉬었다가 다시 오후 작업으로 들어갔다.

35명의 수형자들은 입을 꼭 다물고 그저 묵묵히 손만 움직인다. 작업 중 잡담은 일절 금지다.

나무를 자르는 소리, 깎는 소리, 가는 소리, 두드리는 소리……

그 소리들이 공장 안에 울릴수록 이 공간은 내가 좋아하는 목재 냄새로 농밀하게 채워진다.

나는 작업하느라 애쓰는 수형자들 사이를 돌면서 각각의 진행 상태를 확인한다.

공장 앞 감시대에 선 담당 교도관 옆을 막 지나치려던 순간, 갑자기 수형자 한 명이 큰 소리로 말했다.

"상담 요청해도 될까요?"

그 소리에 뒤돌아보니 20대 중반쯤 되어 보이는 여윈 남자가 오른손을 쑥 올리고 있다. 소파 베드 뼈대를 만드는 중인데, 이 공장에 들어온 지 아직 얼마 안 되는 신참이다.

"좋아!"

담당 교도관의 허가가 떨어지자 나는 손을 든 여윈 수형자에게
로 다가갔다.

"무슨 일인데?"

"등받이가 완성되었습니다. 이제 팔걸이 부분을 조립해도 될까
요?"

"아니, 먼저 다리를 붙일까? 다리를 붙이고 세운 상태에서 팔걸
이를 끼우면 작업이 더 편하거든."

"예."

"제법 잘 만들었네. 자네, 솜씨가 좋군."

말하면서 어깨를 두드리니 남자는 부끄러운 듯 아랫입술을 깨
물며 "감사합니다" 하고 머리를 숙였다.

도야마 교도소는 폭력단원이나 재범자 등 범죄 경향이 짙은 흉
악범을 주로 수용하는 교도소인데, 종종 이런 착해 보이는 청년이
섞여 있다. 이 녀석은 대체 무슨 짓을 저지른 걸까, 가끔 그런 게
궁금해지기도 하지만 작업 중 개인적인 대화는 삼가야 한다. 나와
수형자 간의 대화도 담당 교도관이 철저히 감시한다.

나는 "자, 열심히 해보자"라고 격려하고 다시 돌아보기 시작했다.

미코시 팀은 오전 중에 자세히 지도해서인지 문제없이 진행되
고 있는 듯하다. 오늘은 이대로 놔둬도 괜찮을 것 같았다.

되도록 천천히 공장 안을 한 바퀴 돌았다. 그리고 10분 정도 후
에 아까 그 여윈 청년에게로 다가갔다. 등 뒤에서 들여다보니 벌

써 다리 두 개가 단단히 붙어 있다.

그래, 순조롭군, 하고 마음속으로 중얼거렸을 때 누가 등을 톡 두드렸다.

"구라시마 씨."

작업 중에 등을 두드리거나 이름을 부르는 일은 거의 없다. 그래서 흠칫 놀라 뒤돌아보았다.

"지도 중에 죄송합니다."

등 뒤에 서 있는 사람은 온화한 얼굴의 쓰카모토 부장이었다.

"어, 아, 아뇨. 무슨?"

"잠깐, 괜찮을까요?"

쓰카모토는 공장 출구를 가리키며 말했다. 여기서는 이야기할 수 없으니 밖에서 보자는 뜻인 듯하다.

고개를 끄덕이고 먼저 걷기 시작한 쓰카모토 뒤를 따랐다. 감시대 위의 담당 교도관이 경례하며 우리를 배웅한다.

공장을 나선 후에는 스카모토 옆에서 나란히 걸었다.

"손님입니다. 구라시마 씨를 찾네요."

"네?"

직장으로 찾아올 만한 사람은 거의 없는데…….

"유언 뭐라고 하는 곳이라던데요."

"유언?"

"예, 여기 그 사람 명함입니다."

쓰카모토가 제복 가슴 주머니에서 명함을 한 장 꺼내 내게 내밀었다.

받아 들고 명함에 새겨진 글자를 읽었다.

〈NPO 법인 유언 지원회 사사오카 미네코.〉

한 번도 들어본 적 없는 이름이다.

의아하여 고개를 갸우뚱하는데 쓰카모토가 다시 입을 연다.

"일단 사무동 회의실로 안내했는데……. 뭔가 생전에 요코 씨가 맡겨둔 물건이 있는 모양입니다."

"요코가……."

"예. 그렇게 말했어요. 나도 자세히는 못 들었는데, 자꾸 캐묻기도 그래서……. 뭐, 인상이 좋은 여성이라, 구라시마 씨가 직접 물어보면 좋을 것 같아요."

"아, 예……."

나는 건성으로 대답하고 다시 한 번 명함을 보았다.

유언 지원회.

요코가 이 단체에 유언을 남겼다는 건 시한부 선고를 받은 후 반년 동안 몰래 그걸 썼다는 뜻인가. 나한테 비밀로? 아니면 선고받기 전부터 자신이 죽을 때를 생각하여……. 아냐, 설마.

끝없는 생각이 머릿속을 맴돈다.

네 동으로 이루어진 공장과 공장 사이의 숲 어딘가에서 참매미가 울기 시작했다. 한여름과 비교하면 그 목소리가 어쩐지 가냘

프게 느껴져서 '운다'기보다 '흐느낀다'라고 표현하고 싶을 만큼 애절하게 다가온다.

"참매민가? 이제 9월도 후반에 접어들었는데……. 정말 지구가 어떻게 돼버린 걸까요?"

옆에서 걷던 쓰카모토가 한숨처럼 말했다.

하지만 나는 대답하지 않고 명함을 가슴 주머니에 넣으며 그 온화한 얼굴을 바라본다. 그리고 평소와 달리 조금 굳은 옆얼굴을 향해 말을 건다.

"쓰카모토 씨, 오늘 밤 시간 있나요?"

"예? 네……."

"그럼, 괜찮다면 집에서 한잔."

잔을 쭉 들이켜는 동작을 취해보았다. 평소라면 쓰카모토가 싱긋 웃었을 테지만, 오늘은 눈썹을 팔자로 내린 채 입을 다물고 있다. 뭔가 이상하다.

"……."

"집에 맛난 술이 있어서요. 오늘 꼭."

조금 강한 어조로 말하니 각오한 듯 고개를 끄덕인다.

"알겠습니다. 그럼 이따가."

* * *

쓰카모토의 말대로 사사오카 미네코라는 여성은 느낌이 좋은 말투로 시원시원하게 이야기했다. 나이는 마흔가량 될까? 세련된 목소리가 마치 아나운서 같다.

"요코 님이 저희에게 맡겨주신 것은 여기 있는 두 통의 편지입니다."

사사오카 미네코는 너무나 교도소다운 살풍경한 회의실의 긴 책상 위에 두 통의 봉투를 나란히 올렸다. 양쪽 다 아무런 꾸밈이 없는 하얀 봉투인데, 각각 두께는 달랐다.

"구라시마 에지 님 앞이라고만 적힌 이것은 본인께 직접 전달하도록 돼 있습니다."

말하면서 얄팍한 오른쪽 봉투를 쓱 내민다.

"여기 있는 다른 한 통은 나가사키 현 우체국에 유치우편으로 보내달라고 의뢰하셨습니다."

"어……. 유치우편이요?"

"네."

제법 두툼한 왼쪽 봉투에는 나가사키 현 히라도 시 가가미가와초(鏡川町)의 우스카 우체국 앞이라고 적혀 있다. 말미에는 〈유치우편. 구라시마 에지 님〉이라고 적혀 있다.

"이 편지를 나가사키 우체국으로 보낸다는?"

"그렇습니다."

"수취인인 제가 여기 있는데요?"

"예."

"……."

즉 편지 두 통 중 얇은 쪽은 지금 이 자리에서 볼 수 있다. 그러나 다른 한 통은 나가사키 우체국 앞으로 우송될 테니 거기까지 직접 받으러 가라는 뜻인 모양이다.

"음, 아내가 왜 이런 번거로운 일을?"

"그 이유까지는 저희도……." 사사오카 미네코가 고개를 옆으로 살짝 흔들며 대답한다. "사실 이런 경우는 저희도 처음이라."

"그런가요."

"예, 죄송합니다만……."

사사오카 미네코가 사과할 일은 아니지만, 어쩐지 나도 석연치 않은 기분이 들긴 했다.

살풍경한 회의실 안에 문득 침묵이 내린다.

에어컨 때문에 꽉꽉 닫아둔 창밖에서 참매미의 슬픈 노래가 어렴풋이 울린다.

나가사키 현의 우스카…….

처음 듣는 지명은 아니다. 요코가 태어나서 초등학생 때까지 살았다는 작은 어촌이다.

혹시 몰라 다시 한 번 묻는다.

"유치우편으로 보내는 편지, 지금 여기서 받는 건 불가능한지……."

"죄송합니다만, 고인의 희망에 따르는 것이 저의 본분인지라……. 요코 님이 의뢰하신 대로 나가사키 우체국에 유치우편으로 발송하게 됩니다." 죄송스러운 표정을 지으면서도 사사오카 미네코의 어조는 사무적이고 단호했다. "이 편지는 오늘 돌아가는 길에 우체통에 넣게 되는데요. 유치우편을 받을 수 있는 기한은 도착 후 열흘간입니다."

"그렇다면……, 그 편지가 우스카 우체국에 도착한 후 열흘 이내로 찾아야 한다는?"

"네, 그렇습니다."

그 말은……. 나는 머릿속으로 날짜를 계산했다. 오늘 우체통에 넣으면 내일 수거해간다. 그렇다면 우스카에는 빨라도 모레 도착할 것이다. 내게 주어지는 유예기간은 불과 12일.

"저기, 혹시 말입니다만……."

"네."

"제가 만약 우스카에 안 가면 그 편지는……?"

"우편물은 반송하게 되어 있지만 그때는 저희가 소각 처분합니다."

"소각 처분?"

"의뢰 내용이 그렇습니다."

"내가 읽기 전에 태워버리는 겁니까?"

"네, 그렇습니다."

무심코 꿀꺽 하고 침을 삼켰다.

요코는 무슨 일이 있어도 나를 우스카에 보내려 한다.

아무리 그래도 12일 안에 우스카 우체국에 가지 않으면 편지가 재로 변한다니. 이건 일종의 시한부 선고가 아닌가?

당신에게 보낸 편지의 남은 생은 12일입니다.

12일. 고작. 내 안에 초조감이 일어난다.

"잠깐 실례하겠습니다."

나는 사사오카 미네코에게 양해를 구하고 얇은 쪽 봉투를 열어 보았다.

안에 들어 있는 것은 조금 두툼한 종이 한 장이다.

그걸 살짝 빼낸다.

그림엽서?

그런 생각과 함께 깜짝 놀라 숨을 멈춘다.

엽서의 그림은 그림 편지가 취미였던 요코 자신이 직접 그린 것이다. 저녁놀이 진 붉은 하늘 아래, 작은 항구의 빨간 등대 앞을 갈매기 두 마리가 즐겁게 날아가는 그림.

그러나 나를 더 놀라게 한 것은 엽서에 적힌 한 줄의 문장이었다.

"……."

할 말을 잃은 채로 엽서를 응시하고 있는데 사사오카 미네코의 시선이 느껴졌다.

"저기, 뭔가 잘못되었나요?"

조심스럽게 묻는다.

나는 엽서에서 억지로 시선을 떼어 사사오카 미네코를 보았다.

"아내는, 유골을……." 일단 심호흡을 할 필요가 있었다. 그리고 뜨거운 한숨을 내뱉듯 단번에 말한다. "고향인 우스카 바다에 뿌려주면 좋겠다는군요."

사사오카 미네코는 "아……"라고 입속으로 말하며 눈을 크게 떴다.

나도 다시 한 번 요코가 그린 그림엽서를 본다.

〈내 유골은 고향 바다에 뿌려주세요.〉

요코다운 부드러운 붓글씨로 그렇게 적혀 있다.

나에게 보내는 글은 그 한 줄뿐이다.

"저기……." 사사오카 미네코가 조금 전과는 약간 다른 동그란 목소리를 냈다. "괜찮으시다면 산골(散骨) 업체를 소개해드릴 수 있는데요."

"네?"

"이런 일을 하다 보면 가끔 유골 뿌리는 걸 부탁하는 분이 계십니다. 저희가 직접 도울 수는 없지만, 전문 업체 소개를 원하시면……."

그러면서 사사오카 미네코는 토트백 스타일의 가죽가방에서 팸플릿을 다섯 장 정도 꺼내 내 앞으로 살짝 내민다.

나는 멍한 머리로 그 팸플릿에 시선을 주었다.

호화 크루저를 이용한 산골. 산골의 매너. 수작업에 의한 분골(粉骨)과 기계에 의한 분골. 납골 항아리의 각종 크기. 유골을 넣는 수용성 봉투. 헌화와 헌주 세트. 신부, 목사, 승려의 승선. 각종 서비스 패키지와 요금표……. 그런 단어가 눈에 들어온다. 산골은 이미 하나의 비즈니스였다.

팸플릿에서 시선을 들고 일단 인사를 했다.

"감사합니다. 조금 생각해본 후에 결정해도 되겠지요?"

"물론입니다. 천천히 생각하세요. 아, 그런데 천천히라고 말씀드리기엔……."

그때 사사오카 미네코의 표정이 조금 어두워졌다. 사무적인 태도로 말하고는 있지만 틀림없이 심성은 고운 사람이리라.

"알고 있습니다. 편지를 받을 수 있는 기한이 있지요."

"네."

"이 팸플릿, 제가 가져도?"

"물론이에요. 뭐든 필요하시면 명함에 있는 연락처로 전화주세요."

"여러 가지로 감사합니다."

"아닙니다."

또다시 작은 침묵이 내린다. 멀리서 매미 소리가 들려온다.

그 소리가 떠날 때를 알리기라도 한 듯, 사사오카 미네코가 "그럼, 저는 이만" 하고 조용히 일어난다.

나도 고개를 끄덕이며 일어섰다.

회의실에서 나와, 수위가 있는 교도소 정문까지 사사오카 미네코를 배웅했다.

정문을 나서면 단풍나무 가로수 길로 이어진다.

아직 여름이 남아 있는 듯 후덥지근한 바람이 불지만 그래도 머리 위의 단풍잎은 연한 노란색으로 물들기 시작했다.

"이제 곧 가을이네요."

가로수를 올려다보며 사사오카 미네코가 중얼거린다.

"예."

나도 중얼거리는 듯한 목소리로 대답한다.

"그럼 나머지 한 통은 오늘 우체통에 넣겠습니다."

"네, 감사합니다."

사사오카 미네코는 다정한 미소를 지으며 "그럼, 실례하겠습니다"라고 인사한 다음 발길을 돌렸다. 가죽 토트백을 어깨에 멘 채 등을 쭉 펴고 가로수 길을 걸어간다. 그 뒷모습을 향해 한 번 더 살짝 머리를 숙인 후 높은 담 안으로 다시 돌아간다.

문득 귀를 기울이니 참매미는 이미 울음을 멈춘 뒤였고, 대신 풀숲에서 찌르르 찌르르 하는 가을벌레의 노랫소리가 쏟아져 나오고 있다.

1초, 1초, 계절은 확실히 옮겨가고 있다.

그런 당연한 생각을 하면서 오렌지색의 높은 하늘을 올려다보니 남쪽 하늘에 비행기구름이 곧게 뻗어 있다.

1초마다 비행기구름이 자라난다.

그 1초마다 내게 보낸 '편지의 남은 생'도 짧아지고 있다.

* * *

밤이 되자 기온이 쑥 내려가 이제야 가을다운 바람이 불기 시작한다.

딸랑.

바람이 시원하면 창가의 풍경 소리도 한층 청량하게 들린다.

"바람이 참 좋네."

쓰카모토는 그렇게 말하며 요코에게 향을 바쳤다.

"저 풍경, 요코 씨가 정말 좋아했는데……."

부인인 구미코도 향을 올린 다음 양손을 모은 채 영정을 가만히 응시했다. 금테 안경 너머로 눈물방울이 맺혀 있다.

나는 다다미방에 접이식상을 꺼내어 펼치고, 그 위에 구미코가 직접 끓이고 무쳐온 음식들과 술안주 몇 종류를 올렸다.

쓰카모토 부부가 자리에 앉자 냉장고에서 맥주를 꺼내 손님들의 잔에 따랐다.

"맥주, 요코 씨 것도 준비할까요?"

구미코가 그렇게 말하고 등 뒤의 찬장에서 작은 컵을 꺼낸다. 그 잔에 쓰카모토가 술을 따라 영정 앞에 조심스레 올린다.

"감사합니다."

"요코 씨, 술 좋아했는데……."

분명 요코는 술을 좋아했고 주량도 꽤 센 편이었다.

"술 마시면 이야기도 재미있게 잘하는 사람이었지."

쓰카모토가 거실에 있는 영정을 바라보며 중얼거렸지만, 나는 분위기가 침울해지는 게 싫어서 맥주가 담긴 컵을 상 위로 들어 올리며 말했다.

"자, 한잔합시다."

"네, 건배할까요?"

구미코의 말에 셋이서 고개를 끄덕이고 잔을 올린다.

차가운 맥주를 들이켜니 딸랑 하고 풍경이 운다.

천국에 있는 요코도 맥주를 맛본 걸까, 그런 생각을 하면서 자그맣게 탄식한다.

우리는 빈 잔에 맥주를 다시 따르고 상 위의 음식에 젓가락을 댔다.

"이 다키아와세(여러 가지 재료를 따로 익혀 한 그릇에 어울려 담는 일본요리), 맛있습니다."

내가 솔직하게 말하자 구미코가 조금 쓸쓸한 듯 웃는다.

"만드는 법을 요코 씨한테 배웠어요."

어쩐지 입맛에 딱 맞았다.

"이 초무침도 맛이 좋네요."

"다행이다. 그건 저의 오리지널 작품이랍니다."

"어이어이, 오리지널이 아니지. 요리책 보고 최근에 처음 해본 거잖아."

쓰카모토가 웃으면서 놀리자 부인도 지지 않는다.

"책에 실린 레시피에 나름대로 변화를 줬거든."

시원스럽게 받아치고는 나를 보며 혀를 쏙 내민다. 그러고 장난스럽게 웃는다.

밝고 쾌활한 이 부부가 와준 덕분에 오늘 식사 때는 오랜만에 맛을 느낄 수 있었다.

"그건 그렇고, 구라시마 씨처럼 뻣뻣하고 고지식한 사람은 평생 결혼도 안 하고 혼자 살 줄 알았는데, 설마 마흔여덟 살이나 되어서 요코 씨처럼 예쁜 사람을 데리고 올 줄이야."

"밝고 친절하고 참 좋은 사람이었어. 정말……."

또 구미코의 눈에 눈물이 비치려 하기에 나는 쓰카모토가 던진 미끼를 덥석 물기로 했다.

"그렇게 고지식한가."

"그건 맞지, 누가 봐도."

"구라시마 씨는 당신과 달리 성실해."

손수건 귀퉁이를 눈꼬리에 대면서 구미코가 말한다.

"생각해봐. 이 사람이 여자를 꼬드기는 모습, 상상이 돼?"

"……."

쓰카모토는 팔짱을 끼고 구미코도 집게손가락을 볼에 대고 생각에 잠긴다.

"음, 생각해보니 그러네. 구라시마 씨, 어떻게 요코 씨를 잡은 거예요?"

이거 참 난처하다. 이런 이야기가 거북한 걸 보니, 역시 내가 고지식하긴 한가 보다.

"음, 그건 비밀입니다."

"역시. 그렇게 말할 줄 알았어요."

"어머, 아쉬워라. 요코 씨한테 물어볼 걸 그랬어."

만약 이 자리에서 요코도 함께 술을 마시고 있었다면 희희낙락하며 이야기해버렸을 것이다. 실제로는 대단한 프러포즈도 아닌데, 너무나 재미있고 유쾌하게 게다가 생생하게 들려줬을 것이다.

"죽은 사람은 말을 못하니 다행입니다."

이런 농담이 괜찮을까 싶었지만 나는 하찮은 농담처럼 입에 담았다. 그러자 쓰카모토가 고맙게도 맞장구를 쳐준다.

"구라시마 씨는 살아 있는데도 말을 못하고요."

"어머, 당신, 왜 이렇게 무례해?"

교도소에서는 넘버투의 잘나가는 교도관인데 부인에겐 이렇듯 구박을 받는다. 참 잘 어울리는 부부다. 나는 살짝 웃었다.

나는 어릴 때부터 말이 없는 편이었다. 교사였던 아버지가 엄했던 탓도 있을 테고, 어쩌면 선천적으로 재미없는 인간인지도 모른다. 자유와 모험을 찾아 나서기보다, 늘 같은 일상에 만족하는 편이다. 성실하고 조용하게 또 규칙적으로 생활하는 쪽이 내 성격과 잘 맞는다. 취미이자 직업이기도 한 목공도 생각해보면 혼자서 묵묵히 해야 하는 작업이다.

"요코가 종종 이런 말을 했어요. 당신은 새장 속의 새가 아니니 좀 더 자유롭게 날개를 펼치라고."

"요코 씨는 참 자유롭고 활달했죠. 날개가 있다면 정말로 날아가 버릴 것처럼."

그렇게 말하는 구미코의 시선은 먼 곳을 향해 있다.

"아무래도 가수 출신이었으니까. 우리처럼 좁은 담 안에서 옹기종기 사는 사람들하고는 그릇부터가 달라."

분명 요코는 나와 정반대의 성격을 가지고 있었다. 사람들 앞에서 노래를 부른다는 것은 상상조차 할 수 없는 나와 달리, 요코는 편안한 자세로 무대에 서서 즐거운 듯 노래하는 세미프로 동요가수였다.

15년 전. 오카야마 교도소에서 근무할 당시, 요코가 가수로서 위문공연을 왔다. 직원이었던 나는 체육관 뒤편에 우두커니 선 채 무대에서 눈부시게 노래하는 요코를 바라보고 있었다. 그것이 우리의 첫 만남이었다.

"요코 씨의 십팔번이 뭐였더라? 노래 이름이."

쓰카모토가 물었다.

"〈별 순례의 노래(星めぐりの歌)〉 말이지요?"

"맞아 맞아. 그 노래 묘하게 좋았어."

미야자와 겐지가 작사 작곡한 노래다.

쓰카모토의 말대로 요코의 그 노래에는 교도소 체육관을 한순간 조용하게 만드는 반짝이는 힘이 있었다. 나도 처음 들었을 때 어딘가 다른 세계로 끌려와 버린 듯한 신비한 감동을 느꼈다. 반주도 아무것도 없이 그저 요코의 목소리만 흘러나왔을 뿐이지만, 매번 청중의 마음엔 맑은 밤하늘의 이미지가 무한히 펼쳐졌다. 그리고 노래가 끝나면 어김없이 터질 듯한 박수 소리가 울려 퍼졌다.

"아, 맞다. 구라시마 씨, 요코 씨가 위문공연 왔을 때 접근한 거죠?"

쓰카모토가 싱글싱글 웃으며 나를 본다. 옆에서 구미코도 흥미진진한 얼굴을 하고 있다.

"세 번째로 방문했을 때 처음 이야기를 나눴어요."

"요코 씨, 예뻤지요?"

"그거야 당연하지. 화장도 의상도 완벽했을 테고."

"당신한테 안 물었어." 구미코가 또 쓰카모토를 구박한다. "그런데 구라시마 씨, 요코 씨한테 뭐라 하면서 다가갔어요?"

이거 참, 어떻게 해야 하나 망설였지만 결국 솔직하게 대답한다.

"사실은 제가 먼저 다가간 게 아니에요."

두 사람이 "어?" 하며 고개를 갸우뚱한다.

"말을 걸더군요. 저쪽이 먼저……. 항상 제일 뒤에서 보고 계시는 분이죠? 하고."

쑥스러워서 무심코 뒤통수를 긁으니, 쓰카모토가 껄껄 웃으며 "응, 그렇다면 상상이 돼" 하고 손뼉을 친다. "그래서요?"

"목이 마르다고 해서 직원 식당으로 안내하고……. 차 마셨죠."

"오호, 두 분이 그렇게 만났군요."

자신의 연애 스토리를 추억하는 듯한 열띤 눈빛으로 구미코가 나를 가만히 응시한다.

"뭐, 그런 옛날이야기보다……." 나는 맥주를 들이켠 다음, 조금 강한 어조로 본론에 들어가기로 했다. "오늘 저를 찾아온 유언 지원회 말입니다만."

그렇게 말한 순간, 쓰카모토 부부의 표정이 조금 굳어졌다. 무심코 나는 훗 하고 웃고 말았다. 거짓말을 못하는 선량한 부부다. 두 사람은 시선을 한군데에 두지 못하고 맥주잔에 입을 댔다가 젓가락을 움직였다가 한다. 상관하지 않고 말을 이었다.

"솔직히 말해주세요. 유언 지원회에 요코의 죽음을 알린 건……."

가만히 쓰카모토를 응시한다. 2초 정도 시선이 마주친 후에 쓰카모토가 별안간 "아하하하" 하고 웃는다.

"들켰나요? 역시……. 그런데 정확히 말하면 그 NPO와 연락한 건 내가 아니라……."

"죄송합니다. 저예요."

구미코가 손에 들고 있던 잔을 내려놓고 예를 갖춘다.

"예……."

"입원 중 자유롭게 움직일 수 없었던 요코 씨 부탁으로……. 편지 내용까지는 저도 못 들었어요. 저는 그저 돌아가셨다고 전화로 연락만 했을 뿐이에요."

"……."

딸랑.

풍경이 울고 창문으로 선들바람이 흘러 들어온다.

상을 둘러싼 세 사람은 작은 침묵에 감싸인 채 그 맑은 음색에 귀 기울였다.

쓰카모토가 먼저 입을 열었다.

"구라시마 씨, 그 유언에 뭐라고 적혀 있던가요?"

그 말엔 대답하지 않고 묵묵히 일어나 거실 서랍에서 그림 편지와 산골 업체 팸플릿 그리고 조금 전에 직접 쓴 한 통의 봉투를 꺼냈다.

다다미방으로 돌아와 우선 그림 편지를 상 위에 조심스레 올렸다.

딸랑.

신호인 듯 풍경이 운다.

쓰카모토 부부는 입을 꾹 다문 채 단 한 줄의 유언을 눈으로 좇았다.

⟨내 유골은 고향 바다에 뿌려주세요.⟩

"유언이 이것뿐?"

나는 천천히 고개를 끄덕였다.

"요코 씨의 고향이라면 분명⋯⋯."

구미코가 그림 편지에서 얼굴을 들고 나를 본다.

"우스카라는 어촌입니다. 나가사키에 있는."

"가실 겁니까?"

쓰카모토의 얼굴을 보고 고개를 끄덕였다.

"언제?"

"되도록 빨리 가게 되었어요."

"예?" 구미코가 고개를 갸웃한다. "가게 되다니요?"

"사실은 이 편지 말고 다른 한 통이 또 있는데⋯⋯."

그 편지에 대해서도 숨김없이 이야기했다. 만약 내가 우스카 우체국에 찾으러 가지 않으면 그 유언은 소각되어버린다는 사실까지 포함하여 모두.

"그 NPO 분이 산골 업체 팸플릿도 주고 갔어요."

"업체에 부탁할 생각인가요?"

"아니, 직접 해야죠."

바다에 뿌릴 때는 그 뼈를 변사체의 유골로 잘못 알지 않도록 미리 부숴서 작게 만들어야 한다라고 팸플릿에 적혀 있었다. 적어도 직경 2밀리 이하로 만드는 것이 의례인 모양이다. 분골을 업체에 맡기면 저렴하게 기계로 한 번에 부숴주는 '일반 분골'과 도구를 이용하여 사람 손으로 하는 '정성 분골' 중에서 선택할 수 있는데, 나는 요코의 유골이 타인의 손에 망가진다는 생각만 해도 견딜 수가 없었다. 그래서 내 손으로 하겠다고 결심했다.

"부순 뼈를 넣고 바다에 그대로 던지면 되는 수용성 봉투가 있어요. 그 봉투는 조금 전에 전화로 주문했지만."

딸랑.

또 풍경이 운다.

좋은 밤바람과, 좋은 음색이다.

어쩌면 밖에는 하늘 가득 별이 떠 있는지도 모른다.

요코가 부르는 〈별 순례의 노래〉를 생각했다.

"나가사키로 가려면 어느 공항을 이용하나?"

쓰카모토가 맥주를 들이켜고 말했다.

"비행기 말고 내부 손질 중인 캠핑카가 있는데, 그걸 마무리해 타고 갈 생각이에요."

"어, 나가사키까지 말인가요?"

눈을 둥그렇게 뜬 구미코의 말에 쓰카모토가 한마디 덧붙인다.

"천 킬로도 넘을 텐데요."

"네."

"며칠 정도 예상하시나요?"

"천천히 달리면 편도로 나흘?"

부부는 눈썹 끝을 내리고 난처한 표정을 지었지만, 그다음 순간 쓰카모토가 여느 때처럼 생글생글 웃었다.

"구라시마 씨."

"네?"

"새장에서 나와 자유롭게 날개를 펴시려고요?"

"아니, 뭐 그런 건 아니고……."

"우리가 뭐 도울 게 있을까요?"

구미코가 몸을 조금 앞으로 내밀며 말했다.

"아뇨, 구미코 씨에겐 없습니다. 하지만……."

"하지만?"

"상사인 쓰카모토 부장께……."

"어? 저한테 뭔가?"

나는 편하게 앉아 있던 다리를 모으고 무릎을 꿇었다. 그리고 조금 전 준비해둔 봉투를 상 아래에서 손에 쥐었다.

"이것."

쓰카모토 앞으로 얌전하게 내민다.

"엇? 구라시마 씨. 잠깐만요."

"갑자기 놀라게 해서 죄송합니다만."

"이, 이게 뭡니까?"

요코처럼 달필은 아니었다. '사표'라는 두 글자가 하얀 봉투 중앙에 자그맣게 움츠리고 있어 균형이 맞지 않았다. 시원스럽게 쓰지 못한 그 글자가 왠지 내 인생을 상징하는 것 같기도 하여 조금 씁쓸했다.

"이걸 내가 여행하는 동안 맡아주면 좋겠어요."

"맡아주다니요?"

"한심하지만 아직 결심이 안 서서."

"사직할 결심 말인가요?"

"할 결심과 하지 않을 결심, 양쪽 다입니다."

그것은 '예감'이라 해도 좋았다. 요코의 유언을 받아들이는 여행 중에 문득 그만두고 싶어지지 않을까? 63세나 되어 작은 모험을 해보고 싶어지지 않을까? 그런 상상이 뇌리를 언뜻 스친 후로 사라지지 않고 있었다.

한편으로는 수형자들과 함께 미코시를 조금씩 만들어가던 소박한 인생도 간단히 내팽개칠 수는 없을 것 같았다. 단조롭고 조금 답답하지만 나름대로 나쁘지 않은 인생이다.

"뭐, 맡아드리는 건 문제없지만. 구라시마 씨, 어쩔 셈으로 그럽니까?"

"너무 이기적인 부탁이지만 여행하는 동안에 제가 제출하겠다고 연락드리면 그때……."

쓰카모토도 구미코도 입을 꾹 다문 채 나를 보고 있다.

딸랑.

풍경과 밤바람.

가을벌레의 노래도 멀리서 합세한다.

딸랑.

요코가 뭔가 말하고 싶어 하는 것 같다.

지금 이 순간에 내가 무엇을 하고 싶은지 정확히 아는 것 같기도 하지만 어쩐지 불안하기도 하다. 결국 하고자 하는 일에 내가 자신이 없는 것이다. 옛날부터 그랬다. '모험'을 싫어하고 앞을 쉽게 내다볼 수 있는 길만 선택하며 살아왔다. 늘 위험을 두려워하고, 아니, 두려움을 느끼기도 전에 위험이 뿜는 온갖 냄새로부터 냉큼 떨어지려 애썼다. 게다가 그런 인생이 괜찮은지 아닌지를 생각하는 것조차 포기하고.

그러다 요코와 결혼한 후로 조금씩이라도 변화해가는 나를 자각할 수 있었다. 나와 정반대인 요코는 늘 눈부셨고, 그 눈부심의 정체가 '선망'이라는 것을 깨달은 순간, 나는 내 안의 깊은 곳에 잠들어 있던 자유를 향한 '욕망'과 만나 그것을 줄곧 따뜻하게 품어온 것 같다. 언제든 발동할 수 있도록 천천히 소중히 키우면서. 그리고 요코를 잃은 지금에서야 가두어두었던 '욕망'의 뚜껑을 열 때가 왔다고 느꼈다. 자유로운 삶을 위한 '연습 운전' 같은 것이라면 시도해보아도 손해 볼 일이 없었다.

하지만 쓰카모토는 상 위의 사표를 응시하며 단호하게 말한다.

"맡아둘 수는 있지만, 솔직히 받아들이고 싶지는 않습니다."

"……."

"아직 만들고 있는 미코시도 있지 않습니까?"

"그건 곧 완성될 겁니다. 수형자 중에는 경험 있는 사람도 많고, 내가 없어도 괜찮아요."

"앞으로도"라고 말하려다 쓰카모토가 고개를 옆으로 살짝 흔들며 입을 다문다. 그리고 후우 하고 한숨을 내쉰 후 음미하듯 말을 잇는다. "구라시마 씨의 인생이지요. 타인이 이래라 저래라 할 순 없으니."

구미코가 남편의 옆얼굴을 살짝 보았지만 아무 말도 않고 후우 하고 한숨을 내쉰다. 부부가 똑같이 한숨을 쉬니 조금 우스워져서 표정이 저절로 풀린다. 나랑 요코도 이렇게 닮은 점이 있었을까?

"멋대로 이런 부탁이나 하고, 정말 미안합니다. 쓰카모토 씨를 남이라 생각하지 않기 때문에 이런 말도 할 수 있어요."

나는 부부의 컵에 맥주를 따라 주었다. 쓰카모토가 그걸 꿀꺽 마시고 난처한 표정을 짓는다.

"알겠습니다. 일단 한동안은 경조 휴가에 유급 휴가를 붙여서 처리하겠습니다. 사표를 제출하겠다는 연락이 오지 않기만을 바랄 뿐입니다."

나는 "고마워요"라고 쉰 목소리로 말하고는 벌떡 일어나서 부엌으로 향했다. 그리고 냉장고 앞에 쭈그리고 앉았다. 나이 탓인지 걸핏하면 눈시울이 뜨거워진다. 참 곤란하다. 열을 식히려고 뒤돌아본 채 밝은 목소리를 내본다.

"맛있는 술이 이제야 차가워졌네."

말하면서 냉장고 문을 열고 옅은 물색 720밀리리터 병을 꺼냈을 때 창틀에서 풍경이 운다.

딸랑.

응, 알고 있어.

나는 찬장에서 작고 투명한 잔을 네 개 꺼내 들고 부엌을 나왔다.

\* \* \*

다음 날부터 캠핑카 내부를 꾸미기 시작했다.

차종은 닛산 엘그란드다. 촉탁직으로 일하는 처지에 어울리지 않는 고급차지만, 8년 된 중고라서 가까스로 지갑과 타협할 수 있었다.

원래는 요코가 캠핑카를 원했다. 게다가 시한부 선고를 받자마자 구입을 원했는데, 그때까지 뭔가를 사 달라고 조른 적이 없던 요코였던 만큼 그녀답지 않은 행동이었다. 신문에 삽입된 광고지에서 중고 자동차 판매 광고를 찾아내 "언젠가 이런 차로 자유롭게 여행할 수 있다면 얼마나 멋질까?"라며 웃었다.

비록 암에 걸렸어도 미래의 희망을 품는 사람은 신기하게 완치되기도 하고, 선고받은 삶보다 더 오래 사는 경우가 많다. 그런 이야기를 어딘가에서 들은 적이 있어 두말없이 찬성했고, 당장 캠핑카 전문지를 사 와서 요코와 나란히 앉아 중고차 리스트를 들여다보았다.

구입한 차는 가격이 쌌던 만큼 주행거리는 10만 킬로가 넘었다. 내부는 더럽고 흠도 많았다. 그래서 휴일마다 홈센터를 들락거리며 전체적으로 나뭇결 느낌이 나게끔 조금씩 내부를 개조해 갔다.

그동안에도 요코의 몸은 서서히 암에게 갉아 먹혀 눈에 띄게 쇠약해졌다. 하지만 나는 개조를 게을리하지 않았다. 요코가 잡고 일어서기 편하도록 손잡이를 붙이고, 넘어지지 않도록 바닥을 평평하게 만들고, 조명을 밝은 형광등으로 바꿨다.

요코가 항암제 치료를 위해 입원한 동안에는 캠핑카 진척 상황을 디지털카메라로 촬영하여 요코에게 하나씩 보여주기도 했다.

"경치를 바라보면서 식사할 수 있겠네."

"응."

"이 자그마한 부엌에서도 만들 수 있는 요리를 생각해둘게."

"좋지."

이미 몸을 움직이는 것조차 고통스러워하는 요코였지만, 캠핑카 이야기를 할 때만큼은 생기 넘치는 눈을 반짝였다. 그런 요코를 보고 싶어 개조 작업을 게을리하지 않았는지도 모른다.

그러나 요코가 떠나기 한 달 전쯤부터 나는 작업하던 손을 딱 멈췄다. 나무와 차를 만지작거릴 시간이 있다면 1초라도 더 요코 옆에 있고 싶었다. 캠핑카 사진을 보여주지 않아도 요코는 아무 말을 하지 않았다. 서로 어렴풋이 느끼고 있었다. 이제 그 차로 함께 여행할 수 없으리라는 사실을.

그 후로는 나도 요코도 의식적으로 그 이야기를 피했다. 서로를 배려하는 암묵된 양해라고 해도 좋았다.

그런데 이제 와서 생각한다. 마지막 순간까지 캠핑카를 만지던 손을 멈추지 말았어야 했나라고. 설사 요코가 미래를 포기했어도, 나는 요코와의 미래를 계속 믿었어야 했을까? 그것이 진정한 사랑인지도 모른다.

미래를 포기하고 남은 시간을 함께하기. 혹은 미래를 믿고 두 사람의 꿈을 위해 작업에 힘쓰기. 어느 쪽이 맞는지 점점 더 알 수가 없다.


아침부터 밤까지 쉬지 않고 움직였더니 역시 허리가 아팠다. 그래도 캠핑카는 눈에 띄게 달라졌고, 이틀 만에 준비를 완료했다. 원래는 몸이 약한 요코를 위해 개조해야 할 부분이 많았지만 이제 그럴 필요가 없어진 만큼 작업이 훨씬 간단해졌다. 나 혼자라면 다소 불편해도 괜찮을 것이다.

다 끝났을 때 시간은 이미 저녁 7시 반이 지나 있었다.

갓 완성된 침대에 벌렁 드러누웠다.

움직이는 나의 집이 은은한 나무 냄새로 가득하다.

"후. 드디어 완성이네."

무심코 혼잣말을 한다.

2인용 침대이니 넉넉하게 대자로 뻗으면 좋으련만, 나는 자연스럽게 오른쪽 옆에 엎드려 있다. 그러다 왼쪽이 휑하니 빈 걸 보고 축축한 한숨을 흘리고 만다. 15년간 부부 침실 왼쪽에 요코가 있었다. 그 습관이 이런 데서도 나타나다니……

그러면서도 일종의 흥분을 느낀다. 드디어 자유로운 인생을 위한 연습 운전 격인 여행을 떠난다. 게다가 그 종착지엔 요코의 편지가 기다리고 있다.

내일 출발할 거야, 요코.

당신이 계획한 짓궂은 장난에 기꺼이 걸려들게.

짓궂다는 단어가 머릿속에 떠오르자 내 표정이 살짝 풀어졌다. 죽은 아내의 '장난'에 걸려들다니, 조금은 유쾌해졌다.

후후후, 하고 장난스럽게 웃는 요코를 생각한다.

요코는 자주 그런 표정으로 웃곤 했다.

문득 눈시울이 뜨거워지려 해서, 나는 "후우" 하고 일부러 조금 밝은 한숨을 내쉬면서 감정을 속여보려 애쓴다.

제 3 장
양떼구름의 한숨

출발하는 날 아침에도 여느 때와 같이 5시 정각에 눈을 떴다.

이불 안 온기 속에서 묵직한 피로를 등에 짊어지고도 이영차 하며 일어난다. 딱딱하게 굳은 허리가 삐걱거리는 것 같아 무심코 양손으로 문지른다.

세면대 거울 앞에 서니 63세의 지친 남자의 얼굴이 보인다. 하얀 수염이 듬성듬성 자라기 시작했지만 오늘부터 당분간 그냥 놔두기로 한다. 수염을 기르는 건 난생처음이다.

잠옷 차림으로 세수를 하고, 양치질을 하고, 아침식사를 할 때까지는 평소와 다름없는 아침이었지만, 제복이 아니라 사복으로 갈아입은 순간부터 조금씩 기계와도 같은 '일상'에서 벗어나고 있음을 느낀다. 신문도 오늘 아침부터는 받지 않기로 했다. 식후에 신문을 펴지 않고 차만 마시니 어쩐지 무료해서 늘 마시던 차

맛이 서먹서먹하게 느껴진다. 그런데 그 서먹서먹함이 신선하여 유쾌하기까지 하다. 평소에 듣지 않는 시디를 굳이 틀어본다. 플레이어에 들어 있던 평소 요코가 즐겨 듣던 옛날 재즈다.

경쾌한 음표가 떠도는 방 안에서 출발 준비를 한다지만, 거의 모든 준비를 어젯밤에 끝내두었기에, 집에 없을 때 누전 같은 문제가 생기지 않도록 필요 없는 플러그를 빼고, 충전된 휴대전화를 가방에 넣고, 보험증 따위의 소지품을 확인하는 정도다.

평소라면 차를 마시면서 신문을 펼치고 기사 제목을 훑어볼 시간인데, 지금 여기엔 재즈를 들으며 여행 준비를 하는 내가 있다. 허리는 아프고 피로도 아직 남아 있지만 기분이 신선해서인지 여느 때보다 움직임이 경쾌한 것도 같다.

아직 출발하지도 않았는데 벌써 '고지식하다'는 말을 듣는 내가 조금씩 변화하기 시작했다. 조금 낯간지러운 기분으로 그런 생각을 한다.

오랜 세월에 걸쳐 내 인생에 두껍게 눌어붙은 몇 가지 습관은 온몸을 빈틈없이 감싼 갑옷과도 같았다. 애써 벗겨낸 부분은 생살이 드러나고 바람에 노출되니 불안한 마음도 들지만, 그만큼 홀가분해진 상쾌함을 맛볼 수 있다.

마지막으로 문단속을 확인한다.

베란다로 통하는 유리창을 잠그면서 아무 생각 없이 바깥 풍경을 내려다본다. 눈에 익은 관사 앞뜰이 하늘과 똑같은 엷은 회색으로 부옇게 흐려져 있다. 9월 후반의 미지근한 실비가 소리 없이 세상을 촉촉히 적시고 있다.

가을장마가 아니라면 좋겠는데…….

문득 생각나서 창틀에 매달아 둔 풍경을 떼어 손에 들고 다시 거실로 돌아왔다.

거실 장롱 위에 요코의 영정과 위패가 있다. 위패 옆에 두었던 납골 항아리는 어젯밤에 차 조수석에 실어놓았다.

"출발할게."

영정을 향해 나직이 말을 건다.

흑백 사진 속의 요코는 눈부신 듯한 표정으로 말없이 미소 짓고 있다.

나일론 여행 가방을 어깨에 멨다.

오른손에는 요코의 풍경.

정든 집을 나와서 열쇠구멍에 열쇠를 끼운다.

찰칵.

조용한 관사 계단에 그 소리가 울리자 문득 내 안의 무엇이 끊어진 듯했다.


＊ ＊ ＊


오늘부터 한동안 내 '집'이 될 엘그란드에 올라탔다. 뒤 칸 창문의 커튼레일에 요코의 풍경을 매달았다. 그러고 운전석에 앉아 시동을 걸고 와이퍼를 움직인다. 구간 거리계는 0으로 설정했다.

서쪽 하늘을 바라보니 생각보다 밝다. 어쩌면 곧 날씨가 회복될지도 모르겠다.

"좋았어."

핸들에 손을 올리고 액셀을 살짝 밟는다.

관사 주차장 밖으로 나와 교도소 앞 가로수 길을 엘그란드가 달리기 시작한다. 비에 젖은 단풍나무 잎이 머리 위에서 반들반들 빛난다. 돌아올 즈음에는 이 단풍나무도 제법 물들어 있겠지.

41번 국도를 타고 남쪽으로.

하늘이 맑을 때는 푸른색으로 우뚝 솟는 정면의 산줄기도 오늘은 하얀 연무 속에 희미해져 마치 담담한 수묵화 같았다.

도중에 편의점에 들러 캔 커피와 껌을 샀다.

15분 정도 달려 시가지를 빠져나오자 서서히 풍경이 트인다.

멀리 희미하게 보였던 산줄기가 눈앞으로 다가왔을 때 그제야 '떠났다'는 실감이 끓어오르기 시작했다.

41번 국도는 '히다가도(飛驒街道)'라고도 불리는 진즈(神通) 강을 따라 뻗은 도로로, 가을이 깊어지면 산간의 단풍이 꽤 볼 만하다. 하지만 아직은 조금 이르다. 그래도 산들은 이미 한여름의 농밀한 초록빛을 잃어 계절의 변화를 확실히 느끼게 한다.

나는 되도록 천천히 차를 몰았다.

진즈 강의 녹색 수면을 내려다보면서 푸른 산속 깊숙이 헤치고 들어가니 이따금 강 속에 말뚝처럼 서 있는 사람의 모습이 드문드문 보인다. 삿갓을 쓴 낚시꾼들이다. 산란을 위해 강어귀로 향하는 은어를 노리고 있으리라.

그대로 한참 달리니 서쪽 하늘의 구름이 갈라지더니 갑자기 시야가 밝아진다. 비는 아직 조금 내리지만 머지않아 그칠 듯하다. 어쩌면 무지개가 걸릴지도 모르겠다.

이윽고 도로가 꾸불꾸불한 산길로 바뀌면서 본격적인 산간 지역으로 들어서니 '야생동물 주의'를 알리는 노란색 표지판이 이따금 나타난다. 도로를 따라 뻗은 둑에는 이삭이 달린 참억새가 빽빽하게 자라 있다.

참억새 이삭이 비에 젖은 채 머리 숙여 절하고, 그 속에 깃든 물방울이 신선한 아침 햇살을 반짝반짝 난반사하니 마치 보석처럼 눈부시게 빛난다.

빨강, 파랑, 보라, 노랑, 주황…….

가지각색의 빛 알갱이가 터진다.

참억새가 반짝인 것은 지극히 한순간이었다. 태양과 참억새와 나 사이의 위치가 딱 맞아떨어진 덧없는 찰나의 광경. 하지만 그 숭엄한 아름다움 앞에 나는 핸들을 잡은 채 감탄의 한숨을 흘리고 만다.

이 여행은 축복인 것 같다…….

마음속으로 중얼거리고 흘끗 조수석으로 시선을 보냈다.

조수석 시트 위에 요코가 사용하던 큼직한 가죽가방이 안전벨트로 고정되어 있다.

가방 안에 든 것은 납골 항아리다.

시선을 앞으로 돌리고 더 깊은 산속을 향해 액셀을 밟는다.

산속 비탈길을 쑥쑥 올라간다.

고도가 높아질수록 하늘에는 더욱 맑은 파란빛이 펼쳐진다.

비가 그친 후에 촉촉이 젖은 산들도 숨을 되돌린 듯 밝게 빛난다.

기후(岐阜) 현으로 접어들어 다카야마(高山) 본선 옆으로 나란히 뻗은 360번 국도를 달리다 보니 커브가 조금씩 심해진다. 미야가와(宮川)라는 유리구슬 색깔의 맑은 강을 실로 꿰매듯 몇 번이나 건넜다.

하늘이 갠 탓인지 참매미가 운다.

계단식의 좁은 논 한가운데에는 수확이 갓 끝난 벼를 걸어서 말려두고 있었다.

유리창을 여니 바깥 공기가 차 안으로 우르르 밀려들어 온다. 비가 그치고 공기에 숲 향기가 가득하여 나는 무심코 심호흡을 했다.

딸랑.

이따금 생각난 듯 요코의 풍경이 운다.

문득 카스테레오를 켜니 뉴스가 흘러나온다. 산간 지역이라 전파 상태가 좋지 않은 듯 진행자의 목소리가 띄엄띄엄 들린다. 차 유리에 급격한 온도 변화를 주어 유리를 깨고 들어가 물건을 훔치는 차량 털이범이 활개를 친다는 사건 소식인 것 같은데, 잡음이 귀에 거슬려 그냥 스위치를 꺼버렸다.

차 안이 다시 고요해진다. 멀리서 들려오는 매미 소리와 풍경의 음색이 내 안으로 다정하게 스며든다. 그 소리들을 듣다 보니 문득 어릴 적 여름방학의 냄새가 되살아난다. 숲과 강과 흙 냄새다.

그 냄새는 50년도 더 된 옛날 기억인데 어찌된 일인지 바로 얼마 전의 일처럼 느껴진다. 50년 전이 '얼마 전'으로 느껴지다니, 인생이란 얼마나 짧은가.

어쩌면 53세에 죽은 요코도, 100세까지 산 사람도, 자신의 인생을 '한순간이었다'라고 느낀다는 점에서는 큰 차이가 없을지도 모르겠다. 한순간과 영원은 시계로 재면 엄청난 차이지만, 사람의 마음으로 계산하면 동일한 것일 수도 있지 않을까?

그런 생각을 하는데 문득 뇌리에 요코가 부르던 〈별 순례의 노래〉가 흐르기 시작했다. 세미프로였던 요코의 노랫소리는 두 장의 오래된 시디에 수록되어 있다. 몇 명의 가수가 부른 동요를 모아 만든 앨범인데, 요코는 〈별 순례의 노래〉와 〈비눗방울〉을 불렀다.

결혼하고 얼마 지나지 않아 내가 그 시디를 차에서 들으려 하자 요코가 난색을 보였다. 이유를 물으니 "내 노랫소리를 내가 들으면 너무 부끄러워"라며 요코답지 않게 수줍어했다. 거기서 그치지 않고 요코는 조금 뜻밖의 말을 했다. "그리고 말야, 〈비눗방울〉이라는 노래는 너무 슬퍼서 듣다 보면 울컥하게 돼. 작사가인 노구치 우죠의 딸이 태어난 지 일주일 만에 죽었는데, 그때의 슬픔을 덧없는 비눗방울로 표현했다고 들었어."

일단은 내 직업이기도 하니 음반용으로 부르긴 했지만, 그게 아니라면 절대 안 불렀을 거야…….

요코는 그런 말을 했다.


비눗방울 사라졌네
날지 않고 사라졌네
태어나자마자 곧
터져버렸네


뒷이야기를 듣고 난 후 가사를 곱씹으니 역시 가슴속 깊이 느껴지는 것이 있었다.

요코에게 이야기를 듣고 나서 오히려 〈비눗방울〉이라는 노래의 깊이에 감동했다. 하지만 요코는 두 번 다시 이 노래를 불러주지 않았다.


바람 바람 불지 마
비눗방울 날리자

머릿속에 요코가 부르는 노랫소리가 흐른다.

차 안으로 바람이 들어와 풍경을 울리고 간다.

딸랑.

* * *

히다 산속을 달리다가 휴게소를 발견했다.

핸들을 꺾어 널찍한 주차장 안으로 차를 몰았다. 평일 오전인
데도 수십 대의 차가 주차되어 있다. 반 이상이 트럭이다.

시동을 끄고 차에서 내리자마자 상쾌한 고원의 바람에 감싸였
다. 맑게 갠 하늘을 향해 양팔을 뻗으며 "으아" 하고 크게 기지개
를 켰다. 쉬지 않고 달렸던 탓에 몸 구석구석에서 삐걱거리는 소
리가 난다.

화장실에 갔다가 기념품점에 들러 구경을 했다. 사루보보(히다
지역을 상징하는 아기 원숭이 캐릭터) 열쇠고리와 장식품들이 빽빽하게
진열되어 있다.

모처럼 들렀으니 매점에서 점심 요깃거리도 사 둔다. 미소 돈
가스 샌드위치가 있기에 그것과 주먹밥 하나를 산다. 자판기에서
페트병에 든 엽차도 산다.

매점 옆에는 레스토랑이 있고, 그 건물 안쪽에 사람 키 정도의
간판이 세워져 있다.

〈히다 고산에서 솟아나는 맛있는 물이니, 자유롭게 드세요.〉

마침 잘됐다.

일단 차로 돌아가서 캠핑카의 물통을 들고 나왔다. 그리고 아까 그 입간판 쪽으로 걸어갔다.

물이 나오는 곳은 레스토랑 뒤쪽이었다. 이끼 긴 축축한 벼랑의 갈라진 틈 사이에 꽂힌 호스에서 맑은 물이 거침없이 쏟아져 나오고 있었다.

다른 손님도 한 사람 있었다.

손님은 내 것보다 훨씬 큰 물통을 옆에 두고, 같은 크기의 다른 물통에 물을 담는 중이었다.

그 뒤로 줄을 서니 이쪽을 돌아본다.

기름진 곰보 얼굴의 남자가 나를 관찰하듯 꼼짝 않고 응시한다.

언뜻 보기에는 나와 비슷한 또래인 것 같다. 짧은 머리카락엔 흰 머리가 많이 섞여 있고, 어쩐지 침울한 분위기가 양 어깨 부근에서 감도는 듯하다. 나는 목덜미의 솜털이 움찔움찔 곤두서는 것을 느꼈다.

그러나 남자는 그런 분위기와 반대로 갑자기 상냥한 미소를 짓는다.

"저는 오래 걸릴 것 같으니 이리 오셔서 먼저 받으세요."

쉰 목소리이긴 했지만 음색도 밝았다.

"아, 아뇨, 저도 급하진 않아서, 괜찮습니다."

"그래도 그쪽 물통은 작네요. 사양하지 마시고, 자, 먼저 하세요."

남자는 자기 물통을 땅에 내려놓고 내 등에 손을 두르며 "자, 자" 하고 반강제로 떠밀었다. 이렇게까지 권하는데 고집을 피우기도 그렇다.

"감사합니다."

미안해하면서 물을 받기 시작하니, 남자는 회색 반바지 주머니에서 담배를 꺼내 슉 하는 소리와 함께 터보 라이터를 켜고 불을 붙인다.

"이 물, 조금 전에 맛봤는데 시원하고 맛있어요."

남자가 허스키한 목소리를 담배 연기에 섞어 한꺼번에 토해낸다.

"그러셨군요."

뭐라고 대답해야 좋을지 난처했다. 원래 모르는 사람과 이야기하는 데 익숙지 않다.

그러자 남자는 내가 아니라 물이 나오는 곳을 바라보며 중얼거렸다.

"이토록 맛있는 물이 넘쳐나네."

"아……."

"다네다 산토카가 한 말입니다."

곰보 얼굴을 일그러뜨리면서 남자가 웃었을 때, 물이 철철 넘치는 소리가 났다. 내 물통이 가득 찬 것이다.

"아, 다 됐습니다." 쭈그리고 앉아 뚜껑을 닫으며 남자를 올려 다본다. "감사합니다."

"별말씀을요."

남자는 휘파람이라도 불 것 같은 느긋한 얼굴로 미소 짓다가, 입에 물고 있던 담배를 손가락으로 집어 휴대용 재떨이에 비벼 끈다.

나는 가득 찬 물통을 손에 들고 일어섰다. 남자에게 가볍게 인 사하고 차로 돌아왔다.

다네다 산토카라……

방랑의 하이쿠 시인이었지.

그런 생각을 하면서 시동을 걸었다.

\* \* \*

41번 국도를 타고 다카야마(高山)까지 달린 후, 오른쪽으로 꺾어 158번 국도로 진입했다. 표고 1,000미터가 넘어도 기온은 여름을 방불케 할 만큼 높았지만, 잎 사이를 스치는 바람이 상쾌해서인 지 조금도 불쾌하지 않았다.

산속을 쉬지 않고 달려서 이윽고 맑게 흐르는 물로 유명한 나 가라(長良) 강변길에 접어들어 남쪽으로 내려간다. 구죠오도리(기후 현 구죠 시에서 열리는 전통 춤 행사)로 유명한 구죠하치만(郡上八幡)을 지나,

125

잠시 휴식을 취하기로 했다. 도로 옆에 차를 세우고 굵은 자갈이 깔린 강변까지 내려가 앉기 좋은 바위에 걸터앉아 돈가스 샌드위치와 주먹밥을 한입 가득 넣고 우물거렸다.

눈앞을 도도히 흐르는 나가라 강은 레모네이드 병처럼 맑고 짙은 녹색이다. 강을 가로질러 오는 선선한 바람에 왜 그런지 수박 냄새가 녹아 있다. 이게 무슨 냄새일까, 하고 생각했을 때 문득 쓰카모토의 온화한 얼굴이 떠올랐다.

그렇다. 자연산 은어 냄새다.

옛날부터 은어 낚시를 즐겼던 쓰카모토가 가르쳐주었다.

자연산 은어는요, 수박이랑 똑같은 냄새가 나요.

쓰카모토가 이 나가라 강에서 낚은 은어에 소금을 뿌려 구워준 적도 있는데, 그때도 분명 이런 수박 냄새가 났다.

식후에 페트병에 든 차를 마시며 멍하니 아름다운 강의 흐름을 본다. 기분 좋은 물소리에 참매미 울음소리가 겹치자, 먼 곳까지 왔구나라는 생각이 들고 별안간 감개무량해진다.

고작 몇 시간 전에 도야마에서 출발했을 뿐인데…….


산간 지역에서 벗어나 기후 시로 내려온다.

콘크리트로 구성된 직선과 직각의 세계가 너무나 단조롭게 느껴져서인지 짧은 한숨이 흘러나왔다. 나가라 강에서 얻은 여행의 기분도 어느덧 사라지고 없었다.

21번 국도를 타고 서쪽으로 나아간다. 오가키(大垣), 세키가하라(関ヶ原), 마이바라(米原), 히코네(彦根)를 거치다 보니 어느새 8번 국도로 갈아타고 있었다. 창밖은 다시 평온한 전원 풍경으로 바뀌었고, 논두렁길에 나란히 핀 무수한 석산이 바람에 흔들린다. 이제 엎드리면 코 닿을 곳에 비와(琵琶) 호가 있다.

오미하치만(近江八幡)을 지나자마자 셀프 주유소에 들렀다.

기름을 넣는데 갑자기 뒤에서 누가 어깨를 두드린다.

뒤돌아본 순간 할 말을 잃고 말았다.

"안녕하세요. 이런 우연이 다 있군요."

나를 보며 싱긋 웃는 남자의 얼굴이 낯익다.

"아, 아까는……."

무슨 이야기라도 하려고 했지만 말을 찾지 못했다.

"이런 데서 또 만나리라고는 생각지도 못했어요."

그건 내가 하고 싶은 말이다.

히다 고산에서 여기까지는 수백 킬로 거리다. 우연히 같은 방향으로 차를 몰고, 또 우연히 같은 주유소에서 다시 만나는 일이 과연 가능할까.

"하하하, 정말 신기하네요."

남자는 더 깊은 미소를 지었지만, 그 웃음은 기름진 곰보 얼굴을 더 일그러뜨릴 뿐이다.

"도야마에서 오셨나요?"

남자가 내 차 주위를 한 바퀴 빙 돌고 나서 묻는다. 번호판을 본 모양이다.

"예에……."

"저는 사이타마(埼玉)에서 왔습니다. 저기, 저 차."

남자가 손가락으로 가리킨 곳에 남색 하이에이스가 주차되어 있다. 사이드 어닝이 장착된 걸 보니, 혹시…….

"캠핑카인가요?"

"예. 동지예요, 동지."

"……."

내 엘그란드는 뒤 칸 창문에 커튼을 쳐두어서 곁에서 보면 캠핑카라는 사실을 알 수 없다. 그런데 어떻게 동지라고…….

"하하하. 캠핑카라는 걸 어찌 알았는지, 그게 궁금하신 거죠? 간단합니다. 번호를 보면 알 수 있어요."

"그렇겠네요……."

캠핑카는 특수차량으로 등록되기 때문에 번호판의 '도야마'라는 지명 옆에 '88'이라는 숫자가 표기된다. 일반 승용차의 5나 3으로 시작되는 번호랑은 다른 이른바 '8 넘버'다.

"죄송합니다. 놀라셨나요?"

"아뇨."

"괜찮으시다면 차 안을 잠시 구경해도 될까요? 동지로서."

남자의 싹싹한 말투에 조금 안심이 된 나는 "그리 대단한 차는 아니지만" 하고 미리 예고한 후에 뒷문을 활짝 열었다.

남자는 "호오, 이건" 하면서 차 안을 구석구석 관찰한다. 갑자기 남자의 눈빛이 바뀐 것 같기도 했지만 그렇다고 뭘 어떻게 할 수도 없다.

"저기, 정말로 대단한 차는……."

등에 대고 말을 걸어도 남자는 시선을 차 안에 고정한 채 대답한다.

"아니아니, 대단합니다. 나뭇결의 느낌을 이만큼 살리셨다니, 직접 하셨어요?"

주방과 수납 공간을 가리키며 묻는다.

"예, 뭐……."

"세세한 부분까지, 쐐기를 박아 정확히 보강한 솜씨도 훌륭하고, 물이 닿는 곳은 곰팡이에 강한 노송나무를 썼고, 그 외의 부분은 결이 아름다운……, 이거 들메나무죠?"

"에, 예. 맞습니다."

놀랐다. 목공에 관한 남자의 지식이 상당했다. 별안간 남자의 눈빛이 바뀐 것은 내 목공 솜씨를 평가했기 때문이리라.

"귀퉁이를 둥글게 깎아내니 온화해 보이고 디자인상으로도 괜찮네요."

"감사합니다."

인사를 하긴 했지만 사실은 디자인이라기보다 몸에 힘이 들어가지 않는 요코가 넘어지거나 했을 때 다치지 않도록 귀퉁이란 귀퉁이는 모두 둥글게 깎아냈을 뿐이다.

"산뜻한 노송나무 향이 감도는 것도 좋네요."

"아직 만든 지 얼마 안 돼서 그렇습니다."

"저도 이 노송나무 냄새가 참 좋더라고요."

곰보 얼굴의 남자가 차 안의 냄새를 킁킁 맡으며 기쁜 듯 웃는다.

"실례지만, 목공을 하시는 분입니까?"

내가 물었다.

"사람들 앞에 내세울 정도는 아니지만 싫어하지는 않는 편입니다."

"아, 역시. 쐐기나 목재의 특성까지 아는 사람은 드물거든요."

"아닙니다."

남자가 쑥스러운 듯 관자놀이 부근을 집게손가락으로 긁적인다. 그러다 뭔가 생각났는지 문득 나를 본다.

"실례지만, 오늘 밤은 차 안에서 지내십니까?"

"네. 어디 휴게소나 편의점 주차장이 있으면 거기서 하루 쉬려고요."

그러자 남자가 목을 살짝 움츠린다.

"휴게소라면 몰라도 편의점은 포기하는 게 좋을 거예요. 나는 벌써 몇 번이나 쫓겨난 적이 있답니다. 방범을 위해서라고 하는데, 뭐, 가게 입장에선 수상하기도 하겠죠."

"그런가요. 실은 오늘이 첫날이라서. 전 아직 아무것도 모릅니다."

솔직하게 말하니 남자가 "그렇다면" 하고 손뼉을 친다. "여기서 조금만 더 가면 비와 호가 나옵니다. 그 호숫가에 오토캠핑장이 있다고 해요. 혹시 괜찮으시다면 함께 가시지 않겠습니까? 목공에 관해 여러 가지 이야기도 듣고 싶고."

해는 이미 비스듬하게 기울어지기 시작했다.

여행 첫날 치고는 꽤 오래 달리기도 했고, 이제 와서 허둥지둥 묵을 장소를 찾기보다는 경험이 풍부해 보이는 이 남자를 따라가 차내 숙박에 대해 하나하나 배우는 것도 나쁘지 않을 것 같았다. 무엇보다 위치가 호숫가라는 것도 좋았다.

"그럼, 방해가 되지 않는다면 데려가 주십시오."

나는 살짝 고개 숙여 인사했다.

* * *

철지난 호반의 캠핑장은 한산했다.

관리인 할아버지가 "어디든 마음에 드는 곳에서 지내세요"라고 말씀해주셨으므로, 나는 호수가 한눈에 바라보이는 지점을 골라 차를 세웠다.

곰보 얼굴의 남자는 내게서 수십 미터쯤 떨어진 곳을 선택했다. 이 정도 떨어져 있으면 서로가 사생활을 침범하지 않으니 좋다. 이 남자는 의외로 타인의 입장을 깊이 배려하는 성격인지도 모른다.

나는 당장 캠프용 테이블과 의자를 설치하고 남자를 초대했다. 서툰 솜씨로 커피를 만들어 남자에게 내민다.

"아까 그 물로 타봤습니다. 맛이 어떨지……."

"아, 감사합니다. 잘 마시겠습니다."

남자는 한 모금 마시더니 "음, 맛있다"라며 과장된 목소리를 냈다. 그러고 애써 분위기를 잡으며 눈을 감고 툭 한마디 던진다.

"길 가다 날은 저물고 이곳 물은 왜 이렇게 맛있는지."

"……."

내가 잠자코 있으니 남자가 눈을 뜨고 싱긋 웃는다.

"다네다 산토카예요. 아십니까?"

"어깨너머로 들었을 뿐입니다. 방랑을 즐기며 시를 읊은 사람이라는 것밖엔."

"관심이 없으면 당연히 모르지요. 저는 고등학교 국어 교사였기 때문에 좋아하는지도 모릅니다."

"고등학교 선생님……."

"아, 그러고 보니 아직 이름도 소개하지 않았군요. 저는 스기노라고 합니다. 스기노 데루오."

"구라시마 에지입니다."

내가 이름을 말하자 스기노의 눈에 안도의 빛이 떠오르는 듯했다.

"그런데요?"라고 묻는 스기노.

"네?"

"뭔가, 제게 말하려 하지 않았나요? 구라시마 씨."

"아아, 으음, 지금도 교직에 계십니까?"

"아뇨. 정년퇴직했습니다. 벌써 예순하나예요. 구라시마 씨도 저와 비슷한 또래이신 것 같은데?"

"제가 두 살 많습니다."

"그래요? 그럼 거의 같은 세대군요."

"그러네요."

"구라시마 씨도, 정년으로?"

"아뇨, 촉탁직으로 일하고 있습니다."

"그거 좋군요. 일이 있다는 건 좋은 거예요. 나는 퇴직한 후에 할 일이 없어서……. 아이도 없고 아내는 먼저 죽고, 혼자 떠도는 외톨이 신세입니다."

"……."

"산토카의 시 중에 이런 게 있습니다."

스기노는 커피를 한 모금 홀짝인 후 조금 멀리 시선을 주었다.

"휘감길 데가 없는 덩굴 풀이 시들어 있다."

나는 그 시의 의미를 생각하면서 커피를 마셨다.

그러자 스기노가 말하기 시작한다.

"우리도 덩굴 풀이 되면 안 되겠지요. 덩굴이라는 건 감길 나무가 없으면 시들어버리는 존재니까요. 우리는 든든한 나무가 되어,

뿌리를 내리고, 내 다리로 서서, 주위에 덩굴 풀이 있으면 줄기든 가지든 빌려줘야죠. 그런 인간이 되어야겠습니다."

"그렇지요……."

라고 대답은 했지만, 나야말로 덩굴 그 자체라는 생각이 자꾸만 들었다. 요코라는 나무에 휘감겨 있던…….

나무가 사라진 지금, 나는 시들어가는 걸까?

"잘난 척 이렇게 말하는 나 자신도 솔직히 나무는 되지 못했지만요. 아직도 덩굴 풀입니다. 남에게 의지한 채 하루하루 사니까요."

스기노는 헤헷, 하고 자조적인 웃음을 흘렸다.

나도 애매하게 미소 짓는다.

문득 비와 호를 건넌 바람이 산들산들 불어와 해질녘의 정취를 부채질한다.

딸랑.

그 바람이 열린 뒷문을 통해 들어가 요코의 풍경을 울린다.

"좋은 소리네요. 캠핑카에 풍경을 달다니, 풍류를 아시는군요."

면전에서 칭찬을 들으니 어찌 답해야 할지 난처하다.

"산토카의 시 중에 이런 것도 있어요."

조금 쓸쓸한 내용이지만……, 하고 미리 언급한 후 스기노가 조용히 읊는다.

"풍경이 우는 곳에 죽음이 다가온다."

"……."

풍경과 죽음을 연결하다니 그만 말문이 막혀버렸다. 하지만 그런 감정을 얼굴에 드러내지 않을 정도의 인생 경험은 있다. "호오" 하고 가볍게 중얼거리며 커피를 마시니 마음의 떨림은 어느 정도 감춰졌다.

"구라시마 씨, 부인께서는?"

"얼마 전에 저세상으로 갔습니다."

태연하게 말했다. 그렇게 생각한다. 아마도.

"그러셨군요……. 자제분은?"

묵묵히 고개를 저었다.

"저랑 같네요. 역시 동지군요."

스기노는 곰보 얼굴을 일그러뜨리며 조금 쓸쓸한 듯 웃었다.

그 얼굴은 엷은 주홍빛으로 물들어 있다.

바로 지금, 잘 익은 감처럼 흐물흐물해진 저녁 해가 비와 호 저편 산 너머로 떨어진다.

바람이 불고, 풍경이 운다.

딸랑.

잠시 우리는 말없이 커피를 마셨다.

동지라…….

여행지에서 이렇게 만나는 동지도 나쁘지 않은 것 같다.

딸랑.

또다시 풍경이 울었을 때 내가 입을 열었다.

"커피, 한잔 더 할까요?"

스기노는 "고맙습니다"라며 컵을 내밀었다.


해가 완전히 저문 뒤에도 스기노는 내 테이블에 앉아 있다. 어두워도 랜턴 빛 아래서 목공 이야기를 하고 차내 숙박에 관한 이야기를 하고, 또 산토카 이야기를 했다. 대화라고 하지만 90퍼센트는 스기노의 입에서 나왔다.

"산토카는 방랑의 하이쿠 시인이라고 불리죠. 구라시마 씨는 여행과 방랑의 차이가 뭐라고 생각하십니까?"

그런 생각은 해본 적도 없다.

"……뭘까요?"

"제 생각엔 말이죠. 목적이 있느냐 없느냐인 것 같아요. 그렇다면 바쇼(에도시대 전기의 하이쿠 작가로 전국 각지를 여행하며 많은 명구와 기행문을 남겼다)는 여행이고, 산토카는 방랑인 셈인가요? 〈헤치고 들어가도 헤치고 들어가도 푸른 산.〉 산토카는 이렇게 내키는 대로 방랑하며 자연스럽게 떠오른 생각을 5·7·5라는 형식에 얽매이지 않고 읊었어요. 그래서겠지요? 지금까지 사람들을 매료시키는 건……."

그렇군요 하고 내가 입을 다무니 스기노가 머리를 긁적인다.

"아, 죄송합니다. 교사 출신이라 나도 모르게 잘난 척하며 설명을 하게 됩니다. 아내한테도 자주 야단맞았지요. 당신은 너무 말이 많다고."

"아뇨, 그렇지 않습니다. 여행과 방랑의 정의라니, 재미있었어요. 스기노 씨는 여행파인가요? 아니면 방랑파?"

스기노가 "저는요……" 하고 입을 열다가 일단 말을 삼킨다. 지극히 짧은 순간이었지만 표정이 어두워진 듯했다. "저는 방랑입니다. 목적도 없고, 애당초 돌아갈 곳이 없으니까요."

돌아갈 곳이 없다?

"실례지만 댁이?"

"집은 있지만, 거기 가더라도 나무가 없어서……. 덩굴풀은 시들 뿐입니다."

"……."

나무를 잃은 덩굴풀.

나도 관사에 있으면 결국 시들어갈까?

생각하면 우울해질 것 같았다. 화제를 바꿨다.

"여기서 출발하면 어디로?"

그러자 스기노는 "잠깐 실례"라고 말한 후 담배를 꺼내더니 슈욱 하는 격한 소리를 내는 터보 라이터로 불을 붙인다. 담배 연기와 함께 대답을 입에서 토해낸다.

"서쪽으로 갈 생각입니다만, 그뿐입니다. 구라시마 씨는?"

"나가사키 현의 우스카라는 어촌으로 갈 예정입니다."

"꽤 멀리까지 가시는군요. 뭔가 볼일이라도?"

"예, 뭐, 여러 가지로……."

나는 무심코 말끝을 흐렸다. 죽은 아내의 유언을 찾으러 일부러 나가사키까지 간다고 말하면 그 후의 설명이 힘들어진다. 게다가 차 안에는 아내의 유골도 실려 있다.

스기노는 내가 말하기 어려워한다는 사실을 눈치 챈 듯 일부러 화제를 바꿔주었다.

"오늘 밤엔 별이 나왔네요."

"예에."

내 머릿속에 〈별 순례의 노래〉가 자그맣게 흐르기 시작한다.

"그럼, 저는 이만……." 밤하늘을 올려다보며 스기노가 천천히 일어났다. 그러고 입에 담배를 문 채 "이쯤에서 작별을 고하고, 돈을 좀 찾아 와야겠습니다"라는 묘한 말을 남긴다.

"예? 지금 말인가요?"

"수중에 여행 자금이 별로 없어서요."

돈이 없었다면 오후에 시간이 남아돌 때 찾아뒀어야…….

"찾는 걸 그만 깜빡 잊었어요. 구라시마 씨와 이야기하는 게 너무 즐거워서 그만."

"……."

"그럼 내일 아침에."

스기노는 그렇게 말하고 인사하더니 발길을 돌려 암흑 속으로 걷기 시작했다. 그러다 문득 발을 멈춘다.

"구라시마 씨."

"아, 예······."

"조수석에 가방 같은 거 놔두지 않는 게 좋아요."

"네?"

"요즘 차량 털이범이 많다고 해요. 밖에서 보이는 곳엔 두지 마세요."

갑자기 내 목덜미 부근의 솜털이 움찔움찔 곤두섰다.

"예······."

"그럼 내일 봅시다."

랜턴 빛이 닿지 않아서 스기노의 표정을 거의 읽을 수 없었다.

사박사박 하는 조용한 발소리와 함께 암흑 속으로 녹아드는 스기노의 등에 대고 "잘 자요"라고 인사했다.


\* \* \*


스기노는 바로 차를 타고 나갔다.

나는 그 모습을 지켜보다가 내 차 안으로 들어갔다.

조수석 안전벨트를 풀고 요코의 납골 항아리가 들어 있는 가죽 가방을 안아서 뒤쪽 칸 침대 위에 둔다. 지퍼를 열고 항아리를 조심스레 꺼낸다. 특별할 것도 없는 그저 평범한 하얀색 도제 항아리······. 뚜껑이 열리지 않도록 포장용 테이프로 단단히 고정해두었다.

나는 거의 무의식적으로 오른손을 뻗어 선뜩한 항아리의 둥근 몸체를 쓰다듬는다.

딸랑.

풍경이 울고, 문득 정신을 차린다.

오른손을 천천히 뗀다.

헤드램프를 끼고 차에서 내려 호수로 향한다. 호반의 자갈길을 비추며 한동안 주변을 어슬렁거린다.

그리고 드디어 발견했다.

찾고 있던 이상적인 돌이 물가에 뒹굴고 있었다.

직경이 20센티 이상에다, 전체적으로 납작하고, 중심이 조금 우묵하다. 이보다 더 좋은 돌은 없으리라.

매끄럽고 차가운 돌을 양손으로 감싸 차 안으로 옮겼다. 직접 만든 튼튼한 목제 테이블을 침대 위에 올리고, 그 위에 큼직한 수건을 깔고, 그 위에 주워온 돌을 놓는다. 차 문이 닫힌 것을 확인하고, 커튼 사이로 조금의 빈틈도 보이지 않게끔 완벽하게 차단한다.

납골 항아리의 테이프를 벗기고 뚜껑을 살며시 연다.

안에서 하얀색의 튼튼한 나일론 주머니를 꺼낸다. 뼛조각들이 버걱버걱 닿는 소리가 몹시도 크게 울린다.

그 주머니를 평평한 돌 위에 가만히 올린다. 요코를 눕히는 마음으로, 양손으로 정성껏 다룬다.

그러고 옆에 있는 빨간 공구함 속에서 쇠망치를 꺼낸다. 쇠망치는 오늘을 위해 구입한 새 물건이다.

"괜찮지? 요코, 정말로……."

주머니 속의 유골에게 속삭인다.

물론 대답은 없다.

창문을 완전히 닫아버려서 풍경조차 울어주지 않는다.

쇠망치를 쥔 손에 조금 힘을 준 순간, 손이 떨리고 있다는 사실을 깨달았다.

일단 깊이 숨을 들이마시고 또 천천히 내뱉는다.

그러고 유골이 든 주머니에 쇠망치 끝을 댄다.

그러나 여전히 쇠망치가 후들후들 떨린다.

할게…….

쇠망치를 살짝 들어 올렸다가 그대로 요코의 뼈를 내리쳤다.

딱.

처참한 소리가 들렸지만 뼈는 부서지지 않았다.

힘이 부족했던 것이다.

나는 또 심호흡을 했다.

심장이 두방망이질 치고 귀 안쪽까지 맥이 쿨렁쿨렁 밀려 올라오는 듯하다.

내가 요코의 뼈를 부술 수 있을까.

불안감이 머리를 든다. 분골을 업체에 맡기는 사람의 마음이 이제야 이해된다.

하지만 요코의 유언은 반드시 내 손으로 이루고 싶다. 마음을 담아, 철두철미하게, 나 자신의 손으로.

"요코……"

쉰 목소리로 문득 이름을 불러보았으나 그다음 말이 나오지 않는다. 그저 요코의 미소 짓는 얼굴이 언뜻언뜻 뇌리에 떠올랐다가 사라질 뿐이다.

"요코……"

다시 한 번 부르며 유골을 응시한다.

아직, 안녕이라고 말하고 싶지 않다.

그럼 뭐라고 하면 좋은가?

나는 일단 쇠망치를 내려놓고 양손을 뻗어 주머니 위로 유골을 가만히 쓰다듬었다. 거친 뼈의 감촉에서 일말의 온기를 찾으려는 나 자신을 느낀 순간, 척추에서 힘이 쑥 빠져나가는 듯했다.

하지만 버텼다.

버티니 입에서 말이 흘러 뚝 떨어진다.

"요코, 고마워."

쇠망치를 손에 들었다.

손은 여전히 떨린다.

그래도 기도하는 마음으로 "고마워"라고 되뇌며 쇠망치를 휘둘렀다.

따각.

이번에는 뼈가 깨졌다.

다시 한 번 쇠망치를 치켜든다.

고마워.

따각.

뼈가 부서진다.

고마워.

고마워.

고마워.

고마워.

고마워, 정말로……

요코, 고마워.

고마워.

고마워.

쇠망치를 쉬지 않고 내리쳤다.

마치 그 행위가 기도 의식이라도 되는 것처럼, 마음을 담아.

요코의 뼈가 하얀 주머니 안에서 부서져 순식간에 작아져간다.

이때 알았다. 슬픔보다도, 허무감보다도, 상실감보다도, 오히려
고마움이 눈물샘을 자극한다는 사실을. 지금 이 순간, 눈물을 참
는 내가 신기할 정도다.

고마워.

고마워.

고마워.

고마워.

요코, 고마워.

하지만 난 아직 눈물을 흘리고 싶지 않아.

\* \* \*

다음 날 아침에 눈을 뜨고 차에서 나오니, 어젯밤 커피를 마셨던 테이블 앞에 스기노가 앉아 있다. 나를 보자마자 오른손을 훌쩍 든다.

"안녕하세요. 잘 주무셨습니까?"

곰보 얼굴을 일그러뜨리며 스기노가 싱긋 웃는다.

"네. 덕분예요."

"오늘은 날씨가 좋겠는데요."

눈부신 듯 가늘게 뜬 눈으로 하늘을 올려다보는 스기노. 덩달아 나도 하늘을 쳐다본다. 캠프장의 나뭇가지들이 실루엣이 되고, 그 위엔 맑게 갠 물빛 하늘이 펼쳐져 있다.

반짝반짝 선명한 푸른색으로 빛나는 비와 호……. 그 호수 표면을 미끄러져온 바람이 무명처럼 부드럽게 내 목 언저리를 살그머니 어루만진다.

"구라시마 씨, 어제 대접해주신 커피에 대한 보답은 아니지만, 편의점에서 몇 가지 사 왔으니, 괜찮으시다면."

테이블 위에 야채주스와 피자빵, 주먹밥이 아무렇게나 놓여 있다.

"제가 오히려 죄송하네요."

"저 혼자서는 다 못 먹어요. 구라시마 씨가 함께 드시지 않으면 아깝게도 버려야 하니 도와주셔야겠네요."

스기노의 센스 넘치는 말을 듣고 뒤통수를 긁적이다가 살짝 고개 숙여 인사했다.

"그럼, 감사히……."


아침식사를 마치고 또 두 사람 분의 커피를 내렸다.

"커피 향기가 참 좋군요. 구라시마 씨, 오늘은 어디로?"

블랙커피를 맛있게 홀짝이며 스기노가 묻는다.

"사실은 다른 곳에 잠시 들러볼까 생각 중입니다."

"어디요?"

어젯밤 분골 중에 문득 요코와의 추억이 담긴 장소에 다시 가 보고 싶은 생각이 들었던 것이다.

"효고(兵庫) 현의 깊은 산속에 있는 다케다(竹田) 성터에 들를까 해요."

"다케다 성이라면 분명 일본의 마추픽추라는⋯⋯."

"예에, 거기 맞습니다."

"산 정상에 있어서, 운해 위에 떠 있는 듯 돌담만 우뚝 솟은 것처럼 보이지요? 옛날에 TV에서 본 적이 있습니다."

"늘 운해를 볼 수 있는 건 아니라고 합니다만."

"구라시마 씨는 역사를 좋아하시나요?"

"아뇨, 그런 건 아닙니다."

나도 모르게 겸연쩍은 표정을 지었더니 스기노가 완전히 내 마음을 읽어버렸다.

"그럼, 부인과 갔던 추억의 장소를 순례하는 건가요?"

"뭐⋯⋯, 그런 셈입니다."

쑥스러운 마음을 감추려고 커피를 마셨다.

스기노가 담배를 물고 여유롭게 불을 붙인다. 연기를 맛있게 빨아들이더니 나에게 닿지 않게끔 고개를 돌리고 후우 하고 내뱉는다.

"다케다 성터는 좋은 곳인가요?"

"네. 꽤 감동적인 곳입니다."

스기노는 "그렇군요, 역시"라고 말하고 조금 고민하는 듯한 얼굴로 커피를 홀짝였다. 호수 수면에 반짝반짝 반사되는 아침 빛이 흔들리며 스기노의 얼굴을 얼룩무늬로 비춘다.

"딱새 또다시 한 마리 되니 자꾸만 우네."

"산토카죠?"

내가 이렇게 묻자 스기노는 "하나밖에 모르는 바보입니다"라며 웃었다.

"어떤 의미인가요?"

"한 마리가 되는 건 쓸쓸하니, 하루만 더 구라시마 씨와 동행하고 싶다는 의미입니다."

어라?

스기노의 얼굴을 보았다. 농담인 척 말하긴 했지만 표정은 몹시 진지했다.

"다케다 성에 저도 가보고 싶은데, 안 될까요?"

집게손가락으로 관자놀이를 박박 긁는 스기노를 보고 있으니 왠지 그렇게 흘러가는 것도 나쁘지 않을 것 같았다.

"저는 괜찮습니다만."

"고맙습니다. 오늘은 딱새 처지를 벗어날 수 있겠습니다."

스기노가 담뱃진으로 얼룩진 누런 앞니를 드러내며 웃는다.

당신은 새장 속의 새가 아니니 좀 더 자유롭게 날개를 펼쳐봐.

요코의 말이 떠올랐다.

이렇게 그때그때 흘러가는 대로, 되는 대로 살아보는 것도 좋겠지? 응? 요코.

"좋아요. 결정됐으면 이제 슬슬 떠날 준비를 해볼까요?"

스기노가 말하고 일어선다.

나도 남은 커피를 들이켠 후 일어난다.

"육십을 넘기니 하루하루가 점점 짧아지네. 이래저래 서둘러야지."

"그것도 산토카입니까?"

"네?"

"……."

"아뇨, 이건 그냥 제 생각을 중얼거린 것뿐입니다."

"산토카 같았어요."

"아니, 이것 참, 부끄럽네요. 하하하."

스기노가 당황한 듯 쑥스러워하는 모습을 보고, 나도 소리 내어 웃고 말았다.

호반으로 부드러운 바람이 불어와 머리 위의 나무 꼭대기를 흔든다.

산들산들 기분 좋은 소리가 난다.

그 소리를 투명한 샤워인 양 온몸으로 받아낸다. 양팔이라도 벌리고 싶은 기분이다.

문득 어제까지 지냈던 교도소 관사를 떠올린다. 왜일까? 그 생활이 신기하리만치 먼 과거처럼 느껴진다.

* * *

우리는 각자의 차로 캠핑장을 나섰다.

비와 호 대교를 건너 161번 국도를 달리다가 메신(名神) 고속도로에 오른다. 스이타(吹田) 교차로에서 츄고쿠(中国) 자동차전용도로로 갈아타고 신나게 달리다가 고베(神戸) 교차로를 거쳐 마이즈루와카사(舞鶴若狭) 자동차전용도로를 타고 단번에 북상.

가스가(春日) IC에서 마침내 고속도로를 벗어나, 산간 지역의 일반도로를 유유히 달린다. 나는 가끔씩 백미러를 보며 스기노가 잘 따라오고 있는지 확인했다. 스기노는 요즘 세상에 흔치 않게 휴대전화가 없다고 하여, 도중에 놓치지 않으려면 약간의 주의가 필요했다.

아사고(朝来) 시에 있는 JR 반탄(播但)선 다케다(竹田)역 관광안내소에 들러, 다케다 성터가 실린 팸플릿도 얻었다. 우리는 지도를 보고 가파른 비탈길을 달려 올라갔다.

마침내 깊은 산속 주차장에 도착했고, 스기노가 차에서 내리자마자 말했다.

"와아, 마지막 길은 정말 굉장한 경사였어요. 내 차는 끙끙대며 신음을 하더군요."

"저도 오랜만에 오는 거라 이렇게 가파른 길이었나 싶었어요."

다케다 성터는 이 주차장에서 산길을 15분 정도 걸으면 나온다.

우선 공중 화장실에 들어가 나란히 소변을 보고, 자판기에서 페트병 엽차를 샀다.

주차장 부근은 둘러싼 나무들로 농밀했지만, 쨍쨍 내리쬐는 햇빛이 한여름 못지않게 폭력적이어서, 후덥지근한 공기가 지면에서 하늘하늘 피어오르는 게 눈에 보일 정도였다.

자판기 옆에 안내판 두 개가 있다.

한곳에는 '곰 주의'라 적혀 있다. 8월 10일에 이 등산길에서 곰이 목격되었다고 한다. 거의 한 달 반 정도 전의 일이지만 방심하지 않는 편이 좋겠다.

다른 하나는…….

"차량털이범에 주의하라는군요."

눈썹을 찌푸리며 스기노가 말한다.

"관광객이 제법 많이 드나드는 곳인데……."

주차장을 언뜻 본 것만으로 이미 열 명 이상이 눈에 띄었다. 주차된 차도 스무 대가 넘는다. 이런 곳에서 어떻게 차 문을 따고 훔칠 수 있단 말인가?

"우리 차는 사람들이 많이 오가는 화장실 바로 앞에 세웠으니 괜찮을 겁니다."

스기노는 그렇게 말하고 재빨리 주차장을 둘러보더니 다시 말을 잇는다.

"대체로 저런 차가 타깃이 되지요. 저기 봐요, 하얀 차 한 대가 안쪽에 외따로 서 있잖아요. 화장실이나 자판기 반대편은 사람들이 거의 안 보거든요."

"그렇겠네요."

나는 감탄하며 고개를 끄덕였다. 스기노의 추측은 지당하다.

"뭐, 아무튼 뒤숭숭한 세상이에요."

"그러게 말입니다."

"우리는 곰이나 만나지 않기를 빌면서, 어디 한번 올라가 볼까요?"

스기노가 농담처럼 말하며 산길 입구의 정문을 가리킨다.

"그럴까요?"

정문은 '다케다성 산문(山門)'이라 적힌 현판이 걸려 있는 멋진 사각문(四脚門)이었다. 문 바로 앞에 설치된 상자에 대나무 지팡이가 제법 많이 꽂혀 있는데, 누구라도 자유롭게 빌릴 수 있었다.

"지팡이가 필요할까요?"

처음 방문한 스기노가 조금 걱정스러운 듯 물었지만 나는 "15분이면 도착하니까 괜찮을 겁니다"라고 대답했다.

정문을 넘고 한동안은 아스팔트 포장길이 이어졌다. 경사는 급한 데다, 길 양쪽에서 밀집된 나무들이 밀려나와 거의 나무 터널 속을 걷는 모양새가 되었다. 철 지난 매미들의 울음소리가 머리 위로 요란스럽게 쏟아지니 무더위가 한층 더 강한 듯 느껴진다.

몇 분 걸으니 아스팔트길이 끝나고 포장되지 않은 계단이 나온다. 스기노는 벌써부터 "후우, 후우" 하고 거친 호흡을 내쉬며 이마에 땀을 흘린다.

"괜찮으세요?"

지팡이는 필요 없다고 말해버렸으니 괜한 책임감마저 느낀다.

"예에, 뭐, 괜찮습니다. 구라시마 씨는 다릿심이 좋으시군요."

"저도 그렇지는……."

일흔은 넘었을 것 같은 노부부가 멈춰 선 우리를 가볍게 앞서 간다.

"평소에 많이 안 걸어두면 다리가 말을 듣지 않……. 아, 이건 산토카 아니에요."

"예, 이번에는 알았습니다."

"그렇지요?"

둘이서 킥킥 웃으며 조금 전에 산 차를 마셨다.

잠깐 휴식을 취한 후 다시 영차영차 올라가니 드디어 돌담 일부가 보인다.

"오오. 이건, 정말……."

스기노가 돌담의 박력에 감탄하며 눈을 둥그렇게 떴다.

"아직 멀었어요. 앞으로가 더 좋답니다."

나는 "힘냅시다"라고 스기노를 격려하며 돌담으로 둘러싸인 다케다 성터를 조금씩조금씩 올랐다.

성 안은 잔디 공원처럼 녹색으로 가득했다. 한걸음 발을 내디

딜 때마다 무수한 메뚜기가 타닥타닥 마른 날갯소리를 내며 튀어 오른다.

"옛날에는, 여기에……, 서, 성이, 있었단, 말이죠…… 하아, 하아."

스기노의 괴로운 듯한 목소리가 뒤에서 따라온다.

"예에. 상상하면 낭만이 느껴져요."

"우와, 이, 전망은, 정말……, 굉장하네요."

다케다 성터는 산꼭대기에 있다.

돌담 위에 서서 시선을 아래로 내리면, 저 멀리 집들이 늘어선 마을과 산줄기를 한눈에 볼 수 있다. 주위 관광객 대부분이 노인 이지만, 저마다 손에 든 카메라로 이 웅대한 풍경을 촬영하느라 바쁘다.

성 안에는 벚나무가 많았다. 봄이 되면 활짝 핀 벚꽃과 웅장한 전망이 어우러진 무릉도원 같은 광경이 펼쳐질 것이다. 상상만 해도 감동의 한숨이 새어 나온다.

우리는 헐떡이면서도 쉬지 않고 정문에서 기타센죠(北千疊), 산 노마루(三の丸, 니노마루를 둘러싼 외곽), 니노마루(二の丸, 성 둘레에 흙이나 돌로 울타리를 쳐놓은 지역)까지 돌층계를 따라 올라, 드디어 혼마루(本 丸, 성의 중심이 되는 건물)의 망루 바로 아래에 섰다.

"와아, 이젠 사다리네요…… 하아, 하아."

망루까지는 계단이 아니라 통나무로 된 사다리를 타고 올라야 했다.

"스기노 씨, 가실 수 있겠습니까?"

"예, 여기까지 왔으니…… 하아, 가야죠, 하아, 하아."

내가 먼저 사다리를 올랐다. 바로 뒤에서 스기노가 따라 올라온다.

그리고 마침내 망루에 섰다.

산꼭대기에 지어진 성터, 그 성터 중에서도 가장 높은 망루에서 내려다본 조망이라 역시 각별하다.

"후우, 다 왔다. 하아, 하아, 하아." 스기노는 양팔을 푸른 하늘을 향해 쭉 뻗으면서 얼굴 가득 웃음을 머금었다. "그런데, 이건, 정말로, 일본의, 하아, 마추픽추네요, 하아, 하아."

스기노가 이마에 오른손을 대고 360도 휙 둘러본다.

역에서 얻은 팸플릿에 의하면 이곳은 표고 353.7미터다. 가을에서 봄까지는 마치 운해에 떠 있는 성처럼 보인다고 하는데, 예전에 요코랑 왔을 때도 안타깝게 운해는 보지 못했다. 그러나 이 코발트블루빛 하늘과 푸른 산줄기의 멋진 대비는 그때의 인상과 조금도 다르지 않다.

혼마루에서 미나미센죠(南千畳)를 내려다본다.

그곳은 돌담으로 둘러싸인 드넓은 초록빛 세상이다.

내 안에 15년 전의 쑥스러운 장면이 되살아난다.

"구라시마 씨, 여기 와봐요. 정말 기분 좋아요."

뒤를 돌아보니 스기노가 잔디밭 위에 벌렁 드러누워 있다. 주위에 관광객도 하나둘 보이는데, 스기노는 전혀 아랑곳하지 않고 무척 만족스러운 얼굴로 하늘을 바라보고 있다.

"자, 구라시마 씨도 얼른. 이러고 있으니 천하를 얻은 기분이에요."

새장 속의 새는, 이제 졸업했다.

"그럼 옆쪽에 실례하겠습니다."

나도 아무렇게나 벌렁 드러누웠다.

잔디가 등에 닿아 따끔거렸지만 선뜩하게 차가워서 상쾌하기도 했다. 양손을 머리 아래에 받치고 하늘을 바라보았다. 통통하게 살찐 양떼구름이 기분 좋은 듯 둥실 떠 있다.

"기쁜 일도 슬픈 일도 풀처럼 무성하다."

스기노가 하늘을 향해 중얼거린다.

"그건……."

"이번에는 산토카입니다."

하하하 하고 예순을 넘긴 남자 둘이 웃는다.

"좋은 시네요."

"그렇지요? 부인과의 추억, 많이 떠오르셨습니까?"

하늘을 바라본 채 스기노가 묻는다.

"예. 어제 일처럼."

"그렇군요. 음, 다행이네."

15년 전…….

오카야마 교도소에서 근무할 때 처음 만난 요코가 얼마 후 이

155

다케다 성터의 미나미센죠에서 열리는 야외 콘서트에 나를 초대했다.

특설 무대 위에서 동요를 부르는 요코는 똑바로 쳐다볼 수도 없을 만큼 눈부셨다. 나는 정신을 차리지 못하고 맨 뒷줄에 앉은 채 멍하니 무대만 바라보았다.

구름 위의 노래하는 여신에게 내가 어제 정말로 프러포즈를 했던가? 아무리 생각해도 내겐 과분했다. 결혼을 승낙 받은 건 어쩌면 환상 속의 일이었는지도 모른다고 생각했다. 몰래 볼을 꼬집어보기도 하면서 요코의 무대를 멍하니 바라보았다.

"그런데 어떤 추억인가요?"

스기노는 여전히 느긋한 말투다.

"프러포즈했습니다. 바로 이곳에서."

"오오"

하늘을 바라보던 스기노가 이쪽으로 얼굴을 돌리는 게 느껴졌다. 나는 쑥스러워서 마침 내 얼굴 바로 위로 흘러온 양떼구름을 응시했다.

"이렇게 멋진 곳에서."

"내겐 과분한 사람이라고 생각했는데."

"그런데 승낙했다?"

"예에, 뭐……."

휘익, 하고 스기노가 휘파람을 분다. 예순이 넘은 남자가 하기엔 좀 민망한 짓이다.

"추억을 찾기 위한 여행인 셈이군요."

"아뇨, 그게 아니라……."

어떻게 설명해야 할지 순간 망설였다. 그래도 이 남자에겐 말
해도 좋을 것 같았다. 어제 처음 만난, 어떤 사람인지도 모르는,
이 신비한 남자에게…….

"아내의 유언을 이루기 위한 여행입니다."

"유언?"

"예. 고향 바다에 유골을 뿌릴 겁니다."

"유골을 뿌리러……, 가는 줄은."

나는 대답하지 않고, 유골을 뿌리러……, 하고 마음속으로 따라
했다.

"조수석의 가방은."

"예. 납골 항아리가 들어 있습니다.

어젯밤에 쇠망치로 요코의 유골을 두드려 부순 다음, 막자사발
로 정성껏 가루로 만들 때의 감촉이 생생하게 되살아난다.

바각바각바각바각…….

사발과 막자와 유골 조각이 서로 맞닿는 소리. 요코의 뼈가 잿
빛을 띤 하얀 가루로 변해갈 때의 애달픈 감촉과 뭐라 표현할 수
조차 없는 신성한 뼈의 냄새.

"구라시마 씨, 친척은?"

"없습니다."

"역시. 그런 느낌이 들었습니다.

".......”

무슨 뜻일까? 내가 고독한 분위기를 풍기는 걸까?

"부인, 따뜻한 분이셨지요?"

"네?"

스기노가 "어이차" 하고 상반신을 일으키더니, 책상다리로 앉아 나를 본다.

"혼자가 되면 우러를 수 있네, 푸른 하늘을."

".......”

"수많은 산토카의 시 중에서도 내가 가장 좋아하는 것 중 하나입니다. 지금의 구라시마 씨를 두고 하는 말이네요. 푸르른 하늘을 우러르고 있다."

나는 묵묵히 그 시의 의미를 생각했다.


〈혼자가 되면 우러를 수 있네, 푸른 하늘을〉


쓸쓸하지만 자유로운 이미지가 떠오른다.

머리 위에 떠 있던 양떼구름이 천천히 동쪽으로 이동한다. 그 아래를 작은 새 한 무리가 실루엣이 되어 재빨리 가로지른다.

"스기노 씨, 이 시의 의미는…….”

나도 상반신을 일으키고 묻는다. 그러자 스기노가 조금 눈부신 듯한 표정으로 미소 지으며 나를 똑바로 본다.

"산토카의 시는 받아들이는 사람 자유입니다. 구라시마 씨 나름대로 해석하면 되는 거예요. 그러니 제가 이야기한다 해도 아무 의미 없답니다."

"……."

어떻게 대답하면 좋을지 망설이고 있으니, 스기노가 다시 유쾌한 얼굴로 말을 건넨다.

"농담이에요. 사실은 시의 뜻을 이해하지 못한 제 변명일 뿐입니다."

스기노는 자기가 한 말에 스스로 웃음을 터뜨리더니, 손에 들고 있던 페트병 엽차를 꿀꺽꿀꺽 마시기 시작했다. 나도 덩달아 차를 마셨다. 목이 말랐던 터라 시원한 차가 기분 좋게 느껴진다. 나는 실컷 마신 후에 페트병 뚜껑을 닫으며 말했다.

"따뜻한 사람이었어요."

목을 축인 직후인데도 목소리가 조금 까슬하다.

"어?"

스기노가 나를 보는 게 느껴졌지만, 나는 페트병 뚜껑에 시선을 둔 채 말을 이었다.

"아내는 따뜻한 사람이었어요. 책을 많이 읽고 박식해서, 제가 많은 걸 배울 수 있었지요."

"호오."

스기노는 잠자코 다음 말을 기다린다. 거실 의자에 앉아 문고본을 읽을 때의 요코의 옆얼굴을 떠올리며 천천히 추억 속의 구절을 입에 담는다.

"타인과 과거는 바꿀 수 없어도, 나와 미래는 바꿀 수 있다."

"……."

"아내의 좌우명입니다."

나는 쑥스러워 콧등을 긁으며 웃었지만, 스기노는 이상하게도 입을 꾹 다문 채 뭔가 고민하는 듯한 얼굴이다.

"그리고 또 하나. '인생에는 유효기간이 없다'라는 말을 자주 했지요."

산의 경사면을 타고 상쾌한 바람이 올라온다.

메뚜기 한 마리가 타닥타닥 날갯소리를 내며 튀어 올랐다.

"후우."

스기노가 한숨을 목소리로 내더니, 뭔가 떨쳐버리려는 듯 얼굴을 든다.

"멋진 부인이군요, 정말로."

"뭘 하든 어설픈 데다 하찮은 실수만 하는 내가 안쓰러워서 그런 말을 해줬을 거예요, 틀림없이."

"하하하. 구라시마 씨, 왠지 어설플 것 같아요."

"역시 그래 보입니까?"

스기노는 일부러 "음" 하며 고개를 크게 끄덕여 보였다.

그러고 둘이서 킥킥 웃는다.

별안간 잔디밭이 캄캄해졌다.

멀리 떠 있던 양떼구름이 다가와 햇빛을 막은 것이다.

"나가사키라……. 아직 한참 멀었군요."

멀리 산줄기를 바라보며 감개무량한 듯 스기노가 말한다.

"예. 그런데 왠지, 나가사키가 멀어서 다행이네요."

"예?"

"여행이 즐거워요."

아, 지금 내가 속마음을 털어놓았다……. 그렇게 생각한 순간 스기노도 스스럼없이 웃는다.

"좋겠소, 구라시마 씨는."

"에? 왜요?"

"왠지는 몰라도."

"……."

머리 위의 양떼구름이 또 이동했고, 우리는 다시 여름과도 같은 햇빛에 노출되었다.

"자, 그럼."

스기노의 목소리를 신호로 우리는 천천히 일어났다.

엉덩이에 묻은 잔디를 털고 저 멀리 아래쪽 마을을 내려다본다.

자그마한 어촌 우스카.

아직 가보지 못한 요코의 고향을 생각하며 나도 "후우" 하고 한숨을 목소리로 내보았지만, 그건 양떼구름처럼 부드럽고 가벼운 한숨이었다.

제 4 장
# 거짓말의 열매

땀을 흘리며 다케다 성터에서 내려온 우리는 반탄렌라쿠(播但連絡) 도로를 타고 남하하며 세토(瀨戶) 내해 방면으로 향했다.

히메지(姬路) 거리의 패밀리레스토랑에 들어온 때는 오후 1시 정각이다. 일찍 일어난 것 치고는 약간 늦은 점심이었던 탓인지 아니면 다케다 성터에서 열심히 운동을 해서인지, 스기노도 나도 양이 제법 되는 '오늘의 런치'를 늘름 먹어 치웠다.

스기노가 조금 거북한 표정으로 말을 꺼낸 것은 식후에 주문한 커피를 한 잔 더 달라고 부탁하고 막 마시기 시작했을 때였다.

"저기, 구라시마 씨."

"네."

"식당에서 밥 먹고, 자, 안녕히 가세요, 하는 것도 좀 그러니……"

"……"

"구라시마 씨랑 조금만 더 함께 다녀도 될까요? 이런 사람을 두고 금붕어에 붙은 똥이라고도 합니다만."

"금붕어 똥이라뇨." 무심코 웃음을 터뜨렸다. "저는 계속 서쪽으로 갈 텐데, 스기노 씨만 좋으시다면 얼마든지."

스기노는 약간 안심한 듯 웃더니 커피 컵을 눈높이까지 들고 건배하는 시늉을 한다.

"그럼, 눈치 없이 좀 더 따라가겠습니다."


점심식사 값은 스기노가 내주었다. 내가 내려고 했는데, 다케다 성터에 데리고 가준 것에 대한 보답이라며 한사코 물러서지 않았다.

주차장으로 나와서 각자의 차에 올라타고 시동을 걸었다. 옆차에 탄 스기노에게 눈짓을 하며 출발 신호를 보낸다.

그때였다.

톡톡톡.

조수석 창문을 누가 두드린다.

돌아보니 30대 중반쯤 되어 보이는 한 청년이 허둥대며 뭐라고 호소한다.

나도 급히 창문을 내리고 물었다.

"무슨 일이신가요?"

그러자 남자는 그제야 조금 안심한 듯 표정을 풀었다.

"바쁘신데 죄송합니다. 혹시 배터리 케이블 갖고 계시나요?"

"배터리 케이블?"

"네. 차에 시동이 안 걸려서요."

배터리 케이블이라면 차 안에 실려 있다.

"있어요. 그런데 차는 어디에 있습니까?"

"우와아, 다행이다아. 제 차는 저쪽에 있습니다."

청년은 호감 가는 얼굴로 생긋 웃는다.

나는 운전석 창문도 내렸다. 나를 본 스기노도 고개를 갸우뚱하며 이쪽 창문을 내린다.

"무슨 일이에요?"

"배터리가 방전됐나 봐요. 지금 케이블을 연결해주려고 하는데, 조금 기다려주시겠어요?"

"예, 물론이죠."

그러고 백미러로 시선을 보냈다. 뒤에서 청년이 "이쪽입니다" 하고 손짓한다. 주차장 반대쪽에 세워둔 모양이다. 후진 기어로 바꾸고 그쪽으로 천천히 이동한다.

청년의 차는 흰색 밴이다. 측면에 빨간색으로 '이카메시 마에다 식품'이라 적혀 있고, 만화 스타일의 오징어 그림 주위를 벼이삭이 둥글게 감싼 로고 마크도 그려져 있다.

나는 그 밴 옆에 차를 세우고 배터리 케이블을 연결해주었다.

그러나 청년이 아무리 키를 돌려도 시동이 걸리지 않는다.

"아아, 안 되겠다. 배터리 때문이 아닌가?"

청년은 눈썹을 팔자로 만들고 이쪽을 보았다. 눈이 '어쩌면 좋죠'라고 말하는 듯하다.

"긴급출동 서비스를 부르는 게 낫겠는데요?"

"예, 그런데……." 손목시계로 시선을 떨구더니 "큰일이네. 수리할 때까지 기다리면 늦을 텐데"라며 난처한 얼굴을 보인다.

"급한 일이 있으신가요?"

"예. 지금 빨리 히로시마까지 가야 하는데……."

히로시마라면 지나는 길이다. 산요(山陽) 자동차전용도로를 계속 달리다가 도중에 내려주면 된다.

"히로시마라면 지나는 길이니 태워드릴까요?"

그러자 청년이 표정을 싹 바꾸며 손뼉을 친다.

"와, 정말이요? 그래 주신다면 너무 감사합니다!"

너무나 천진난만한 얼굴로 웃으니 내가 쑥스러워진다.

청년은 자신이 가입한 보험회사 서비스 번호로 연락하여 차를 가지러 와달라고 의뢰했다. 그리고 허둥대며 밴의 뒷문을 열더니, 안에 있는 짐을 꺼내 내 차로 잽싸게 옮기기 시작한다.

"좋다아, 캠핑카네요. 내부가 더러워지지 않게 바닥에 시트를 잘 깔겠습니다."

"아, 아아…… 죄송합니다."

왠지 내가 사과하고 있다.

청년은 큼직한 솥이랑 아이스박스, 검은 액체가 들어 있는 플라스틱 물통 등 여러 가지 짐을 부지런히 옮겼다. 어쩌다 보니 나도 짐 옮기는 작업을 돕고 있다.

"이 도구는 이카메시를 만들기 위한?"

"예, 맞습니다."

"여러 도구가 필요하군요."

"예. 꽤 힘들어 보이지요?"라고 청년이 말하며 조금 장난스러운 표정을 짓는다. "솔직히 말씀드리면, 혹시 배터리 문제가 아닐 때 이 엘그란드라면 짐을 실을 수 있으니 좋겠다 싶어서 말을 걸었지요. 설마 캠핑카일 줄은 몰랐지만요."

"……."

즉 처음부터 내가 태워주기를 기대했다는 말이다. 참으로 요령 좋은 젊은이다 싶긴 하지만, 말하는 투가 시원시원하고 유쾌한 데다 웃는 얼굴이 밝아서, 어쩐지 미워할 수 없는 사람이기도 하다.

"아, 죄송한데요, 그건 옆으로 눕히지 마세요. 안에 든 액체가 쏟아질 수 있거든요."

"아, 그렇군요. 미안합니다."

또 내가 사과하고 있다. 얼떨결에 완전히 청년의 페이스에 말려들고 말았지만, 그런 내가 조금 우스워지기도 해서 이런 일도 다 있네, 하고 좋게 생각하려 한다.

잠시 후 스기노가 의아스러운 얼굴로 걸어온다.

"도대체 뭐 하고 계세요?"

대답한 건 청년이었다.

"짐 옮기고 있어요. 좀 도와주실래요?"

어이없어 하는 스기노를 보며 나는 쓴웃음을 흘렸다.

＊　＊　＊

츄고쿠 자동차전용도로를 타고 서쪽으로 달렸다. 이따금 백미러로 스기노가 잘 따라오는지도 확인한다.

청년이 말한 목적지는 JR 히로시마역 앞에 있는 후쿠노야라는 백화점이다. 그곳 특별 전시장에서 내일부터 지방 특산물 전시회가 열리는데, 거기에 참가하기 위한 사전 준비를 오늘 중에 끝내야 하는 모양이다.

"아, 인사가 늦었네요, 저는 홋카이도의 마에다 식품에 근무하는 다미야라고 합니다."

조수석에서 명함을 내민다. 나는 운전대를 잡은 채 명함에 흘끗 시선을 준다. 차 옆면에 그려져 있던 로고 마크와 함께 '도쿄지사 영업2과장 다미야 유지'라고 적혀 있다.

"에키벤 시연 판매를 하고 있습니다."

"시연 판매? 에키벤을요?"

"네. 특산물 전시회나 이벤트에서 시연 판매한 이카메시 도시락이 매출의 90퍼센트를 차지한답니다. 역에서 판매하는 건 얼마 안 돼요."

"호오, 그래요?"

"그건 그렇고, 정말 덕분에 살았습니다. 같이 다니는 동료가 있었는데 집안에 좋지 않은 일이 생기는 바람에 홋카이도로 막 보낸 참입니다. 오늘 밤에 준비해두지 않으면 내일 행사에 참가하기 힘들거든요."

"그때 마침 운 좋게 나의 커다란 차를 발견했다."

약간 비꼬아 말해보았지만 다미야라는 청년에겐 조금의 타격도 주지 못한 듯하다.

"맞아요. 와아, 정말 행운이었죠. 다양한 손님을 상대하는 직업이라 그런지, 사람 보는 눈은 있습니다. 구라시마 씨라고 하셨죠?"

"예."

"구라시마 씨는 처음 딱 본 순간, 도와줄 분이라는 걸 알았죠."

참으로 요령 좋은 젊은이야. 나는 쓴웃음을 머금으며 액셀을 조금 세게 밟았다.

"그런데 다른 한 분, 스기노 씨였던가요?"

"예."

"그분은 좀 사연이 있어 보이네요. 친구세요?"

"친구랄까." 여기서 단어를 고르려 하는 나 자신이 별로 마음에 들지 않지만 솔직히 대답했다. "어제 여행 중에 우연히 만난 사람입니다."

"그럼 역시 친구라고 할 수도 없군요. 구라시마 씨랑은 분위기가 안 맞아요."

그 말을 들은 순간, 내 뇌리에 스기노의 얼굴이 어른거렸다. 비와 호에서 아침식사거리를 준비해두고 기다리던 때의 표정, 산토카의 시를 읊을 때 눈을 감던 옆얼굴, 다케다 성터에서 기분 좋게 벌렁 드러누워 있던 얼굴, 그리고 조금 전 '금붕어 똥'이라고 스스로 칭하던 쑥스러운 미소.

"역시 하루라도……."

"네?"

"하루라도 같이 있었다면 친구라고 할 수 있죠."

"……."

조수석의 다미야가 조금 의외라는 듯한 얼굴로 나를 보는 것 같았지만, 나는 묵묵히 앞을 보고 운전을 계속했다.

"하루라도 같이 있었다면 친구라……. 좋네요, 그런 건. 하지만 구라시마 씨, 혹시 모르니 조심하세요. 그 사람, 왠지 건실하지 못한 사람처럼 보여요."

나는 앞을 본 채 애매하게 고개를 끄덕였다. 다미야라는 이 청년, 정말로 사람 보는 눈이 있는 모양이다.

딸랑.

별안간 요코의 풍경이 울었다.

"응, 풍경을 달아두셨네요? 참 고운 소리네요."

다미야가 뒤를 돌아본다.

나는 백미러를 통해 스기노의 차가 있는지 확인했다. 잘 따라 오고 있다.

건실하지 못한가…….

나는 '친구라고 할 수 있다'고 말한 남자에 대해 아직 아무것도 모른다는 사실을 다시금 깨달았다.

* * *

히로시마역 앞 백화점 후쿠노야에 도착했을 때 이미 시곗바늘 은 오후 5시를 가리키고 있었다. 큰 빌딩 뒤편 반입구로 안내되어 지정된 주차 공간에 전면주차 한다. 그리고 실어둔 짐을 8층 행사 장까지 옮기는 작업을 도왔다. 단, 요통을 간혹 앓기 때문에 가벼 운 것만 맡기로 했다. 스기노도 돕긴 했지만 다미야가 조금 멀리 있는 틈을 타서 나한테만 들리도록 나직이 투덜거렸다.

"정말 구라시마 씨도 참 착해요."

"죄송합니다. 어쩌다 보니 이렇게 돼서…….

"뭐, 그런 점이 좋긴 하지만."

스기노가 내 등을 톡 두드리며 쓴웃음을 짓고는 내가 든 짐보다 더 무거워 보이는 짐을 척척 옮기기 시작한다. 그런 모습이 이미 '친구'인 듯하여, 내 입에서 이유 모를 경쾌한 한숨이 흘러나온다.

행사장에 가보니 전국의 유명 가게 요리사들이 각자 부스를 설치하고 이미 준비에 돌입한 상태다. 다미야는 꽤 발이 넓은 듯 여기저기서 말을 걸어왔다. 다미야도 안녕하세요, 잘 지내셨어요? 하고 인사하며 미소를 흩뿌린다.

다미야의 부스에는 우리가 옮긴 짐 말고 다른 짐도 많아, 골판지 상자가 산더미처럼 쌓여 있다.

"보통 때는 본사에서 이렇게 필요한 재료를 모두 보내줘요. 오늘처럼 차로 옮기는 경우는 사실 드물답니다."

말하면서 재료를 척척 점검하기 시작한다.

그 옆얼굴을 보고, 역시 프로구나, 하고 감탄했다. 조금 전까지 보였던 천진난만하고 요령 좋은 청년의 얼굴을 생각하면 완전히 딴사람 같다.

"힘들겠어요. 시연 판매 전의 준비 과정은 처음 봅니다."

"뭐, 그렇지요. 그래도 갓 만든 제품을 제공하여 손님이 기뻐하는 모습을 보는 것이 내 일이고, 또 그게 제 기쁨이니까요."

프로다운 말에 감탄하고 있는데, 옆에 서 있던 스기노가 문득 입을 연다.

"멋지네, 그 말. 나도 도울까?"

"네?"

"네?"

다미야와 내가 똑같은 소리를 내며 동시에 스기노를 보았다. 스기노가 여느 때와 같은 쑥스러운 표정으로 툭 한마디 던진다.

"그것도 좋겠지, 풀은 피었다."

"어, 뭔가요? 그게."

다미야가 멍한 표정으로 고개를 갸우뚱한다.

"다네다 산토카랍니다"라고 말하는 나.

"다네다? 그게 누군데요?"

"모르면 됐어."

스기노는 벌레라도 씹은 듯한 얼굴이었지만, 곧 나를 보더니 "풋" 하고 웃음을 터뜨린다.

"아무튼 감사합니다. 저는 여기서 부스를 세팅해야 하니, 두 분은 뒤뜰 조리대에서 쌀을 씻어주시고, 또 냉동 오징어 해동이랑 물로 씻는 것까지 좀 부탁드려도 될까요?"

"요즘 젊은 녀석들은 사양하는 법을 모른단 말이야."

스기노가 쓴웃음을 지으며 말하는데 다미야가 태평하게 웃으며 대답한다.

"다네다 뭔토카보다는 잘 알아요."

셋이서 웃음을 터뜨린다.

다미야에게 안내받아 뒤뜰로 들어가니 왼편 안쪽에 큼직한 싱크대가 이어진 조리대가 보였다. 쌀과 냉동 오징어를 카트에 신고 밀면서 빈 싱크대 앞에 도착했을 때, 그곳에 있던 앞치마 두른 남자에게 다미야가 말을 건다.

"어, 난바라 씨, 벌써 오셨군요."

난바라라고 불린 남자가 무심한 표정으로 이쪽을 돌아본다.

"과장님, 늦었네요."

굵은 목소리를 낸 남자는 180센티는 될 듯한 키에 오랜 세월에 걸쳐 햇볕에 그을린 갈색 피부를 갖고 있다. 자세히 보니 오른쪽 눈썹 중앙에 상처 자국이 일자로 나 있고, 그곳만 눈썹이 없다.

"히메지에서 차가 고장 나서."

겉으로 보기에 난바라는 50세가 족히 넘었을 것 같은데, 대화를 들으니 30대의 다미야가 상사인 것 같다.

"과장님, 저기…… 이분들은?"

"아아, 구라시마 씨랑 친구 스기노 씨. 히메지에서 여기까지 데려다 주신 은인이에요."

스기노는 내 '친구'라고 소개받고 조금 부끄러운 듯한 표정이었지만 아주 싫은 것 같지는 않았다.

"그런데요?"

"두 분께 도움을 받을까 싶어서."

"예엣?"

난바라는 스기노와 나를 본 채로 표정이 굳었다.

"아뇨, 혹시 방해가 된다면, 우리는 여기서 이만……."

내 말이 끝나기도 전에 다미야가 말을 끊는다.

"괜찮아요, 괜찮아요. 많이 계시면 능률도 오르죠. 자, 난바라 씨는 쌀을 씻어주시고, 구라시마 씨랑 스기노 씨는 오징어를 씻어주세요. 시간이 없으니, 난바라 씨, 얼른 가르쳐주세요. 나는 빨리 부스를 만들어버릴게요."

"하아……."

다미야는 우리 세 사람을 뒤뜰에 남겨두고 냉큼 사라지고 말았다. 난바라는 눈썹의 흉터 부위를 긁적긁적 긁다가 스기노와 나를 본다.

"저기, 정말 괜찮겠습니까? 일하신 대가 같은 건 안 나올 것 같은데요."

어쩌다 같이 오게 돼서라고 대답하려는데, 옆에서 스기노의 목소리가 끼어든다.

"그것도 좋겠지, 풀은 피었다."

"……."

어리둥절해하는 난바라에게 내가 설명한다.

"다네다 산토카의 시입니다. 어쩌다 같이 오게 됐으니, 할 수 있는 만큼 돕겠습니다."

"아……."

난바라가 입을 떡 벌린 채 살짝 고개를 끄덕인다.

숨 쉴 틈도 없을 만큼 바쁘게 움직여서 가까스로 예정 시간 내에 이카메시 준비를 끝낸 후, 넷이서 근처 비즈니스호텔에 체크인했다. 다미야가 눈치껏 나랑 스기노의 방까지 잡아준 것이다.

시간은 이미 저녁 9시가 다 되어간다.

솔직히 나도 스기노도 구부린 자세로 3천 개나 되는 오징어를 씻은 탓에 허리가 아팠지만, 성의를 다한 육체노동 덕분에 기분 좋은 피로감을 맛보기도 했다.

"그럼, 각자 짐을 자기 방에 두고 이 로비에 모이기로 합시다. 오늘 두 분께 큰 도움을 받았으니 모두 같이 경비로 실컷 마셔봅시다."

다미야 혼자 만면에 웃음을 띠고 신나게 떠든다.


그로부터 15분 후, 우리는 전국 체인망을 가진 저렴한 술집에서 생맥주잔을 손에 들고 있었다.

건배 선창은 과장인 다미야가 맡았다.

"오늘은 정말 두 분 덕분에 살았습니다. 싸구려 술집이라 죄송하지만, 많이많이 드십시오. 그리고 혹시, 두 분이 좋으시다면 내일도 도와주시려나?"

다미야가 농담을 하는 바람에 스기노와 나는 웃었지만 난바라는 웃지 않았다.

"과장님은 진심으로 하는 말이에요. 구라시마 씨, 스기노 씨, 확실히 거절하는 게 좋아요."

진지한 난바라의 발언에 스기노와 나는 '설마' 하며 다미야를 보았다. 다미야는 맥주잔을 든 채 악의 없는 얼굴로 싱글벙글 웃고 있다.

"어때요? 한 번 더 도와주시겠어요?"

"어이어이, 농담하지 마."

스기노가 얼굴 앞에서 손을 흔드니, 그 모습을 본 다미야가 "아, 역시? 아쉽네요"라며 웃는다. 어쩐지 농담이 아니었던 모양이다.

"그렇다면 내일은 난바라 씨와 둘이서 오징어 3천 마리를 필히 팔아 치우겠습니다. 준비 작업을 힘껏 도와주신 구라시마 씨와 스기노 씨의 여행이 훌륭한 여정으로 채워지기를 기원하며, 건배!"

"건배!"

모두 같이 맥주잔을 쨍쨍 부딪쳤다.

"……후우, 맛있다."

맥주를 꿀꺽 삼키며 나도 모르게 중얼거렸다. 노동 후의 맥주 맛은 역시 특별하다. 스기노도 다미야도 행복한 얼굴로 마시고 있다. 철가면이었던 난바라도 표정이 조금 풀린 것 같다.

"그런데 구라시마 씨는 어떤 일을 하셨나요?"

맥주잔을 내려놓은 다미야가 서비스 안주인 풋콩을 집으며 묻는다.

"나는 공무원을……."

"아, 듣고 보니 그래 보이네요. 스기노 씨는요?"

질문을 받은 스기노는 짧은 순간 복잡한 표정을 지었지만, 메뉴에 시선을 떨군 채 무심한 말투로 "국어 교사"라고만 대답했다.

"와아. 국어라면……."

다미야가 의외라는 듯한 표정으로 계속 캐물을 것 같아서, 내가 먼저 다미야에게 질문을 던졌다.

"음……, 두 분은 이 일을 오래 하셨습니까?"

"네? 아, 저는요……." 다미야가 손꼽아 헤아리며 "14년째입니다"라고 답한다.

"저는 아직 4년째예요." 난바라도 대답했다.

"그래서 회사에선 제가 일단 선배예요. 난바라 씨랑 팀을 짠 것도 오랜만이죠?"

"과장님 하고는 반년 만이네요."

"난바라 씨는 이 일을 하다가 비는 시간에 관광도 하고 그러시나요? 저는 전혀 안 해요."

"저도 그래요. 늘 여유가 없어서."

"그렇지요? 이 두 분은 각자 캠핑카로 여행을 하세요. 정말 부러워요."

다미야는 먼 곳으로 시선을 던진 채 맥주를 들이켜더니 그 눈을 다시 나에게로 향한다.

"구라시마 씨, 지금까지 가신 곳 중에서 어디가 제일 좋았어요?"

"어……. 으음, 사실은 도야마를 출발한 지 아직 이틀밖에 안 돼서……. 목적지는 나가사키의 히라도라는 곳인데."

이때 풋콩을 입에 넣으려던 난바라의 손이 딱 멈췄다. 그러고 나를 말끄러미 바라본다. 뭔가 할 이야기가 있나 하고 기다렸지만, 난바라는 잠시 후 시선을 다시 떨구고 아무 일도 없던 것처럼 풋콩을 먹기 시작한다. 그 동작이 묘하게 부자연스러워서 조금 신경이 쓰였지만, 다미야의 휴대전화가 울려 흐지부지 넘어가고 말았다.

"아, 회사다. 잠깐 실례합니다."

다미야는 전파가 잘 잡히는 가게 밖으로 나갔다.

우리 자리에 침묵이 내려앉는다. 남은 세 사람은 각자 맥주와 안주를 먹으며 어색한 분위기를 견딘다. 침묵을 깬 것은 난바라였다.

"구라시마 씨, 히라도의 어디로 가십니까?"

"우스카라는 항구 마을입니다."

난바라의 흉터 있는 오른쪽 눈썹이 쓰윽 올라가는 듯했다.

"그, 그렇습니까? 꽤, 먼 곳까지."

나는 애매하게 고개를 끄덕인 후 난바라의 행동을 슬쩍 관찰하며 맥주를 들이킨다. 곧 스기노가 젊은 여점원을 불러 맥주를 추가로 네 잔 주문한다.

"어떻게 우리 과장님을 태워줄 생각을 하셨나요?

별안간 난바라가 화제를 바꾼다.

"그냥, 강요당한 것도 아닌데, 저 천진난만함에 낚인 것 같아요."

"정말 명랑한 사람이야. 저런 사람이 영업에 적격이지. 일 잘하죠?"

스기노가 난바라에게 묻는다.

"예, 우리 회사 넘버원 영업맨이죠. 조금 억지스러운 면은 있지만, 밝고 악의가 없고……, 왠지 미워할 수 없는 사람이에요."

"정말 그런 사람으로 보여"라고 말하는 스기노.

"예"라고 대답하는 난바라.

또다시 침묵이 내려앉으면서 엉덩이가 근질거린다. 난바라는 풋콩에 손을 뻗었고, 스기노는 담배에 불을 붙였다.

그러다 보니 내가 입을 열게 되었다.

"이 일도 참 힘들겠어요. 난바라 씨가 없었다면 스기노 씨랑 둘이서 오징어 3천 마리를 씻을 뻔했네요."

"씻는 것뿐만 아니라, 내일 판매까지 도와야 했을 걸요?"

"분명히 그랬을 거야. 구라시마 씨는 거절을 못하는 타입인 것 같고."

태평스러운 다미야를 떠올리며 셋이서 낄낄 웃었다.

네 잔의 생맥주가 새로 나왔을 때 마침 화제의 주인공인 다미야가 돌아왔다. 생맥주와 함께 주문한 안주도 테이블에 몇 가지 나란히 놓인다.

"오, 왠지 흥겨워 보이는데요."

"과장님이 구라시마 씨를 알아보다니, 대단한 직감이라는 이야기를 하고 있었습니다."

난바라가 생맥주를 건네며 말했다.

"하하, 그때 구라시마 씨를 만난 건 제게 큰 행운이었어요."

"나는……. 나도 도왔거든."

"아, 물론 스기노 씨도. 두 분이 얼마나 일을 빨리 배우시는지 깜짝 놀랐잖아요. 내일 판매할 때도 오늘 같은 솜씨를 보여주시면 좋을 텐데."

"이것 봐, 또 시작이시네."

난바라의 날카로운 지적에 셋이서 웃는다.

다미야도 "어, 뭐가 시작되나요?"라며 얼굴에 함박웃음을 담는다.


연회가 한창 무르익자 다미야가 흐트러지기 시작했다.

맥주 다음에 청주까지 물처럼 꿀꺽꿀꺽 마시더니 취기가 돌기 시작한 모양이다.

말씨가 수상해진 상사를 보고 연상의 부하가 걱정스러운 얼굴을 보인다.

"과장님, 이제 슬슬 마무리합시다. 두 분도 피곤하실 테고."

"왜~요? 저기요~, 구라시마 씨, 조금만 더 같이 있어주세요~. 2차 갑시다. 근처에 바도 있고, 아가씨 있는 술집도 있고~."

말투는 쾌활하지만 눈이 완전히 풀렸다.

난바라는 점원에게 물을 달라고 하여 다미야를 달래며 마시게 했다. 청주에서 물로 교체당한 다미야는 실실 웃으며 "난바라 씨, 괜찮다니까. 걱정 없다니깐. 나, 아직 마실 수 있어요"라며 어깨동무를 한다.

"난바라 씨랑, 스기노 씨도, 같이 가요~."

"취했어요, 과장님."

"구라시마 씨이~, 더 마실 거죠?"

"시간이 제법 됐으니 이제 슬슬 들어갑시다."

"봐요, 구라시마 씨도 말씀하시잖아요. 자, 일어서 보세요."

난바라가 다미야의 겨드랑이 아래에 팔을 끼웠을 때, 다미야가 갑자기 "만지지 마!"라고 소리치며 힘껏 뿌리친다.

그 험악한 태도에 놀라 다들 어찌할 바를 모르고 있는데, 다미야의 입에서 별안간 낮게 깔린 쉰 목소리가 흘러나왔다.

"지금, 방에 가도⋯⋯, 쓸쓸할 뿐이에요. 비즈니스호텔, 어디든 똑같잖아요. 아침에 일어났을 때 내가 지금 어디 있나 싶고⋯⋯. 그럴 때, 이제, 나는 어떻게 하면 좋을지⋯⋯. 난바라 씨도, 이런 뜨내기 생활을 하면서, 쓸쓸해질 때 있겠지요."

난바라는 질문에 대답하지 않았다. 그저 묵묵히 다미야를 다시 일으키려고만 했다. 그러나 그 손도 다미야는 결국 뿌리쳤다.

"내 말 좀 들어주세요! 내 아내가요. 바람을 피우고 있어요. 내가 없는 동안에, 내가 번 돈으로 산 집에, 젊은 남자를 몰래 끌어들여서……, 씨발……."

갑작스러운 고백에 우리는 그저 멍하니 서 있을 수밖에 없었다.

"저기요, 난바라 씨는 부인 없으세요?"

다미야에게 팔을 잡힌 난바라가 일순 할 말을 잃은 듯 보였다. 그러나 한 박자 후, 굵고 조용한 목소리를 냈다.

"나는……, 관계없잖아요."

그 한마디로 대화가 끊긴다.

무겁게 짓누르는 침묵 속에서 크게 "휴우" 하고 한숨을 내쉰 사람은 스기노였다.

"버릴 수 없는 짐의 무게가 앞뒤로."

산토카일 것이다. 스기노는 계속했다.

"정말, 사연 있는 사람들끼리 모였구먼."

"가장 사연 많은 사람은 스기노 씨 아닌가요~?"

술 취해 허튼소리를 뇌까리는 다미야. 난바라가 나무란다.

"과장님, 실례입니다."

그러나 스기노는 태연하게 담배 한 개비를 꺼내더니 온화한 말투로 이야기한다.

"괜찮아요. 그 말이 맞으니까. 취하고 싶은 사람은 취하면 되는 거고……. 하지만 과장님, 나요, 이 여행을 하면서 참 좋은 말을 만났습니다."

스기노의 낮은 목소리 톤이 세 사람의 입을 다물게 했다.

스기노는 천천히 담배에 불을 붙이고 깊이 빨아들였다가 연기와 함께 뜻밖의 말을 내뱉었다.

"타인과 과거는 바꿀 수 없어도, 나와 미래는 바꿀 수 있다. 구라시마 씨의 부인께서 하신 말씀이죠."

"……."

"또 인생에는 유효기간이 없다. 이런 말도 있어요."

스기노가 옆에 있는 내 얼굴을 흘끗 보고 조금 쑥스러운 듯 관자놀이를 긁적이더니 다시 말을 잇는다.

"과장 친구, 자네는 아직 젊잖아. 얼마든지 다시 시작할 수 있어. 나도…… 올해 예순 하나인 이 늙은이도……."

스기노는 거기서 침을 꼴깍 삼키고 숨을 깊이 들이마셨다. 그러고 자기 자신에게 들려주듯 천천히 이야기한다.

"이 여행이 끝나면 인생을 다시 시작하겠다고 결심했거든……."

조용한 목소리였던 만큼 오히려 장엄한 울림을 동반했다.

그로부터 한동안 아무도 입을 열지 못했다.

스기노도 입을 다문 채 담배 연기를 깊이 빨아들였다가 천장을 향해 "후우" 하고 가늘게 뱉어낸다.

요코의 말이 스기노의 마음을 바꿨던가.

딸랑.

내 안에서 풍경이 울린 듯한 느낌이 들었다.

"내 아내는⋯⋯." 어쩌다 보니 내 입이 마음대로 움직이고 있다. "얼마 전에 죽었습니다."

"⋯⋯."

"고향 바다에 유골을 뿌려달라고⋯⋯. 그게 유언입니다. 그 유언을 이루기 위해 여행을 떠난 겁니다. 유골을 조수석에 태우고."

그러자 나를 가만히 응시하던 난바라가 중얼거린다.

"우스카에 말입니까⋯⋯."

난바라의 쉰 목소리는 옆 테이블의 취객들 고함 소리에 그만 지워지고 만다.

\* \* \*

다미야를 어르고 달래서 겨우 비즈니스호텔로 돌아와, 뜨거운 샤워를 하고 침대 끝에 걸터앉았다. 마음이 느긋해졌는지 깊은 한숨을 쉬니 저절로 맥이 풀린다. 생각보다 몸이 제법 피로했던 모양이다. 그래도 아직 눈은 맑아서 TV 리모컨을 들고 심야 뉴스

프로그램을 틀어본다.

액정 화면 속의 여자 아나운서가 원고를 읽고 있다. 그 목소리가 내 오른쪽 귀로 들어와 왼쪽으로 빠져나가 버린다.

조금 전 스기노가 한 말이 머리에서 떠나지 않는다.

이 여행이 끝나면 인생을 다시 시작하겠다…….

대체 무슨 뜻일까.

나는 객실에 비치된 커피포트로 물을 끓이고 녹차 티백을 넣었다. 멍한 머리로 향기 없는 액체에 입을 댄다.

똑똑똑.

방문을 세 번 두드리는 소리가, 내가 다 마신 찻잔을 테이블에 내려놓는 순간 들렸다.

술 취한 다미야가 더 마시자고 찾아왔나 싶은 생각이 일순 들었지만, 그의 혀가 완전히 풀렸던 걸 생각하면 이미 침대에서 곯아떨어졌을 게 분명하다.

나는 문 쪽으로 걸어가 렌즈를 통해 살짝 밖을 보았다. 복도에 서 있는 사람은 난바라였다.

체인을 풀고 문을 연다.

"쉬시는데 죄송합니다."

난바라가 살짝 머리를 숙인다.

"아, 아뇨."

"잠시, 괜찮을까요."

"에, 네에……. 이런 차림이지만."

나는 이미 호텔 가운을 입고 있었다.

난바라를 방 안으로 맞아들이고 문을 닫는다. 그에겐 의자를 권하고 나는 침대 끝에 걸터앉는다.

"비즈니스호텔은 과장님 말대로 어디든 비슷비슷하네요."

난바라가 휙 둘러보며 말한다.

"네."

"아까는 과장님 일로 실례가 많았습니다."

"아뇨. 그토록 쾌활한 다미야 씨가 그런 힘든 상황에 처해 있었다니, 조금도 눈치채지 못했습니다."

"네, 저도 그렇습니다."

"그는 참 순수한 사람이에요."

난바라는 "네" 하고 살짝 미소 짓더니, 행실 나쁜 제자를 생각하는 교사 같은 눈으로 계속 말을 이었다. "아이처럼 탁 터놓는 성격이라……. 부러울 때도 있습니다."

"무슨 뜻인지 알겠습니다."

대화가 끊기자 냉장고의 부웅 하는 소리가 몹시 크게 울린다.

원래 나는 말이 없는 편이고 난바라도 비슷할 것이다. 침묵이 흐르는 건 당연하다.

"아, 저기, 지금 마침 물을 끓인 참입니다. 괜찮으시다면 차라도?"

"아, 감사합니다."

나는 아까보다 조금 더 시간을 들여 차를 우린다. 그런데도 더 연해 보인다.

"별로 향이 없는 차입니다만……."

말하면서 찻잔을 테이블 위로 내민다.

"잘 마시겠습니다."

난바라는 뭔가 골똘히 생각하는 듯한 옆얼굴로 차를 조금 홀짝였다. 그 찻잔을 테이블에 내려놓으며 "저……" 하고 말을 꺼낸다.

"구라시마 씨, 유골을 뿌리실 때 배를 타고?"

"네?"

뜻밖의 질문에 조금 당황했지만 거짓말을 할 필요는 없다.

"예. 먼바다에 뿌리는 게 법도라고 하기에."

"배는 알아보셨습니까?"

"아직 못 알아봤습니다. 아내 고향에는 한 번도 가본 적이 없어서, 현지에 가서 찾아야 할 것 같아요."

그러자 난바라는 입고 있던 셔츠의 가슴 주머니에서 정성껏 찢은 듯한 메모지를 한 장 꺼냈다. 그걸 나에게 내민다.

"혹시 배를 찾기 힘드시다면, 이 사람에게 연락해보세요."

"네……."

받은 메모지로 시선을 떨군다.

'오우라 고로'라고만 적혀 있다.

남색 볼펜으로 적힌 글자는 오른쪽으로 갈수록 점점 올라가는데다 알아보기도 힘들었다.

"오우라 고로 씨인가요?"

"예. 작은 어촌이라 아무에게나 물어도 알 겁니다. 그런데 고로 씨는 이미 고령이라서, 어쩌면 아들인 신야가 선장을 맡고 있는지도 모릅니다."

난바라는 신야라는 이름만 불렀다. 그 정도로 친한 관계일까?

"난바라 씨, 우스카에 가신 적이?"

"예, 그냥…… 옛날에 낚시하러 갔다가 그 배를 탔을 뿐입니다만."

흉터 있는 눈썹이 조금 난처한 듯 팔자로 바뀌었다. 시선도 왠지 불안정하다. 어쩐지 이 남자는 거짓말을 잘 못하는 성격인 것 같다. 그렇다고 뭔가 숨기는 게 있냐고 묻기도 주제넘어 보인다.

일단 무난하게 대응하기로 한다.

"알려주셔서 감사합니다."

"크게 도와드릴 순 없어도……."

"이분께 뭔가 전하실 말씀이라도?"

"아뇨, 특별히……." 조금은 불안한 태도로 난바라가 일어섰다. 그리고 살짝 인사한다. "그럼, 저는 이만."

"아, 예……."

"오늘은 정말 감사했습니다. 즐거운 여행되시길 바랍니다."

"아, 저야말로 감사합니다."

문밖으로 나가 다시 한 번 살짝 인사하고 난바라가 자리를 떠난다.

이윽고 찰칵 하고 문이 자동으로 닫히는 소리가 희미하게 울린다.

나는 손에 쥔 메모에 다시 한 번 눈길을 준다.

오우라 고로.

삐뚤빼뚤한 이 다섯 글자를 통해 내게 뭔가를 맡긴 것만 같다면 지나친 생각일까?

* * *

다음 날 아침, 스기노와 나는 체크아웃 시간에 맞춰 10시에 호텔을 나섰다. 다미야와 난바라는 이미 일을 시작했을 시간이다.

"잠시 작별 인사라도 하고 갈까요?"

스기노의 제안에 나는 미소 지으며 고개를 끄덕였다.

"그럴까요? 점심 때 먹게 이카메시도 사 갑시다."

후쿠노야의 행사장은 아직 오전 중인데도 수많은 손님들로 북적였다. 마에다 식품 부스로 가보니 이미 열 명 넘게 줄 서 있다.

"홋카이도 하코다테의 명물, 맛있다, 맛있다. 이카메시, 한번 드셔보세요! 오, 아름다우신 어머님, 감사합니다. 방부제나 다른 첨

가물이 전혀 안 들어갔어요. 맛을 보시면 깜짝 놀랄 겁니다!"

다미야의 명랑한 목소리가 구석구석까지 울려 퍼진다. 지난밤의 과음도 문제가 되지 않은 듯하다. 부스 안을 보니, 난바라가 울퉁불퉁한 손을 열심히 움직여 이카메시를 만들고 있다. 판매는 백화점의 젊은 여직원이 도와주는 모양이다.

스기노와 나도 가장 뒤쪽에 나란히 줄을 섰다.

곧 다미야가 알아보고 미소 띤 얼굴로 눈짓한다.

이윽고 차례가 돌아오자 내 소매를 잡고 부스 안으로 끌어들인다.

"엇? 잠깐……."

"괜찮아요. 도와달라고 하지 않을 테니."

다미야가 웃으면서 다른 손님에게 보이지 않도록 등으로 감추고 갓 만든 이카메시 도시락 두 개를 봉투에 담아 건네준다.

난바라도 우리를 보고 "아, 어제는 고마웠습니다"라고 인사하지만, 손은 여전히 바쁘게 움직이고 있다.

"이 이카메시는 두 분께 드리는 선물입니다."

"어, 아냐. 돈은 내야죠. 상품인데."

"괜찮습니다, 점심 때 드세요. 구라시마 씨, 멋진 여행하시길. 스기노 씨는 새로운 인생을 시작하시길."

다미야가 장난스러운 표정으로 말했다.

"뭐야. 그렇게 취했으면서 다 기억하고 있네."

스기노가 어이없다는 듯 웃는다.

"기억해요. 조금 두렵지만, 저도, 나와 미래를 바꿔보겠습니다. 이카메시와 달리 인생에는 유효기간이 없잖아요. 마지막까지 맛보겠습니다."

"후후후후. 정말 요령 좋은 젊은이야."

스기노가 팔꿈치로 다미야의 가슴을 쿡 찌른다.

난바라가 그 모습을 보고 살짝 미소 짓는다.

"그럼, 우리는 이만."

내가 말하자 다미야가 오른손을 내민다. 그 손을 꼭 잡았다. 얼굴은 온순해 보여도, 일하는 자의 두툼한 손을 갖고 있다.

"글피부터 사흘간 모지(門司) 항에서 열리는 토산물 전시회에 참가할 예정입니다. 혹시 시간 되시면 들러주세요."

나는 "예, 기회가 된다면" 하고 고개를 끄덕였다.

난바라와도 악수를 나눈다.

"몸조심하세요."

"감사합니다."

난바라의 말은 짧았지만 그의 두 눈이 말 이상의 뭔가를 전하려는 것 같았다. 어젯밤에 받은 메모는 지갑에 잘 넣어두었다.

스기노도 두 사람과 겸연쩍은 듯 악수를 나누었고, 우리는 마에다 식품 부스를 뒤로했다.

행사장이 있는 곳에서 에스컬레이터를 타고 내려갈 때도 손님을 부르는 씩씩한 다미야의 목소리가 우리 뒤를 줄곧 따라왔다.

"넘버원 영업맨이라……. 저 젊은이, 앞으로 잘됐으면 좋겠네요."

내려가는 에스컬레이터를 탄 스기노가 앞을 바라본 채 말했다.

"잘할 겁니다, 그라면."

나도 앞을 향한 채 대답했다.

다미야의 목소리가 점점 멀어진다.

여러 가지로 어렵겠지만 힘내시게라고 마음속으로 응원한다.

*　*　*

세토 내해를 따라 뻗은 국도를 쉬지 않고 달린다.

이 부근은 거의가 해안도로라서 가도 가도 왼편에는 청록색 바다가 끝없이 펼쳐진다. 파도가 잔잔한 내해에는 브로콜리 같은 녹색 섬이 볼록볼록 솟아 있다. 아무리 달려도 질리지 않으니 드라이브하기에 참 좋은 길이다.

도중에 일본 삼경 중 한곳인 아키(安芸)의 미야지마(宮島)에 있는 이쓰쿠시마진쟈(厳島神社)와 맑기로 유명한 니시키 강(錦川), 그 강에 놓인 긴타이교(錦帯橋)를 훌쩍 넘으며 관광했다. 긴타이교는 일본에서 세 손가락 안에 꼽히는 유명한 교량이다.

태양이 서쪽 산 너머로 저물기 시작할 즈음, 혼슈(本州)에서 가장 서쪽이라는 시모노세키 시에 이르렀다.

우리는 간몬교(関門橋) 옆에 마련되어 있는 단노우라 (壇ノ浦) 주차장에 차를 세우고 오늘은 차 안에서 밤을 보내기로 했다.

"스기노 씨, 저기 봐요. 바다가 강 같네요."

주차장 구석에서 내려다본 간몬 해협은 폭이 좁은 데다 물살이 빨라서 거의 강처럼 흘렀다. 소용돌이가 생기는 곳도 있다.

"그러네요. 굉장하네. 건너편 마을이 모지 항이지요?"

"예, 맞아요."

철책에 기대어 해협을 바라보는 우리 머리 위로 간몬교가 당당히 뻗어 있고, 다리 끝은 황혼에 물들어 희미해진 모지 마을로 이어져 있다. 규슈(九州)가 이제 코앞이다.

이윽고 완전히 해가 떨어지자 우리 눈앞에 그야말로 절경이 펼쳐졌다. 해협 맞은편 모지 마을에 무수한 빛이 켜지면서 멋진 야경이 떠오른 것이다.

캔커피를 마시며 우리는 조용히 바닷바람을 맞았다.

"환갑이 지난 남자끼리 볼 풍경은 아닌데."

스기노가 곰보 얼굴을 일그러뜨리며 싱긋 웃는다.

"정말 그렇네요."

나도 웃는다.

먹물 색으로 변한 간몬 해협을 어선이 다다다다다다다……
하고 경쾌한 엔진 소리를 내며 지나간다. 하늘이 약간 흐려서 별은 보이지 않지만, 초가을 바람이 부드럽고 다정하게 느껴지는 밤이다.

"구라시마 씨."

"네."

"드디어 내일 규슈 상륙이군요."

"예."

꽤 오랫동안 여행한 것 같기도 하다. 그러나 이제 세 번째 밤이다.

"저는 여기까지로 하겠습니다."

"네?"

"금붕어 똥은 혼슈로 끝내겠습니다."

멀리 모지 항의 야경을 응시하며 스기노가 억양 없는 목소리로 말한다. 그 옆얼굴을 보지만, 표정까지는 읽을 수 없다.

"……."

캔커피를 마시며 가슴속에서 적절한 대답을 찾아본다. 하지만 '쓸쓸함' 외엔 아무것도 건져 올릴 수 없다.

"쓸쓸하다."

그걸 꺼내 말로 만든 건 스기노다.

"저도……, 그렇습니다."

"쑥스럽지만 좋은 만남이었습니다."

스기노는 과거형으로 말한다.

그러고 철책에 기댄 채 천천히 이쪽을 돌아본다. 스기노의 입가에 작은 미소가 떠오르지만, 그 미소에서 느껴지는 것은 깊은 근심이다. 하지만 그런 미소도 나쁘지는 않다. 히다 고산 약수터에서 처음 만났을 때의 험상궂었던 웃음을 생각하면 한결 부드러워진 표정이다.

좋은 만남이라…….

한숨이 새어 나오려 한 순간, 문득 요코의 얼굴이 떠오른다.

관사 창문으로 쏟아져 들어오는 저녁놀에 비친 오렌지빛 옆얼굴. 요코는 그때, 방금 다 읽은 책을 손에 들고 이런 말을 했다.

"우연한 만남이란 멋진 일이 생길 징조인데, 그게 세 번 이어졌을 때 놀랄 만한 기적이 일어난다."

"……"

"라고, 어떤 책을 읽고서 아내가 말했습니다."

스기노가 눈을 가늘게 뜨며 "헤헷" 하고 살짝 웃는다.

"스기노 씨와의 만남이 그 첫 번째인지도 모르겠습니다."

말하고 나니 너무나 촌스러운 대사였다는 사실을 깨닫고 부끄러워졌다. 쑥스러운 마음을 감추기 위해 캔커피를 마신다.

하지만 스기노는 아무 말도 않고 다시 해협을 바라본다.

그런 스기노에게 들리지 않게끔 몰래 한숨을 쉰다.

또 어선이 다가온다.

이번엔 두 척이 나란히 있다.

스기노가 깊이, 아주 긴 한숨을 내쉰 것은 그 두 척의 어선이 큰 화물선을 앞질러 갔을 때다.

"구라시마 씨."

"네."

"아오모리 교도소……, 아시지요?"

나는 무심코 스기노를 보았다. 그러나 스기노는 수면을 천천히 움직이는 화물선에만 시선을 고정시킨 채 태연한 얼굴로 서 있다.

"예. 압니다."

"눈치채셨습니까? 저를."

"도중에……"라는 내 대답이 쉰 목소리로 나와버리고 만다.

"그게 언제였나요?"

"다케다 성 주차장에서……."

"제가 무슨 말을 했던가요?"

"저런 차가 타깃이 된다고……."

스기노가 킥킥 웃는다.

"역시 좋은 사람이에요, 구라시마 씨는."

"아……."

"알면서도 데리고 다녀주셨어요."

"……."

"저요……." 스기노가 조금 밝아진 목소리로 말하며 나를 본다. "아오모리 교도소에서 목공을 가르쳐주실 때 종종 사진을 보여주셨지요. 사람들이 내가 만든 물건을 좋아하여 즐겁게 사용하는 모습이 찍힌 사진을요. 그때부터 목공이 재미있어져서…… 출소하면 목공 일을 하고 싶었지요."

"……."

"뭐, 결국은 잘 안 됐지만."

스기노가 뒤통수를 긁적이며 자신을 비웃듯 "헤헷" 하고 웃더니 다시 고백을 이어간다.

"그런데요. 히다 고산에서 구라시마 씨를 우연히 만나……. 그때 뭐랄까, 예감이랄까, 아직 목공을 포기해선 안 된다는 생각이 든 것 같기도……."

이때 말을 잘할 줄 모르는 나 자신에게 몹시 진절머리가 났다. 스기노에게 센스 있는 한마디도 건네주지 못하는 어설픔에 저절로 한숨이 나왔다.

"다케다 성터 꼭대기에서 들은 구라시마 씨 부인의 말씀이 가슴에 와 닿았어요."

요코의 말…….

그래도 나는 아무 말도 못했다. 그저 스기노의 이야기를 들으며, 잔디밭에 드러누워 올려다본 양떼구름과 메뚜기 날갯소리만 멍하니 떠올릴 뿐이다.

"지금은 도야마 교도소에 계시지요?"

"예. 촉탁직이지만."

가까스로 입에 담은 대사가 고작 이것이다.

"도야마 교도소엔 어떤 수형자가 들어오나요?"

"재범자, 폭력배입니다."

"그런가요?"

"예."

왜 이런 걸 물을까라고 생각했을 때, 해협을 바라보는 우리 등 뒤로 몇 사람의 발소리가 다가왔다. 그 걸음은 빨랐고 긴장감마저 느껴졌다.

스기노와 내가 거의 동시에 뒤돌아봤을 때, 우리는 이미 네 남자에게 둘러싸여 있었다.

그들의 얼굴을 본 순간, 나는 그들의 직업을 알아버렸다. 늘 범죄자를 상대하는 인간 특유의 냄새…….

"잠깐, 실례합니다."

네 사람 중 연장자로 보이는 남자가 한 걸음 앞으로 나왔다.

"저쪽에 세워둔 남색 하이에이스 운전사 분이 누구시죠?"

스기노와 눈이 마주친다. 스기노는 "후우" 하고 들으라는 듯 한숨을 쉬고는 시 하나를 힘없이 중얼거린다.

"이 길을 걸을 수밖에 없네, 풀이 깊어도."

멍하니 입을 벌리는 형사들에게 내가 설명한다.

"다네다 산토카의 시입니다."

"어……?"

연장자로 보이는 남자가 고개를 갸우뚱한다. 그 사소한 몸짓에서도 긴장감이 느껴진다. 아마도 그 숨겨진 긴장감이 교도소 안에서 일하는 사람과 같은 종류의 냄새를 뿜는 것이리라.

"하이에이스 운전자는, 접니다."

여느 때와 같은 느긋한 말투로 스기노가 말했다.

"저 차에 대해 도난 신고가 들어와 있습니다. 그리고 스기노 데루오…… 당신에게 차량털이 혐의로 수배령이 떨어진 상태입니다."

연장자인 남자가 차분한 목소리로 말했다.

"왜 하필이면 오늘 밤일까. 큰맘 먹고 내일, 혼자가 되었을 때 출두하려고 했는데……. 한숨이 절로 나오네."

스기노가 노골적으로 "하아" 하고 한숨을 쉰다.

"저기, 구라시마 씨."

"……."

"도야마 교도소에서 다시 만날 수 있을까요?"

곰보 얼굴을 씩 일그러뜨린 스기노가 농담처럼 말했지만, 나는 아무 대답도 할 수 없었다.

네 남자가 서서히 다가온다.

긴장감이 한층 고조된다.

그러나 스기노는 가벼운 어조로 이야기한다.

"괜찮아. 저항하지 않을 거예요. 어쨌든……."

나는 스기노의 옆얼굴을 보았다.

스기노가 형사들 쪽을 보며 단호하게 말한다.

"나는, 나 자신과 미래를 바꿀 테니까."

그 말을 들은 순간, 세상의 모든 소리가 사라지고 눈앞의 광경이 느린 화면으로 흐르는 듯한 착각을 느꼈다.

형사들이 스기노를 에워싸고 체포한다.

스기노가 완전히 무저항 상태가 되었다는 걸 확인한 후 연장자인 남자가 천천히 내 쪽으로 걸어와 바로 앞에 선다.

"그런데 당신은?"

나는…….

스기노에게 들릴 만한 목소리로 대답한다.

"이 사람의 친구입니다."

세 남자에게 체포된 스기노가 나에게서 얼굴을 돌렸다.

그대로 경찰차에 연행된다. 양팔을 붙잡힌 채 고개 숙여 구부러진 등이 멀어져간다.

"스기노의 친구십니까?"

"예."

"뭐, 아무튼 죄송합니다만 당신도 경찰서까지 동행해주셨으면 합니다."

나는 아무 대답도 하지 않고, 일반차로 위장한 경찰차 뒷좌석에 올라타는 스기노의 모습을 응시했다.


시모노세키 경찰서는 사무실 빌딩이 밀집한 큰 거리에 위치해 있었다.

어쩐지 근대적인 병원을 연상케 하는 하얀 벽돌로 지은 6층짜리 건물. 외등에 비친 넓은 주차장에 흰색과 검정색의 투톤 컬러로 채색한 경찰차가 몇 대나 늘어서 있고, 건물 입구의 차양에는 빨간 불 두 개가 근엄하게 빛난다. 그 빛이 여기가 경찰서라는 사실을 위압적으로 주장하는 듯하다.

나는 1층 로비로 안내되었다. 정문으로 들어서자마자 오른쪽에 기다란 간이 테이블과 파이프 의자가 있었는데 그곳에서 몇 가지 조사를 받았다. 문득 위를 보니 호화롭게도 천장이 위층까지 뻥 뚫려 있고, 그쪽으로 교통 안전과와 면허증 갱신 수속을 밟는 창구 따위가 보였다.

나는 입구 정면의 엘리베이터 옆에 붙은 안내 표지판을 보았다. 4층에 형사1과, 2과, 생활안전과가 있는 모양이다. 도난 등의 피해는 1과의 업무이니, 아마 스기노는 그곳으로 연행되었을 것이다.

나를 조사한 사람은 아까 그 나이 많은 형사로, 처음부터 끝까지 깍듯한 경어를 써가며 부드럽게 대응해주었다.

애당초 나는 감출 게 아무것도 없었기에 스기노와의 만남부터 오늘까지의 경위, 내가 어떤 사람인지도 숨김없이 이야기했다. 다만 경찰서 주차장에 차를 세우고 형사가 차 안을 대충 점검하면서 조수석에 있는 가방 안에 납골 항아리가 들어 있다는 사실을 알았을 때는 아무래도 표정을 조금 굳히긴 했다. 하지만 유골을 뿌리기 위한 여행길이라는 사실과 도야마 교도소에 있는 쓰카모토의 연락처를 알려줬더니 형사가 곧 확인 절차를 밟은 듯 이후로는 나에 대한 의심의 눈빛을 완전히 거두었다.

"그건 그렇고, 아오모리 교도소에서 지도했던 수형자를 우연히 만나다니, 참 희한한 일도 다 있네요."

"예, 처음에는 저도 몰랐습니다."

"그랬겠지요. 수년 전에 잠시 가르쳤을 뿐인 수형자를 어떻게 일일이 기억하겠습니까?"

일일이라는 말이 조금 거슬렸지만, 그 말에 악의가 없으리라는 걸 안다.

"그런데 구라시마 씨, 오늘 밤은 어쩌실 계획인가요?"

"캠핑카로 다니는 여행이니, 다시 단노우라 주차장으로 돌아갈 생각입니다."

"거기 경치가 참 좋지요."

"예……."

조금 전까지 그 야경을 스기노와 함께 바라보았는데…….

"내일 이후엔, 으음, 나가사키 현 히라도의, 우스……, 뭐라 하셨더라?"

"우스카입니다."

"아아, 우스카였죠. 그곳엔 언제?"

"아직 가본 적이 없는 지역이라 언제가 될지…….."

"우스카에 아는 사람은요?"

"없습니다."

"그럼 유골을 뿌릴 때 배는 어떻게 하실 예정입니까?"

내 뇌리에 오우라 고로라는 이름이 떠올랐지만, 역시 입 밖에 낼 수는 없었다.

"우스카에 도착해서 적당한 배를 찾아볼 생각입니다."

"그렇군요. 그때그때 되어가는 대로 하고 싶으신 거죠?"

언제부턴가 스기노와 관계없는 질문만 나오고 있다. 직무와 관계없이 그저 개인적인 흥미인가, 하고 생각한 순간……

"말씀 중에 실례합니다."

젊은 형사가 엘리베이터 쪽에서 빠른 걸음으로 다가온다.

"무슨 일인가?"

"스기노가 말이죠. 구라시마 씨에게 전하고 싶은 게 있다고 해서."

"……"

잠자코 젊은 형사의 얼굴을 보았다. 키는 크지만 특징 없는 얼굴의 남자다. 잠복이나 미행하는 직업엔 잘 맞아 보였다.

"뭔데?"

나이 많은 형사가 물으니 젊은 형사가 손에 쥔 메모를 억양 없이 읽는다.

"유효기간이 끝나기 전에 또 같이 놉시다. 이렇게 전해달랍니다."

연장자인 형사가 나를 본다.

"유효기간? 무슨 뜻입니까?"

나는 "글쎄요"라고만 말하고 고개를 갸우뚱했다. 무표정한 데다 말 없는 성격이 이런 때 도움이 된다.

"그리고 이겁니다."

표지가 닳아서 너덜너덜해진 문고본을 테이블 위에 내려놓는다.

"친구한테 빌렸던 책이라면서 돌려주고 싶다고 했습니다."

"이거 당신 책이 틀림없습니까?"

연장자 형사가 나를 관찰하는 눈으로 묻는다.

"예."

나는 반사적으로 거짓말을 했다.

교도소에서 근무한 이래 처음 한 거짓말인지도 모른다.

"혹시 모르니 잠시 확인만 하겠습니다."

연장자인 형사가 그 책을 손에 쥐고 책장을 훌훌 넘겼다. 표지를 벗기고 안까지 확인한다.

특별한 문제는 없다고 판단한 듯 책을 내게 양손으로 건네준다.

"산토카, 좋아하십니까?"

"네."

이건 거짓이 아니다.

스기노와 만난 후로 사흘 동안 이미 충분히 좋아하게 되었다.

거짓말로 얻은 너덜너덜한 책이 내 손안에 있다. 표지에 찍힌 글자를 바라보고 있으니 얼굴에 아주 조금 웃음이 감돈다.

산토카 시집.

나는 지금 새로운 여행 친구를 얻었다.

제5장
# 편지지에 피는 꽃

　간몬교를 건너 규슈에 상륙한 후 해안선을 따라 뻗은 국도를 쉬지 않고 달렸다. 고쿠라(小倉), 후쿠오카(福岡) 시내를 빠져나와 가라쓰(唐津) 시로 나아간다. 일본에서 세 손가락 안에 꼽히는 소나무 벌판 중 한 곳인 '무지개 송원(松原)' 근처에서는 온천에 몸을 담그기도 했다. 오징어가 맛있기로 유명한 요부코(呼子) 항을 지나, 도자기 마을이 있는 이마리(伊万里) 시로 들어간다.

　휴식을 취할 때마다 다네다 산토카 시집을 펼쳤다. 여행 중에 산토카의 시를 읽으니 은근한 운치가 더욱 깊이 느껴지는 듯했다.

　이따금 요코의 풍경이 "딸랑" 하고 울었다. 그 음색이 지금은 멀리 떠나 있는 관사의 창문 밖 정경을 떠올리게 했다. 도야마와 규슈의 거리를 생각할 때마다 내가 지금 그야말로 '여행'이라는 비일상의 한가운데에 있다는 사실이 다시금 절절히 느껴졌다. 스기노가 곁에 없는 '여행'은 혼자라는 고독과 불확실한 미래에 대한 불안을 끊임없이 받아들여야 하는 작업이기도 했다. 그러나 이런 부정적인 감정을 뒤집어보면 그곳엔 어김없이 '자유'라는 구김 없는 날개가 존재한다.

산토카의 시집을 넘기다가 이런 작품을 만났다.

〈기침이 멈추지 않는다, 등을 두드릴 손이 없다〉

외톨이가 된 내게 너무나도 딱 들어맞아 나도 모르게 우울한 한숨을 흘렸던 작품이다. 하지만 고독과 불안을 끌어안은 채로도 스기노가 좋아한다고 말했던 시……

〈혼자가 되면 우러를 수 있네, 푸른 하늘을〉

이 시가 풍기는 쾌청한 자유로움에 구제받기도 했다.

혼자 하는 여행은 두 가지 측면을 지닌다. 같은 여행이라도 내입이 쓸쓸하다고 말하면 쓸쓸해지고, 자유롭다고 말하면 자유로워진다. 이 두 가지 중 어느 쪽을 내 것으로 만들지, 그 선택으로 여행의 의미는 크게 달라진다. 아마 앞으로 이어질 나의 외톨이인생도 마찬가지 아닐까?

어쩌면 '내가 어느 측면을 보는지'로 세상이 몽땅 바뀌어버릴지도 모른다. 그렇다면 요코가 말한 대로, 미래는 분명 바꿀 수 있으리라.

바다와 마을이 차창 위로 흐른다.

새 건물 안에도 쓸쓸한 어촌에도 사람은 살고 있고, 저마다의 삶을 영위하고 있다. 그들은 자기 인생의 어느 부분을 보며 살아가고 있을까.

시야에 들어왔다가 곧 사라지는 규슈 사람들을 멍하니 바라보면서, 나는 그저 액셀만 계속 밟았다.


무수한 섬이 볼록볼록 떠 있는 무척이나 아름다운 바다를 오른편에 두고 서쪽으로 좀 더 나아가다 보니 문득 히라도 대교가 눈앞에 나타났다.

이 다리만 건너면 이제 히라도시마(平戸島)다.

즉, 엎어지면 코 닿을 거리에 우스카가 있다는 뜻이다.

액셀을 세게 밟아 히라도 거리를 빠져나간다.

도로 안내 표지판에서 '우스카 어항'이라는 글자를 발견했을 때 무심코 숨을 삼키고 말았다.

도야마를 출발한 지 4일째. 드디어 도착했다.

요코의 고향에.

그 표지판에 따라 핸들을 꺾은 후 좁고 긴 내리막길을 천천히 달린다.

내리막길 도중에 먼 곳을 바라보니 밀집된 나무 저편으로 잘 익은 망고 색깔의 저녁 하늘이 펼쳐져 있다. 그 따스한 빛깔을 반짝반짝 반사시키는 오래된 기와지붕들도 눈에 들어온다. 마을 안쪽에는 분홍색 그림물감을 풀어놓은 듯 걸쭉해 보이는 바다가 조심스럽게 누워 있다.

우스카는 내가 머릿속에 그렸던 대로 조용하고 아담한 어촌이었다. 쇼와시대(1926~1989)의 풍경을 영화 촬영지로 재생시킨 듯한 추억 속의 항구 마을이다.

내리막길을 서행하면서 운전석 창문을 활짝 열었다.

딸랑.

축축하고 미지근한 바닷바람이 우르르 밀려 들어와 요코의 풍경을 울린다.

바람에 건어물 냄새가 녹아 있다.

멀리서 쓰르람 쓰르람 하는 쓰르라미의 구슬픈 노랫소리도 들려온다.

내 안에서 시간이 천천히 흐르기 시작한다.

요코, 도착했어.

그리웠지?

조수석의 납골 항아리를 향해 마음속으로 말을 걸면서 좁은 비탈길을 슬슬 기듯 내려간다.

이윽고 내리막길을 다 내려갔을 때, 무심코 "앗" 하고 소리치고 말았다.

왼쪽에 우체국 표시가 보였다.

황급히 브레이크를 밟아 차를 세우고 당장 운전석에서 내렸다.

여기가 우스카 우체국인가.

내가 상상했던 지방 우체국과는 완전히 딴판이다. 민가가 위탁을 받아 우편 업무를 보는, 이른바 간이 우체국이다. 외관상으로는 어촌의 일반적인 주택과 조금도 다르지 않아서 우체국 마크를 못 봤더라면 그냥 지나칠 뻔했다. 검붉은 색의 2층짜리 건물이었는데, 일단 1층 창문 차양 위에 '우스카 간이 우체국'이라고 손으로 쓴 작은 간판도 걸려 있다.

우체국 현관 앞에는 낮은 돌층계가 있다.

한 단 한 단 힘주어 딛는다.

돌층계를 다 오르자 격자무늬 미닫이문이 보인다.

초인종은 없다.

심호흡을 한 번 하고 문을 열려던 순간…….

"이봐요."

돌층계 아래에서 낮게 잠긴 여성의 목소리가 들렸다.

뒤돌아보니 백발을 곱게 올려 묶은 할머니가 아래쪽 도로에 서서 나를 올려다보고 있다.

"우체국은 벌써 끝났는데."

"아……."

손목시계를 보았다. 오후 6시 반이 지나 있다.

"셔터도 다 내렸어."

현관 옆으로 하얀색 셔터가 내려진 게 보인다.

그렇구나. 이쪽을 열면 우체국이 되는 건가.

나는 "그러네요. 내일 다시 오겠습니다" 하고 머리를 긁적이며 쓴웃음을 지었다.

"자네, 본 적 없는 얼굴인데?"

"예에……, 도야마에서 왔습니다. 저 차로."

"어머나, 꽤 멀리서 왔네."

할머니는 눈을 둥그렇게 뜨더니 호들갑스럽게 놀란다.

"길 조심혀."

"예, 감사합니다."

생긋 웃으며 인사하자, 할머니는 허리 뒤에서 양손을 깍지 끼고 펭귄처럼 상체를 좌우로 흔들며 쇼와 분위기가 물씬 풍기는 어촌의 좁은 골목길로 걸어간다.

아무튼……, 내일 다시 와야겠다.

계단을 내려온 나는 뒤돌아서 우체국을 한 번 올려다본다.

푸르스름한 색깔의 우체국 기와지붕 위를 갈매기 한 마리가 훨훨 날고 있다.


우스카 항구 주변에 공터가 몇 군데 있었다. 캠핑카 여행객에 겐 좋은 조건이다. 나는 차를 돌려 항구에서 가장 가까운 공터 구석에 주차했다. 오늘의 보금자리는 우스카 항구와 그 앞의 넓은 바다를 한눈에 바라볼 수 있는 일등지다.

시동을 끄고 운전석에서 내린 후, 집이 모여 있는 마을을 향해

215

걷기 시작한다. 저녁놀에 물든 요코의 고향을 한가로이 산책하고
싶었다.

아담한 마을에 좁은 골목이 미로처럼 여기저기로 뻗어 있다.
나는 굳이 그 미로로 들어가 내키는 대로 슬슬 걸어본다.

집과 집 사이를 빠져나가는 바람에 농밀한 건어물 냄새가 녹아
있다. 집집마다 햇볕 아래 처마 끝에 건어물이 잔뜩 널려 있다. 마
침 해가 저물기 시작할 무렵이라 그것들을 거둬들이려는 사람들
의 모습도 눈에 많이 띈다.

건어물을 자세히 보니 긴 가슴지느러미가 달린 물고기다. 이
부근의 특산물인 날치, 즉 '비어'라고도 부르는 물고기다. 구워서
말리기도 하고, 굽지 않고 생으로 말리기도 한다고 예전에 요코
가 가르쳐준 적이 있다. 대형 슈퍼마켓에 가면 요코는 늘 이 날치
를 카트에 실었다. 그리고 다양한 요리의 국물을 내는 데 사용하
곤 했다.

마을에서 만난 사람들 대부분이 고령자였다. 그런데도 나와 눈
이 마주치면 모두 미소 지으며 살짝 고개 숙여 인사해주었다. 낯
가림이 심한 편이지만, 그래도 이 마을 사람들에게 '받아들여졌
다'는 느낌이 들어 보폭이 절로 커지는 듯하다.

골목을 산을 향해 1분 정도 걸으니 추수 직전의 계단식 논이
펼쳐졌다. 논두렁길에 나란히 핀 석산이 마침 활짝 꽃망울을 터
뜨려 선명한 주홍색 띠를 몇 줄이나 만들어놓았다.

해질 무렵 논의 흙냄새가 소년 시절의 기억을 불러일으켜 마음을 애달프게 한다.

문득 항구 반대편 산을 바라보니 급사면에 무수한 묘비가 서 있다. 그 묘비들 역시 따스한 주황색으로 물들어 있다. 이 마을에서 태어나 자라 결국 저 조용한 묘지로 들어간다. 그런 다소곳한 인생에도 수많은 보석이 아로새겨져 있으리라.

우스카의 집들은 모두 담이 낮아서 걷다 보면 집 안이 훤히 다 보인다. 생활이 밖을 향해 열려 있는 것이다. 높은 담으로 옆집과의 관계를 단절하는 도시와는, 분명 하루하루의 생활에서 느끼는 정취가 많이 다를 것이다.

골목에는 고양이가 많다. 내 얼굴을 보고 붙임성 있게 야옹 하고 운다. 땅이 좁아서 넓은 뜰을 확보하지 못한 집이 대부분이지만, 그 대신 화분에 꽃을 심어 현관 앞을 예쁘게 장식한 곳이 많다.

어느 골목을 도는 순간, 생선 굽는 냄새가 갑자기 코로 훅 달려들었다. 길가에 할머니 몇 분이 모여 수다를 떨면서 풍로에 생선을 굽고 있다. 시선이 마주쳐 가볍게 인사하자, 할머니 한 분이 나에게 이리 오라며 손짓한다.

조금 긴장하며 다가가니 곧 미소 띤 쭈글쭈글한 얼굴들에 둘러싸인다. 모두 저녁놀에 물든 다홍빛 얼굴이다. 나이든 소녀들 같다.

"지금 말이여, 생선 굽고 있어. 양념 발라 말린 거. 좀 자셔보려나?"

"아……."

"당신, 첨 보는 얼굴인데 어디서 왔는가?"

"도야마에서 왔습니다."

"꽤 먼 데서 왔네."

"자, 다 굽혔다. 뜨겁수. 조심해서 먹어야 혀."

"아, 가, 감사합니다……."

갓 구운 생선을 쟁반에 올려 건네준다.

한입 베어 먹어보니, 이것 참 특별한 맛이다.

"맛있습니다."

"그건 게르치야. 당연히 맛나지."

할머니들은 신이 나서 또 다른 생선을 굽기 시작한다.

"이건 꼬치고기. 이것도 맛있어."

"예……."

"이 정도는 늘름 먹어치울 수 있지?"

생선 두 토막 정도는 물론 먹을 수 있다. 하지만 처음 만나는 사람의 집 현관 앞에서 갑자기 이런 대접을 받으니, 낯가림이 심한 내가 당황하지 않을 수 있으랴.

"자, 꼬치고기도 다 구워졌다."

"감사합니다. 잘 먹겠습니다."

고소한 냄새에 이끌려 고양이도 다가왔다. 할머니들은 그 고양이를 '다마'라고 부르며 생선 조각을 던져주었다. 고양이는 뜨거워 괴로워하면서도 맛있게 잘도 먹는다. 왠지 쇼와시대의 한 장면을 보는 것만 같아, 내 가슴이 그리움으로 꽉 조이는 듯하다.

"꼬치고기도 맛있습니다."

씹는 감촉이나 맛은 달랐지만 진하고 강렬한 맛이 혀에 천천히 스며드는 느낌은 같았다.

"자네, 참 맛있게도 먹네. 혹시 배고픈가?"

가장 살집이 좋은 할머니가 물었다. 생각해보니 오늘은 점심도 먹지 않았다.

"예, 조금요. 어디 밥 먹을 데가 있을까요?"

"우스카에 식당은 한 군데뿐이야."

"하마사키 식당."

백발을 부스스 늘어뜨린 할머니가 가게 이름을 말하자, 모두 약속이나 한 듯 항구 쪽을 손가락으로 가리킨다.

"바로 저기야. 항구로 나가서 왼쪽."

"거기 맛있어. 뭐든 신선하고."

"예쁜 아가씨도 있고."

살집이 좋은 할머니가 놀리듯 말하자 모두 깔깔 웃는다.

나도 그만 쓴웃음을 짓고 만다.

"잘 먹었습니다. 그럼, 그 식당으로 가보겠습니다."

양념이 묻어 끈적해진 손가락을 손수건으로 닦으며, 나는 인사를 하고 발걸음을 옮기려 했다. 그러다 퍼뜩 생각나서 할머니들

쪽을 돌아본다.

"아, 저기……."

"응?"

쭈글쭈글한 얼굴들이 일제히 내게로 향한다.

"미쓰무라 씨라는 분을 혹시 아시는지요?"

"미쓰무라?"

"들어본 적 있나?"

"아마, 벌써 오래전에 이사 간 가족인데……."

"아, 그러고 보니, 있었어. 생각난다. 미쓰무라 씨라고."

미쓰무라는 요코의 결혼하기 전 성씨다.

"그 가족이 살았던 집은…… 아직."

내가 끝까지 말하기도 전에 살집 있는 할머니가 가로챈다.

"아니, 이사한 게 아주 오래전이거든. 집은 벌써 없어졌지. 그
자리에 마을회관이 들어섰어."

"그런가요."

설마 지금까지 집이 남아 있으리라는 생각은 하지도 않았지만,
실제로 없다는 말을 들으니 조금 어깨가 처지는 건 어쩔 수 없었다.

한숨을 꾹 참고 다음 질문으로 넘어갔다.

"그럼, 오우라 고로 씨라는 분은요?"

쭈그리고 앉아 고양이 턱을 어루만지던 할머니가 "어머나, 이
번엔 고로 씨야?"라고 말하며 일어선다.

"고로 씨라면 모르는 사람이 없지. 그래도 하마사키 식당에 가서 그 집 아가씨한테 물어봐."

"그래그래. 거기가 더 잘 알 거야."

할머니들이 장난스러운 얼굴로 웃는다.

"예?"

"아무튼 식당에 가면 알게 될 거야."

나는 영문도 모른 채 그저 "네"라고만 대답했다. 그러고 다시 인사한 후 이번에는 확실히 그 자리를 떠났다.

* * *

할머니들이 계신 곳에서 30미터쯤 걸으니 하마사키 식당이 보였다. 항만 안쪽에 선 주택의 1층만 개조해 만든 예스러운 분위기의 식당이다. 일단 남색 바탕에 하얀 글자로 '하마사키 식당'이라 물들인 포렴이 걸려 있긴 하지만, 그 오른쪽 벽에는 보통 집처럼 '하마사키'라고 새긴 문패가 있고, 또 그 문패 옆에는 녹슨 우편함도 달려 있다.

나는 몸을 굽혀 미닫이문 밖에서 가게 안을 들여다보았다.

손님은 아무도 없는 모양이다.

조금 안심하고 안으로 들어간다.

"어서 오세요."

곧 안쪽 주방에서 또랑또랑한 목소리가 들렸다.

목소리를 들은 순간 아까 할머니들이 말한 아가씨라고 확신했는데, 과연 상냥하고 아름다운 아가씨가 안에서 나온다.

벽에 붙은 손글씨 메뉴를 보았다.

"오늘은 생선 조림이 맛있어요."

아가씨가 애교스러운 목소리로 말한다.

"그럼 그거 주세요."

"정식으로 드릴까요? 밥이랑 된장국이랑 야채 절인 것 등 몇 가지 반찬이 같이 나와요."

"예, 그럼 정식으로."

아가씨가 싱긋 웃으며 고개를 끄덕이더니 주방을 향해 "생선 조림 정식 하나"라고 말한다. 그러자 주방에서 아가씨와 생김새가 제법 닮은 여성이 얼굴을 내밀고는 "네~에" 하고 대답한다. 모녀인 모양이다.

"사실은 생선 조림을 너무 많이 만들어서 남았거든요. 그래도 정말 굉장히 맛있어요."

"네……."

너무나도 솔직한 말에 나는 그만 웃고 말았다.

"TV 틀까요?"

"아, 부탁드릴게요."

아가씨가 리모컨을 들고 천장에 달린 선반 위의 TV를 켠다. 마침 민영방송에서 일기예보를 하는 중이다.

기상도 왼쪽 아래에 커다란 태풍을 나타내는 등압선이 보인다.

"이 부근을 강타할 거예요."

아가씨가 혼잣말처럼 중얼거린다.

태풍이라……. 파도가 거칠면 배를 탈 수 없게 된다.

"큰일이네. 태풍이 올 줄 몰랐어……."

무심코 세상과 동떨어진 말을 입에 담은 탓인지, 아가씨가 나를 보고 고개를 갸우뚱한다.

"손님, 낚시하러 오셨어요?"

"아, 아뇨. 사실은……."

유골을 뿌리러 왔다는 것과 오우라 고로에 대해 이야기하려 했는데, 그 순간 드르륵 소리를 내며 가게 문이 열리고 젊은 남자가 "안녕" 하고 얼굴을 내민다. 남자와 함께 축축한 바닷바람이 쓰윽 밀려들어 온다.

"날씨가 이래서 내일 것까지 같이 가져왔어."

햇볕에 검게 탄 키 큰 남자가 아가씨를 보고 말했다. 양팔에 생선이 들어 있는 발포 스티롤 상자를 안고 있다. 몸은 가늘어도 반소매 티셔츠 밖으로 뻗은 긴 팔의 강인한 근육이 도드라져 보인다. 보기에도 어부 느낌이 물씬 나는 청년이다.

"오늘도 방어가 좋더라."

청년이 입가에 사람 좋아 보이는 웃음을 담고 그렇게 말했지만,

"다른 것에도 그만큼 신경 쓰면 좋을 텐데."

라고, 아가씨가 좀 전과는 완전히 다른 퉁명스러운 말투로 대꾸한다. 그러고 청년에게서 상자를 건네받더니 발길을 돌려 주방으로 들어가 버린다.

청년은 우두커니 선 채 눈썹을 팔자로 내리고 과장된 한숨을 내쉬더니, 이쪽으로 돌아 살짝 어깨를 움츠려 보인다. 어쩐지 두 사람, 다투기라도 한 모양이다. 나는 쓴웃음으로 대답한다.

"밖에 있는 차, 손님 거예요?"

다시 기운을 낸 듯 청년이 묻는다.

"아, 방해가 되나요?"

"아뇨, 번호판이 도야마던데, 이 부근에선 거의 본 적이 없어서요."

"아……."

내가 무슨 말을 하려는데 청년 뒤에서 아가씨가 나타났다.

"비켜, 방해돼."

청년을 밀어내고 생선 조림 정식을 테이블 위에 놓는다.

"방해라니, 좀……."

"손님, 도야마에서 오셨어요?"

아가씨는 나에게만 상냥한 목소리를 내고 청년은 무시한다.

"예? 네에, 뭐……."

"낚시하러 오셨댔나요?"

"아뇨, 사실은 아내가 말이죠……."

224

거기서 나는 우물거리고 만다.

"……?"

아가씨와 청년이 나란히 서서 똑같이 고개를 갸우뚱한다.

나는 아랫배에 조금 힘을 주고 이야기를 이어갔다.

"음, 아내의 유골을 바다에 뿌리기 위해 왔습니다."

젊은 두 사람이 할 말을 잃은 채 나를 보고 우두커니 서 있는 동안, 주방에서 나온 어머니가 대신 응해준다.

"산골 때문에 오신 건가요?"

유행에 뒤처진 꽃무늬 앞치마를 두른 어머니가 내 얼굴을 말똥말똥 거리낌 없이 쳐다본다.

"배는 어디서?"

나는 질문을 받고 지갑을 천천히 꺼내 한 장의 종잇조각을 펼쳤다. 오른쪽으로 갈수록 올라가는 글자. 난바라에게 받은 메모다.

"배는 이 오우라 고로 씨라는 분께 부탁드리고 싶은데……."

말하면서 메모를 조심스럽게 테이블에 올린다.

그러자 이번에는 세 사람이 한꺼번에 눈을 둥그렇게 뜬다.

아가씨와 청년은 입을 떡 벌린 채 나를 보았지만, 어머니의 시선은 줄곧 테이블 위의 메모지로 쏟아지고 있었다.

"으음……."

왠지 이상한 분위기에 휩싸였다는 걸 깨달은 내가 입을 막 열려던 순간 청년이 말한다.

"오우라 고로는, 우리 할아버지 이름인데."

"어……."

이번에는 내가 놀랄 차례였다.

"아무튼" 하고 강한 어조로 말을 꺼낸 건 어머니였다. "손님, 식기 전에 얼른 드세요. 식사 끝나면 천천히 이야기 나누죠."

"아, 예……."

눈이 팽팽 돌 듯 따라가기 힘들었던 식당 안의 분위기와 어머니의 목소리에 완전히 압도된 나는 그저 얌전히 "잘 먹겠습니다"라는 인사만 흘릴 뿐이었다.

\* \* \*

정식에 나온 생선은 방어 조림이었다. 거짓말을 못하는 아가씨가 권한 만큼, 역시 살도 통통한 데다 맛도 좋았다.

"잘 먹었습니다. 맛있었어요."

내 식사가 끝나고 아가씨가 "조촐한 식사였지요?"라고 미소 지으며 그릇을 정리한 다음, 어머니와 딸과 청년이 테이블 앞에 나란히 앉았다.

"이건 서비스예요."

아가씨가 다 같이 마실 커피를 끓여주었는데, 컵을 청년 앞에 놓을 때만 노골적으로 난폭했고, 그 모습을 본 어머니가 쓴웃음을 지었다. 청년은 속상한 표정이었지만 커피를 한 모금 홀짝인 후 자세를 고치며 이야기를 시작했다.

"으음, 저는 오우라 고로의 손자이고, 이름은 다쿠야입니다."

"손자……."

"네. 그리고 이분이 식당 주인이신 하마사키 다에코 씨, 이건……."

"누가 이건데? 물건 아니거든? 저는 딸 나오코입니다."

"으음, 제 약혼녀입니다."

"파혼의 기미가 보입니다만."

"얘, 너희들 작작 좀 해."

어머니 다에코가 한마디 했다.

젊은 두 사람은 마지못해 입을 다물었다.

참으로 미묘한 그런 분위기 속에서 세 사람의 시선이 나에게로 모인다.

"아……, 저는 구라시마 에지라고 합니다."

"구라시마 에지 씨……."

다에코가 내 이름을 기억에 새기려는 듯 작은 목소리로 복창한다.

"그런데 우리 할아버지 배를 타고 유골을 뿌리시겠다고요? 언제요?"

"아, 아니……. 사실은 여행 도중에 우연히 만난 난바라 씨라는 분이 오우라 고로 씨라는 분께 부탁해보라고 말씀해주셨을 뿐,

아직 아무것도……."

"그럼 우리 할아버지를 아시는 건 아니군요."

"예에……."

"그렇구나. 그런데 난바라 씨는 누구지. 들어본 적 없는 이름인데."

다쿠야가 고개를 기울인다.

"예전에 우스카에 낚시하러 왔을 때 고로 씨 배를 탔다고 합니다."

"낚시?"

"예."

"우리는 어부라서 낚싯배를 운영한 적이 없거든요."

"어……."

낚싯배를 운영한 적이 없다?

나는 예상 밖의 사태에 눈살을 찌푸렸다가 문득 다른 이름 하나를 떠올렸다. 난바라가 어쩐지 그리운 듯한 눈으로 부른 그 이름.

"난바라 씨는 고로 씨의 아드님인 신야 씨와도 잘 아는 듯했습니다. 친한 사이인 것 같았는데."

내가 신야라는 이름을 꺼낸 순간, 테이블 위의 공기가 쓱 얼어붙는 게 느껴졌다.

"……."

잠자코 세 사람의 얼굴을 둘러보았다.

세 사람의 눈이 각각 다른 느낌이다. 다쿠야는 쓸쓸한 눈, 나오코는 연민의 눈, 다에코는 매달리는 눈빛이라 표현할 수 있을 듯한 눈으로 나를 바라보았다.

다에코가 입을 연다.

"난바라 씨라는 분은 신야 씨에 대해 뭐라 했나요?"

"좀, 엄마."

나오코가 나무라는 투로 말했다.

"괜찮잖아. 나도 들어보고 싶어."

나오코를 제지한 다쿠야가 다시 기운을 차린 얼굴로 나를 보았다.

"아, 아뇨……, 제가 난바라 씨에게 들은 건, 고로 씨는 고령이시니 지금은 신야 씨가 선장을 맡고 있는지도 모른다는 말뿐으로……. 그때 난바라 씨가 '신야'라고 이름만 불렀기 때문에, 제 마음대로 친한 사이라고……."

나오코가 걱정스러운 얼굴로 다쿠야를 흘끗 쳐다본다.

그러나 다쿠야는 오히려 미소 띤 얼굴이다.

"그렇구나. 그럼, 난바라 씨라는 분은 아버지 친구였을지도 모르겠네요." 다쿠야는 조금 먼 곳을 보다가 한숨을 흘리더니 다시 나를 본다. "아버지는 7년 전에 고기잡이 나갔다가 어머니랑 같이 조난당해서……."

"아……."

"그래서 우리 배 선장은 아직 할아버지고 저는 그 밑에서 허드렛일을 하고 있습니다."

"그렇군요. 죄송합니다."

"아뇨, 괜찮아요. 벌써 7년이나 지난 일이고, 아버지를 기억해 주는 친구가 있다는 사실을 들은 것만으로도 기쁩니다."

다쿠야가 태연하게 말하며 커피를 홀짝였다.

호감이 가는 청년이다. 성격은 조금 세지만 거짓말을 못하는 나오코와 잘 어울려 보인다.

"구라시마 씨, 그런데 왜 이 바다를 선택하셨나요?"

다에코가 본론으로 되돌렸다.

"우스카는 아내가 태어난 고향입니다."

"부인 연세가 어떻게 되시는지요?"

"쉰셋입니다."

"쉰셋……. 저는 옆 마을인 마쓰우라(松浦) 출신이고, 죽은 남편 이 우스카 사람이었는데, 저보다 두 살 아래였으니 부인과 동갑 이네요. 어쩌면 아는 사이였는지도……."

죽은 남편……. 이 식당의 모녀는 다른 가족이 없는 모양이다.

왠지 그런 느낌은 들었지만…….

나는 살짝 고개를 끄덕이며 커피에 입을 댔다. 그 몸짓에 이끌 렸는지 다른 세 사람도 묵묵히 커피를 마시기 시작한다.

다시 테이블 위가 고요해진다.

원래 이 세 사람은 나와 달리 무척 밝은 성격이었을 것이다. 그 런 사람들이 서로를 위로하며 이토록 온순하게 입을 꼭 다문 채 침묵을 지키니 슬픈 기분에 휩싸이게 된다. 그 공기를 나오코의 밝은 목소리가 깼다.

"어쨌든 잘됐네요. 이 아이가 할아버지를 소개해드릴 거예요. 그치?"

나오코가 다쿠야의 어깨를 쿡 찌른다.

"엇? 무, 물론, 소개해드릴게요. 다만……, 유골을 뿌리기 위해서라고 하면, 할아버지가 오케이 하실지 어떨지."

"그걸 설득하는 것이 다쿠짱이 할 일이잖아. 일부러 도야마에서 오신 분을 차갑게 대하면 우스카 어부들은 매정하다고 소문나."

"알겠어. 일단." 다쿠야가 일어나서 나를 본다. "집으로 가볼까요? 어부들은 굉장히 일찍 자거든요. 앞으로 두 시간 후면 잠드실 걸요?"

"응, 그게 좋겠다."

다에코가 고개를 끄덕였고 나오코도 수긍했다.

"그럼 실례하겠습니다."

나는 계산을 마치고 다쿠야와 함께 하마사키 식당을 나왔다.

\* \* \*

남쪽에서 큰 태풍이 다가오고 있다고 하는데, 아직은 온 하늘이 별로 가득하다.

"죄송한 마음이 드네요."

항구를 따라 걸으며 다쿠야가 부끄러운 듯 말한다.

"응?"

"흉한 꼴을 보여드려서."

나오코와 티격태격했던 것을 두고 하는 말이다.

"아뇨……."

"가끔 이렇게 싸우게 돼요. 싸운다기보다 늘 내가 일방적으로 야단맞지만." 다쿠야가 자신이 한 말에 킥 하고 웃는다. "그런데요, 그 아이가 화내는 건 자기를 위해서가 아니라 늘 타인을 위해서예요."

"타인을 위해서?"

"예. 오늘 화낸 건 태풍으로 파도가 높은데 할아버지랑 내가 배를 탔기 때문이에요."

"걱정했던 모양이네."

다쿠야가 고개를 끄덕인다.

"좋은 아가씨예요."

다쿠야가 "헤헷" 하고 쑥스러운 듯 웃으며 별이 가득한 하늘을 올려다본다.

"나오코의 아버지도 유능한 어부였어요. 그런데 우리 부모님이 그런 일을 당하기 얼마 전에, 마찬가지로 조난을 당하셔서……."

"그렇다면 더더욱……."

"걱정되겠지요. 그러니, 뭐, 내가 잘못했죠. 하지만 배를 탈지 말지는 할아버지가 결정하시는 일이죠."

나는 다쿠야의 변변치 못한 변명에 큭 하고 웃고 말았다.

그 순간…….

"앗, 별똥별. 아저씨도 보셨어요?"

"응, 봤어요."

일찍이 본 적 없는 큰 별똥별이었다.

요코도 봤을까…….

은하수를 올려다보며 그런 생각을 하니, 내 안에서 맑은 노랫소리가 자그맣게 흐른다. 요코가 부르는 〈별 순례의 노래〉다.

"별똥별을 보다니 예감이 좋은데요. 할아버지가 틀림없이 오케이 하실 거예요."

밤하늘을 올려다보며 다쿠야가 말했다.

바다에서 불어오는 밤바람은 미지근했다. 항구 가장자리에서 철썩철썩 하는 달콤한 물소리가 울린다. 저녁 공기에는 건어물 냄새가 희미하게 녹아 있고, 공터 쪽 풀숲에서 가을벌레들의 사랑 노래가 아련하게 흘러나온다.

어릴 적 요코는 매일 이런 밤을 보냈겠지.

"기분 좋은 저녁이네."

"그러네요. 오늘이 초사흘 달이라 밤낚시를 하면 잘 낚여요."

"그런가?"

"예. 한사리 때라서 물이 많이 움직이거든요. 저기 보이는 빨간 등대에서 낚아요."

빨간 등대……

요코의 '첫 번째 유언'인 그림 편지가 떠올랐다. 빨간 등대와 갈매기 두 마리가 그려진 그림. 내일 우체국에서 '두 번째 유언'을 받으면 빨간 등대 아래서 읽어야겠다는 조금 감상적인 생각에 빠졌다.

\* \* \*

다쿠야의 집은 자그맣고 낡은 2층 목조 건물이다.

막 목욕을 끝낸 고로가 헐렁한 잠방이에 러닝셔츠 차림으로 다다미 깔린 일본식 거실에 훌쩍 나타났다.

"밤늦게 죄송합니다."

"아닙니다. 한잔하시겠습니까?"

고로는 쉰 목소리로 말하면서 눈가의 깊은 주름을 한층 더 깊게 만들었다. 온화하게 미소 지은 것이다.

"아, 아뇨. 괜찮습니다."

"정말로?"

"예. 마음만 감사히 받겠습니다."

그러자 고로는 "다쿠야, 차를 좀 내와"라고 시킨 후 밥상을 사이에 두고 나와 마주앉았다.

"그런데 무슨 일로?"

"저는 구라시마라고 합니다. 얼마 전에 아내가 임종하여…….
그 유언이 우스카 바다에 유골을 뿌려달라는 것이었습니다. 여기
는 아내가 태어난 고향입니다."

고로는 응응 하고 고개를 끄덕이면서 주름에 묻힐 듯한 작은
눈을 연방 깜박였다. 검은자위만 보이는 눈에 물기가 어린 듯
했다.

"그런데요?"

"유골을 가지고 도야마에서 여기까지 오는 도중에 난바라 씨라
는 분을 만났는데……."

"그 사람, 아버지 친구인 것 같아요."

찻잔을 세 개 들고 온 다쿠야가 옆에서 끼어든다.

"신야의?"

"아, 아뇨. 친구인지 아닌지는……. 그저, 난바라 씨가 굉장히
친숙하게, 신야라고 이름만 부르시기에."

"난바라……. 모르는 이름인데."

고로가 고개를 갸우뚱했다. 햇볕에 그을어 초콜릿색이 된 목에
어부 특유의 깊은 주름이 잡힌다.

"할아버지, 도와드려요. 도야마에서 일부러 찾아오셨잖아요."

고로가 촉촉하게 젖은 자그마한 눈으로 나를 본다.

"바쁘신 중에 죄송합니다만 혹시 괜찮으시다면……."

나는 테이블에 양손을 짚고 살짝 머리를 숙였다. 그러나 고로
는 온화한 표정 그대로 차만 마실 뿐이다.

"네? 할아버지."

다쿠야가 대답을 재촉해준다.

혹시나 싶어 신중하게 단어를 선택하여 말해본다.

"물론 수고를 끼쳐드리는 셈이니, 사례는 충분히 할 생각으로
왔습니다만……."

"아냐아냐, 그게 아니라……."

고로가 양손을 앞으로 내밀며 말을 가로막는다. 말투는 여전히
온화하다.

"으음, 구라시마 씨였던가요?"

"네."

"묘는 있나요?"

"네?"

뜻밖의 질문에 순간적으로 할 말을 잃고 말았다.

"가족묘 말입니다."

"예. 있긴 합니다만."

"그럼, 조금 더 생각해보면 어떨까요? 부인의 유골이 들어 있지
않은 묘에 참배할 때의 기분을."

"……."

고로의 조용한 말이 내 가슴속 깊은 곳을 꺼칠꺼칠한 줄로 주르르 문지르는 듯했다.

생각해보지 않았다. 요코가 없는 텅 빈 묘석 앞에서 손을 모을 때의 기분이라니. 조금도.

"이 아이의 부모는 바다에서 돌아오지 못했어요. 시신을 찾지 못해 아직껏 묘 안이 텅 비어 있답니다. 그래도 기일이나 명절 때마다 성묘를 가긴 하죠. 그런데 말입니다. 그곳에 고인이 있다고 느끼질 않아요. 뼈가 없으니."

"……."

"우리는 텅 빈 묘에 성묘를 갔다가 일부러 배를 타고 먼바다까지 나가서, 거기서 다시 손을 모은답니다."

고로가 거기까지 말하고 후우 하고 한숨을 쉰다.

옆에서 다쿠야는 책상다리로 앉아 입을 꼭 다문 채 상 위에 놓인 차만 가만히 응시한다.

"도야마에서 왔다고 하셨나요?"

"예."

"그렇다면 우리처럼 바다에 훌쩍 나갔다 올 수도 없을 텐데요."

"……."

"성묘를 가더라도 부인의 묘는 텅 비어 있을 겁니다. 그래도 좋습니까?"

"……."

내 목구멍이 별안간 좁아졌는지 "예"라는 한 글자조차 내뱉을
수 없다.

"아저씨?"

다쿠야가 다정한 목소리로 등을 밀어준다.

"저……."

내가 가까스로 입을 열려던 순간, 고로가 먼저 말을 꺼낸다.

"배는 파도만 잔잔하면 언제든지 내드리지요. 하지만 그전에
충분히 생각하시면 좋겠습니다."

고로의 작은 눈이 나를 똑바로 응시한다. 늘어진 눈꺼풀 안의
반들반들한 검은 광채는 오랜 세월에 걸쳐 다양한 것을 보며 연
마된 빛이었다.

"어차피 내일은 태풍 때문에 배를 낼 수 없어요. 오늘은 일단
돌아가서 천천히 생각해보셨으면 합니다."

"예."

나는 "밤늦게 실례가 많았습니다"라고 머리를 숙였지만, 목이
잠겨 말끝이 허물어지고 말았다.

그대로 한숨을 참으며 일어선다.

함께 일어선 다쿠야의 배웅을 받으며 현관까지 걸어간다.

"애써 소개해줬는데 미안하네."

신발을 신으면서 다쿠야에게 말했다. 그러자 다쿠야도 신발을
신으며 거실에 있는 할아버지에게 소리 지른다.

"할아버지, 오늘 초사흘 달이라 아저씨 배웅해드릴 겸 잠시 밤낚시 하고 올게요."

"응, 그려."

거실에서 낮게 잠긴 목소리가 흘러나왔다.

* * *

낚시 도구를 손에 든 다쿠야와 다시 밤길을 걸었다.

"죄송하네요."

집을 나서자마자 곧 다쿠야가 말했다.

"응?"

"할아버지가 쓸데없는 말을 하셔서요."

"아니, 오히려 좋았어." 등대 불빛을 바라보며 말했다. "텅 빈 묘라니, 미처 생각지도 못했거든."

"보통 거기까진 생각하지 않죠."

"그러게 말이야"라며 고개를 끄덕이는데, 거기까지 생각지 못한 나의 어리석음에 한숨이 따라 새어 나온다.

"나오코도 전에 같은 말을 했어요."

"같은 말?"

"할아버지랑 같은 말이요. 성묘를 가도 아버지랑 만났다고 전혀 느껴지지 않는다고요. 솔직히 제 생각도 같습니다."

나는 잠자코 생각에 잠긴다. 요코가 원한 것은 산골이다. 그러나 내 마음은…… 역시 다르다. 가능하다면 요코와 같은 묘에 들어가고 싶다는 소망이다.

그런 내 마음을 요코의 유언으로 감싸서 교묘하게 숨기고, 굳이 그걸 들춰보려 하지도 않고 우스카까지 찾아왔다. 유족들의 현실적인 감정을 엿보게 해준 고로의 깨우침 덕에 숨겨둔 본심이 드러난 순간, 나는 따끔따끔한 통증을 느끼고 심하게 동요했다.

고로는 그 자그마한 눈으로 내 본심을 꿰뚫어 보았다.

"따뜻한 분이야."

"네?"

"할아버지."

다쿠야는 "그런가요?"라며 겸연쩍은 표정을 지었다.

"마음이 참 따뜻하셔."

"평소에는 쓸데없는 말을 잘 안 하시는 편인데. 오늘은 좀 달랐어요. 술도 안 마셨는데 저렇게 말씀을 많이 하시다니."

햇볕에 탄 주름투성이 얼굴이 떠오른다. 고로는 자기 일터인 바다에게 아들 부부를 빼앗겼다. 그리고 그 유해가 잠든 바다에 매일 고기잡이를 나간다. 생각하니 안타까워 견딜 수가 없다.

하마사키 식당 앞을 지나 조금 더 걸어서 빨간 등대가 서 있는 방파제 위로 발을 내딛었을 때 앞에서 걷던 다쿠야가 헤드램프를 켜고 돌아보았다.

"그래도 다행이에요. 할아버지가 배를 써도 좋다고 하셨으니까."

"감사해, 정말로."

"이것으로 나도 나오코에게 야단맞지 않게 되었습니다."

다쿠야가 "헤헷" 하고 웃을 때 또 별똥별이 떨어졌다. 다쿠야의 뒤에서 떨어졌기 때문에 그냥 가만히 있었다.

"아, 혹시 지금 별똥별 보셨나요?"

"어?"

"아저씨, 방금 깜짝 놀라는 얼굴이었거든요."

눈치 빠른 청년이다.

"봤어. 작은 별."

"역시. 행운이 따를 거예요, 틀림없이."

"그럴까?"

다쿠야가 "그렇답니다"라고 말하며 나에게 낚싯대를 하나 내민다.

"응?"

"이거, 나오코 낚싯대인데요. 아저씨, 빨간 등대 아래까지 오셨다는 건 낚시를 해보겠다는 뜻이겠죠?"

그러고 보니 다쿠야와 이런저런 이야기를 하는 동안 여기까지 따라오고 말았다.

"별똥별도 봤고, 한사리이기도 하고, 틀림없이 큰 놈이 잡힐 거예요."

나는 낚싯대를 건네받았다.

"어릴 때 재미로 해본 것뿐인데. 가르쳐줄래?"

"물론이에요. 많이 낚아서 식당에 가지고 가야 해요."

"어?"

"나오코 화를 풀어줘야죠. 도와주십시오."

다쿠야가 싱긋 웃고, 나도 킥킥 웃었다.

\* \* \*

얇은 침낭 속에서 눈을 떴다.

밖은 벌써 밝았지만 아직 이른 아침이라 할 수 있는 시간이었다.

하품을 한 번.

어제 다쿠야와 밤낚시를 한 탓에 잠이 부족했다. 별똥별을 두 개나 봤으면서 한 마리도 낚지 못했고, 다쿠야는 "태풍 때문인지 바다가 이상해"라며 연방 고개를 갸우뚱했다. 먼바다가 거칠면 물고기들이 후미진 만이나 항구 안으로 들어온다고 하는데…….

아무튼 나오코의 화는 풀어주지 못했다.

침낭에서 쑥 빠져나와 창을 열어젖혔다.

아침 공기가 한꺼번에 밀려든다.

차 안에서 세수를 하고, 양치질을 하고, 생수를 마셨다. 잠이 완전히 깨자 차로 몇 분 달려 히라도 거리로 나가 편의점에서 아침식사를 해결했다. 나간 김에 안주가 될 만한 꽁치 통조림과 팥빵 등 당분간 놔두고 먹을 수 있는 식료품을 몇 개 샀다.

다시 우스카의 공터로 돌아왔지만 할 일이 없어 침대에 벌렁 드러누워 스기노에게 받은 산토카 시집을 펼쳤다. 그런데 좀처럼 활자에 집중할 수가 없다. 통풍을 위해 조금 열어둔 창문에서 윙 윙 소리가 났기 때문이다. 밖은 이미 태풍의 영향으로 바람이 강 해졌다. 요코의 풍경도 줄곧 울고 있다. 바닷바람은 유독 미지근 하게 피부를 휘감는다.

상체를 일으켜 창 니머로 하늘을 올려다보았다. 머리 위로 묽 은 먹을 풀어놓은 듯한 불온한 구름이 낮게 깔려 있다. 항구에는 어부들이 부산스럽게 오가고 있다. 배를 서로 붙들어 매거나 어 망을 정리하며 태풍에 대비하려는 것이다.

고로와 다쿠야의 모습은 없었다.

이유 모를 한숨을 내쉬고는 납골 항아리가 들어 있는 가방을 조수석에서 뒤로 옮겼다. 지퍼를 당겨 가방을 열고 안에서 도제 납골 항아리를 꺼낸다.

이제 곧 두 번째 편지를 받게 돼.

싸늘한 납골 항아리를 쓰다듬으며 마음속으로 중얼거린다.

또 바람이 윙 하고 울며 요코의 풍경을 흔든다.


우체국은 아침 9시 정각에 열렸다.

셔터를 여는 시간에 딱 맞춰 들어오는 나를 보고 창구의 아주머니가 조금 당황하는 듯했지만, 유치우편물을 받으러 왔다고 하니 "아아" 하며 납득하는 표정이다. 이 자그마한 마을 우체국에 유치우편은 그리 흔하지 않을 것이다.

"네, 여기 있습니다."

"감사합니다."

내 손안에 하얀 봉투가 들어왔다.

도야마 교도소 회의실에서 '유언 지원회'의 사사오카 미네코가 보여준 그 봉투가 마침내 내 것이 되었다.

이것으로 '편지의 시한부 선고'는 철회되었다.

나는 우체국을 나와서 빠른 걸음으로 차에 돌아왔다.

아쉽지만 빨간 등대 아래에서 읽는 건 포기했다. 어젯밤에 낚시를 할 때보다 바다가 더 거칠어져 방파제 위로 물보라가 튀고 있었다.

차로 돌아온 나는 납골 항아리를 앞에 두고 책상다리로 앉아 꿀꺽 하고 침을 삼켰다. 그리고 심호흡을 한 번 한 후 가위로 정성껏 봉투를 뜯었다.

몇 겹으로 접힌 편지지를 가만히 꺼낸다.

딸랑.

풍경이 우는 것과 동시에 손에 든 편지지를 조용히 펼친다.

편지지는 세 장.

하얀 바탕에 연한 녹색 선이 그려져 있고, 왼쪽 아래에는 초롱꽃 그림이 인쇄되어 있다.

풍경과 꼭 닮은 모양의, 요코가 좋아했던 꽃이다.

만년필로 정성껏 써내려 간 요코의 글씨는 바다처럼 깊은 남색이었다.


당신에게


첫 네 글자를 본 순간, 내 가슴속에서 요코의 낭독이 시작되었다.

제6장
다정한 바다

우웅 하는 바람의 신음 소리에 눈을 떴다.

눈꺼풀을 열었을 때 제일 먼저 시야에 들어온 것은 차 천장이었다.

아직 의식은 비몽사몽이지만 양쪽 볼이 미소 띤 직후처럼 부드럽게 풀려 있었다.

뭔가 좋은 꿈이라도 꾼 걸까…….

문득 내려다보니 양손을 가슴 위에 깍지 낀 상태로 누워 있다. 손과 가슴 사이에 요코의 두 번째 편지가 끼워져 있다.

그랬다. 나는 이 편지를 몇 번이고 되풀이하여 읽은 끝에 반듯이 누워 눈을 감고 차분히 여운에 젖어 있었다. 그러다 깜빡 잠이든 모양이다.

또 우웅 하고 바람이 신음한다.

느릿느릿 일어나 요코의 편지를 봉투에 넣어 여행가방 속에 간직한다.

손목시계를 본다. 바늘은 오후 2시를 조금 지나 있다. 제법 오래 잔 모양이다. 그런 만큼 지난밤의 수면 부족이 해소되어 머리와 몸이 가뿐해져 있다.

차에서 내려 크게 기지개를 켠다.

하늘을 올려다보니 당장이라도 울음을 터뜨릴 듯 잔뜩 흐려 있고, 구름도 오전보다 더 낮게 깔려 있다. 이따금 돌풍이 불어 공기 덩어리가 쿵 하고 창문에 부딪친다.

태풍이 벌써 바로 앞까지 와 있다.

우스카 항을 따라 걷기 시작한다.

평소보다 성큼성큼, 속도도 빨리.

하마사키 식당 앞을 지나, 다음 골목으로 들어가서, 고로의 집 앞에 선다. 초인종이 보이지 않아 현관문을 가볍게 두드린다. 답이 없다. 한 번 더 두드린다.

"예예."

이번에는 안에서 다쿠야의 목소리가 들렸다. 곧 문이 열린다.

"아, 아저씨, 안녕하세요."

"안녕."

다쿠야가 살짝 고개 숙여 인사하고는 몸을 굽혀 현관에 선 내 뒤쪽 하늘을 올려다본다.

"우와아, 하늘이 제법 무시무시한데요?"

"배는 괜찮아?"

"예. 오늘 아침에 할아버지랑 잘 묶어뒀어요."

"오늘 아침?"

"밤낚시에서 돌아오니 할아버지가 일어나 계시더라고요. 바로 납치됐지요. 밤새 육체노동을 했네요."

"힘들었겠다."

"그래도 끝나고 나서 충분히 잤어요. 그런데 무슨……?"

다쿠야는 눈으로 내가 찾아온 이유를 묻고 있었다.

"할아버지 계신가?"

"계세요. TV 보고 있었어요. 들어오세요."

지난밤에 이어 다시 다쿠야의 집으로 들어갔다.

"할아버지, 구라시마 아저씨 오셨어요."

거실에서 편안히 쉬는 고로를 다쿠야가 불렀다.

"오오……."

고로가 천천히 돌아보고, 두 사람의 시선이 마주친다.

"어제는 밤늦게 실례가 많았습니다."

거실 문턱 앞에 서서 내가 말했다.

"아닙니다. 자, 들어오세요. 다쿠야, 차 좀 내오거라."

"예."

좌식의자에 앉은 고로의 맞은편에 앉았다.

그리고 말을 꺼냈다.

"오늘 아침에 아내의 유서를 우스카 우체국에서 받았습니다."

"응? 우스카 우체국에서 유서를?"

초콜릿색 얼굴이 의아하다는 듯 기울어진다.

"예. 유치우편으로 유서를 보냈습니다."

나는 두 통의 유언에 관한 경위를 간추려 이야기했다.

"으음."

이야기를 들은 고로는 감탄인지 납득인지 모를 미묘한 소리를 흘리며 다쿠야가 가지고 온 차를 마셨다. 그러고 찻잔을 상 위에 내려놓고 눈가의 주름을 더 깊이 잡았다. 미소 지은 것이다.

"그것 참 독특한 이야기군요."

"네."

"그래서 구라시마 씨는 산골을 결심하셨나 봅니다."

"아……."

"얼굴에 쓰여 있어요."

"그, 그런가요."

"으응, 선명하게 쓰여 있어요."

나는 쓴웃음으로 답한 후 다시금 "잘 부탁드리겠습니다"라며 살짝 고개 숙였다.

"좋아, 이 태풍만 지나면 나가 보자."

고로가 다쿠야를 향해 말했다.

"할아버지……"

안심한 듯한 목소리였다.

"감사합니다."

나는 다시 한 번 머리를 숙였다. 이번에는 깊이.


다쿠야의 집을 나와서 차로 돌아오기 직전에 굵은 빗줄기가 내리기 시작했다. 나는 급히 슬라이드 도어를 열고 차 안으로 뛰어들었다.

후드득 후드득 후드득.

차 지붕이 몹시 큰 소리를 냈다.

폭풍우를 예감케 하는 그 소리에서도 일종의 운치를 느끼고 자연스럽게 산토카 시집을 펼쳤다.

그리고 한동안 산토카의 세계에 몰두했다. 한 구절 한 구절 풍치를 만끽하며 읽는다.

이윽고 한층 더 격해진 빗소리에 얼굴을 들었을 때, 문득 기억의 한쪽 구석에 남아 있던 어떤 시가 떠올랐다.

그 시를 찾아 책장을 훌훌 넘긴다.

분명 앞부분에 있었는데…….

곧 발견했다.

지금의 나를 위해 존재하는 듯한 시.

〈비 내리는 고향은 맨발로 걷는다〉

창밖을 보았다. 어느새 큰비가 옆으로 들이치고 있다. 세상이 보얗게 흐려진 탓에 앞이 거의 보이지 않는다.

내려라, 내려……. 좀 더 내려라.

창밖을 바라보면서 중얼거렸다.

중얼거리면서, 신발을 벗고, 양말도 벗었다. 또 셔츠를 벗고, 티셔츠와 바지만 남겼다.

바지 자락은 조금 접었다.

그리고…….

슬라이드 도어를 열었다.

폭풍우가 차 안으로 우르르 밀려든다.

하나 둘 셋 하고 억수같이 쏟아지는 빗속으로 뛰어들면서 차 문을 닫았다.

농밀한 비 냄새에 웃음을 흘리며 심호흡을 한 번 하고 나니 이미 온몸이 흠뻑 젖어 있었다.

가을비는 너무 차갑지도 않고 그렇다고 미지근하지도 않다. 괜스레 소리 지르고 싶을 만큼 딱 기분 좋았다.

맨발로 젖은 잡초 위를 걸어 다녔다.

부드러운 풀과 질퍽거리는 흙의 감촉이 발바닥에서 가슴까지 천천히 번진다.

양팔을 벌리고 부옇게 흐린 하늘을 올려다본다.

눈에 굵은 빗방울이 달려들어 눈꺼풀을 올리고 있을 수 없다.

그래도 위를 향했다.

후둑후둑 얼굴에 부딪치는 무수한 빗방울.

나는 하얀 세상 한가운데서 흠뻑 젖은 채 웃음을 머금었다.

더 내려라. 좀 더 내려라.

빗줄기가 강할수록 내 갑옷은 쉽게 씻겨나갔고, 무방비로 노출된 부분이 따끔거렸다. 하지만 그 고통이야말로 자유의 일부라는 걸 감각적으로 느꼈다.

"간단하잖아……."

갈라져 나온 목소리가 격렬한 빗소리에 그만 지워지고 만다.

그래도 상관없다.

정말로 간단한 일이었다.

그저 맨발로 문밖에 한 걸음 나오는 것만으로 세상이 이렇게나 달라진다. 이 작은 한 걸음이 세상과 나를 바꾸는 기회다.

단 한 걸음.

'0'이 아닌, 한 걸음.

그 차이는 무한에 가까울 만큼 거대한지도 모른다.

내가 바뀌면 미래도…….

바뀌겠지? 요코.

돌풍이 불어 바로 옆에서 비가 세차게 몰아친다.

비틀거리면서도 나는 웃음을 터뜨리고 싶은 기분으로 가슴이 벅차올랐다.

"아아, 바보처럼 자유롭고, 최고다."

하늘을 향해 중얼거리고, 흠뻑 젖은 얼굴을 싹싹 문질렀다.

* * *

밤이 되자 본격적으로 태풍의 직격탄을 맞았다.

창문을 꼭 닫아도 바람 소리가 차 안까지 비집고 들어온다. 바람이 옆에서 불면 차체가 흔들리기까지 했다.

폭풍우 속에서 엔진을 켜고 실내등을 켠 다음 적당히 저녁식사 준비를 하려는데, 옆 창문을 세게 두드리는 소리가 들린다.

쿵쿵쿵쿵.

그 소리에 돌아보니 모자를 머리에 푹 뒤집어쓴 나오코의 모습이 거기에 있다. 나는 깜짝 놀라 슬라이드 도어를 열고 흠뻑 젖은 나오코를 차 안으로 들였다.

"어, 어쩐 일이에요?"

말하면서 문을 닫았다.

"오늘밤에 태풍이 여기를 강타한대요. 엄마가 집에서 주무시라고."

가게에서 차까지 수십 미터를 뛰어왔는지, 나오코는 숨을 헐떡이고 있다.

"나는 여기도…… 괜찮은데요."

"괜찮지 않아요. 10년에 한 번 올까 말까 한 강한 태풍이래요."

"……."

"이런 날은 타인의 호의를 받아들이셔야 합니다!"

나오코는 정면으로 나를 보며 단호하게 말했다.

문득 다쿠야가 한 말이 떠오른다.

그 아이가 화내는 건 자기를 위해서가 아니라 늘 타인을 위해서예요.

정말이네.

웃음이 나오려는 걸 참으며 말했다.

"알겠습니다. 그럼 신세 지겠습니다."


* * *


나오코를 태운 채 차를 하마사키 식당 앞까지 이동시켰다.

"여기 세워도?"

"괜찮아요. 오늘 밤엔 어차피 영업 안 할 테니까."

두 사람은 차에서 내려 포렴이 걸려 있지 않은 미닫이문을 열고 가게 안으로 들어갔다.

"엄마, 오셨어."

나오코가 주방을 향해 말했다. 안에서 "응, 수고했다"라는 다에코의 대답이 들린다.

"저녁은요?"

"마침 뭔가 먹으려던 참이었는데."

그렇게 대답하고 나자 주방에서 다에코가 나왔다. 그러고 나오코와 똑같은 질문을 한다.

"저녁은요?"

"마침 배가 고프시대요."

나 대신 나오코가 대답했다. 뉘앙스가 미묘하게 다른 대답이지만 배가 고픈 건 사실이다.

"오늘, 가게 휴업이죠?"

다에코에게 물으니 "물론이죠"라며 웃는다. "이런 날 영업해봐야 아무도 안 올 텐데요. 그래도 어쨌든 우리는 먹어야 하니, 괜찮으시다면 같이 드세요. 차릴 건 많이 없지만."

"아, 아뇨……, 그럴 수는."

젖은 파카를 벗은 나오코가 송구스러워하는 나를 보고 말한다.

"타인의 호의는, 뭐라고 했죠?"

나오코가 장난스러운 표정으로 웃는다.

"받아들여야 한다……."

"정답입니다."

정말 이 아가씨에겐 당할 수가 없다.

나는 "죄송합니다, 그럼 감사히"라고 말하고 멋쩍은 웃음을 흘린 후, 일단 중요한 보고를 하기로 했다.

"저, 오우라 고로 씨가 배를 태워주기로 하셨습니다."

"아⋯⋯" 하고 나오코가 활짝 웃고, "잘됐네요"라며 다에코도 미소 짓는다.

"두 분과 다쿠야 군 덕분입니다."

나오코를 보고 말하자 "걔도 가끔은 도움이 되네요"라며 살짝 수줍어한다.

"다쿠야 군이 말했어요. 나오코 씨가 화내는 건 늘 타인을 위해서라고. 착한 사람이라고."

쓸데없는 참견인지도 모르지만 이렇게라도 다쿠야에게 받은 은혜를 갚고 싶었다.

"나오코 씨, 참 괜찮은 청년을 만났어요."

"어⋯⋯."

"그렇지요? 저도 그렇게 생각해요."

다에코가 웃으며 끼어든다.

나오코는 볼을 붉게 물들이고 "좀, 엄마"라며 다에코의 팔꿈치를 찔렀다.

밤낚시를 할 때 다쿠야가 "나오코에게 보조개를 되찾아주는 것이 제 목표입니다"라고 말했는데, 그 말은 일부러 전하지 않았다. 내가 당신을 위해 뭔가를 해주겠다라는 말보다, 하루하루 작은 행동을 소중히 쌓아가는 것이 부부에겐 더 중요하다는 사실을 알기에⋯⋯.

"어, 저기, 아저씨, 잠시 거기 앉아 계세요. TV도 틀어드릴게요. 저는 밥을 빨리 차려야겠어요."

나오코는 빠른 속도로 말하더니 허둥지둥 주방으로 도망쳤다.

남겨진 다에코와 나는 얼굴을 마주보며 웃었다.

＊ ＊ ＊

밤이 깊어지자 빗발은 조금 약해졌지만 바람은 오히려 강해진 것 같았다.

덧문까지 닫아둔 하마사키 식당 밖에서 덜컹덜컹 하고 뭔가 커다란 물건이 굴러가는 소리와 전선이 바람에 흔들려 기잉 하고 울리는 소리가 난다. 돌풍이 불면 식당 자체가 삐걱거리고 덧문도 진동하며 탁탁 하고 큰 소리를 낸다.

나는 식당 안에 있는 작은 방에 이불을 깔고 자기로 했다. 그러나 낮잠을 잔 탓인지 아니면 바깥에서 들리는 무시무시한 소리 때문인지 좀처럼 잠이 들지 않는다.

다에코와 나오코는 벌써 2층으로 올라가 각자의 방에서 잠든 모양이다.

한동안 뜬눈으로 이불 속에서 몸부림치며 천장만 바라보았지만, 역시 지루해져서 결국 일어나 식당 테이블 앞에 앉았다. 그리고 아주 작은 소리로 TV 심야 프로그램을 보기 시작했다.

첫 광고가 흘렀을 때 문득 계단이 삐걱거리는 소리가 들렸다.

다에코가 2층에서 불쑥 내려온 것이다.

"아, 죄송합니다. TV 소리가 시끄러웠나요?"

"아뇨 아뇨. 바깥 소리가 굉장해서 그런지 좀처럼 잠이 안 들어서."

다에코는 그렇게 말하면서 스스로 어이없다는 표정을 지었지만, 잘 보니 저녁식사를 함께 할 때와 같은 옷을 입고 있다.

잘 생각이 없었던 것이다…….

"구라시마 씨, 괜찮으시다면 잠시 맥주라도 같이 마셔주실래요?"

"에……."

다에코는 주방 불을 켜고, 안에서 차가운 맥주와 잔 두 개 그리고 간단한 술안주를 쟁반에 담아 가지고 나왔다.

"자, 드세요."

"감사합니다."

잔 두 개에 서로 술을 따라 주고 그 잔을 가볍게 들어 올린 후 하얀 거품에 입을 댔다.

"후우, 맛있다."

맥주잔의 반 정도까지 단숨에 마신 다에코가 눈을 가늘게 뜨고 웃는다. 그리고 묻지도 않은 과거 이야기를 불쑥 꺼낸다.

"7년 전도 이런 날씨였어요."

"……."

"우리 애 아빠, 태풍이 온다고 했어도 아직 바다가 거칠어지기 전이라며 고기잡이를 나갔는데……. 그대로 다시는 돌아오지 못했답니다."

다쿠야에게 이미 들은 이야기였다. 나는 아무 말 하지 않고 줄곧 맥주만 홀짝인다.

"해양 사고는요, 시체를 찾지 못해도 3개월이 지나면 인정사망이 적용된답니다."

다에코가 휴우 하고 작은 한숨을 내쉰 후 반쯤 남은 맥주를 들이킨다. 나는 그 잔에 다시 맥주를 따라 주었다.

"아, 죄송해요. 같이 마셔달라고 해놓고선."

"아뇨."

별안간 덧문이 타타타 하고 큰 소리를 낸다. 잦아들던 비가 다시 내리는 모양이다. 돌풍으로 들보가 삐걱거리고 천장에 달린 전등갓이 흔들린다. 조명이 흔들리니 다에코의 얼굴에 드리운 그림자도 따라 흔들리며 뭐라 표현할 수조차 없는 쓸쓸함을 자아낸다.

"애 아빠, 고기잡이만 하고 살았으면 좋았을 텐데."

"……."

"어쩌다 얄궂은 돈벌이에 귀가 솔깃해져서는, 사기를 당하고 엄청난 빚을 지고……, 그걸 갚으려고 조급하게 굴다가 결국 이렇게 돼버렸어요."

나는 아무 말도 할 수 없었다. 분명 이 이야기는 나오코에게도 하지 않았을 것이다.

"사망 보험금으로 빚을 갚고, 남은 얼마간의 돈으로 나오코와 둘이서 이 식당을 시작했지요."

다에코는 잔을 손에 든 채 애틋한 눈으로 가게 안을 둘러보았다.

"저기요, 구라시마 씨."

"네."

"다쿠야 군, 좋은 아이죠?"

"예, 정말로."

"나오코에겐 아까울 만큼."

"아뇨, 나오코 씨도 훌륭한 아가씨라고 생각합니다."

다에코는 훗 하고 살짝 미소 짓더니 앞치마 주머니에서 한 장의 사진을 꺼낸다.

"이런 사진이 있어요. 웨딩드레스 고를 때⋯⋯."

말하면서 사진을 가만히 테이블 위에 놓는다. 회색 턱시도를 입은 다쿠야와 하얀 웨딩드레스를 입은 나오코가 나란히 서 있는 사진이다. 쑥스러워하는 다쿠야와 기뻐하는 나오코의 표정이 인상적이다.

"멋진 사진이네요."

생각한 것을 그대로 입에 담았다.

다에코가 한숨을 흘리며 살짝 미소 짓는다. 그 눈에서 행복과 쓸쓸함이 뒤섞여 보인다.

그리고 그 복잡한 시선이 똑바로 나를 향한다.

"부탁이 있습니다."

"예……."

"이 사진을 보여주고 싶어요."

"……."

"그 사람에게."

다에코의 눈이 나를 붙들고 놔주지 않는다. 그 시선에 뭔가 다른 의지가 담겨 있었다. 하지만 나는 아직 '그 사람'이 의미하는 것에 확신을 가지지 못했다. 그래서 어떻게 대답해야 할지 망설였다.

다에코가 다시 호소하는 눈빛으로 말을 잇는다.

"산골 하실 때 이 사진도 같이 바다에 흘려보내 주시겠어요? 구라시마 씨에게 맡기면, 틀림없이 그 사람에게 갈 것 같아서……."

"그 사람이요?"

"예."

나는 사진을 손에 들고 가만히 응시했다.

그 사람…….

"알겠습니다."

"다행이다. 감사합니다."

다에코는 긴장이 풀린 듯 "하아" 하고 숨을 내쉬고 내 잔에 맥주를 따라 주었다.

그러나 사진을 받은 내겐 알아야 할 것이 있다.

"돌아가신 남편 분과 신야 씨는 어떤 관계였습니까?"

다에코가 조금 멀리 보며 대답한다.

"어릴 때부터 같이 자란 친구였어요. 둘 다 꽤 장난꾸러기였던 모양이에요. 중학생 때는 야구부 배터리였다고 해요. 남편이 포수였다고 들었어요."

"배터리……"

"예, 하지만 공식전에서 한 번도 이긴 적 없는 약한 팀이었다고……." 다에코가 킥 하고 웃은 후 말을 잇는다. "야구는 항상 졌지만 싸움은 잘했다고, 신야 씨랑 술 마실 때마다 이야기하곤 했죠. 근데 그게 무슨 자랑이라고, 그렇지 않아요?"

나는 쓴웃음을 지으며 애매하게 고개를 끄덕였다.

"히라도에서 제일 유명했던 싸움짱이랑 붙었을 때 난 상처가 이거라면서, 얼굴에 있는 흉터까지 자랑하던데요. 잘 들어보니 결국 그 싸움에서도 졌더라고요. 남자는 몇 살이 돼도 아이예요."

"맞습니다."

"아, 구라시마 씨는 아니지만."

다에코가 황급히 수습하며 또 술을 따라 주었다.

잔에서 넘치려고 하는 거품에 입을 대며 마지막 질문을 했다.

"그 싸움으로 얼굴에 난 상처란……"

"이 부근에 쓱……" 하고 다에코가 자기 얼굴의 일부를 손가락으로 가리켰다.

역시…….

"그렇습니까?"

나는 깊이 고개를 끄덕이고 다시 한 번 사진을 바라보았다.

"이 사진, 정확히 바다로 흘려보내겠습니다."

"예……."

대답하는 다에코의 눈이 촉촉이 젖어왔다.

일부러 시선을 떼고 다에코의 잔에 맥주를 따랐다.

따르면서 마음속으로 중얼거린다.

요코, 이 만남을 내가 어떻게 생각하면 돼?


\* \* \*


다음 날 아침엔 태풍이 모두 지나간 듯 맑게 갠 가을 하늘이 펼쳐졌다.

아침식사를 식당의 모녀와 함께하고 있는데 다쿠야가 훌쩍 들어온다. 내 얼굴을 보자마자 "아, 역시 여기 계셨구나" 하고 웃는다.

"안녕히 주무셨어요?"

그리고 서로 인사를 나눈다.

"캠핑카를 들여다봤는데 아저씨가 안 계시기에 혹시 여기 계시나 싶었지요."

"어젯밤부터 이렇게 신세 지고 있네."

"아, 그랬군요."

"아침식사까지 대접해주시고……."

"변변치 않아요."

다에코가 말했다.

"여기 밥, 참 맛있는데……." 다쿠야는 부러워하며 본론으로 들어간다. "아, 참, 방금 할아버지랑 이야기했는데요, 오늘 오후쯤엔 풍향이 바뀐다고 하니 배를 탈 수 있을 것 같아요."

"아……."

"아저씨, 괜찮으시겠어요?"

나는 확실히 고개를 끄덕이며 "고마워. 그 말을 전해주러 일부러?"라고 물었다.

"예에, 그냥……. 오늘은 고기잡이도 안 나가고, 딱히 할 일도 없고."

조금 쑥스러워하는 다쿠야에게 나오코가 묻는다.

"다쿠짱도 같이 먹을래?"

"어, 나?"

어느새 화가 풀린 나오코의 모습에 다쿠야는 한순간 당황한 듯했지만, 곧 미소 띤 얼굴로 고개를 젓는다.

"나는 할아버지랑 먹었어. 지금은 배불러. 그래도 차는 같이 한 잔 마실까?"

"응."

나오코가 차를 끓이러 들어갔다. 그 뒷모습을 안심한 표정으로 다쿠야가 바라본다.

다에코와 나는 어쩌다 눈이 마주치고, 젊은 두 사람의 대화에 미소 짓는다.

"아, 아저씨, 할아버지가 그러셨는데요. 괜찮으시다면 배를 타기 전에 집에서 목욕이라도 하시라고."

"목욕?"

"수염을 더부룩하게 기른 채로 산골은 좀 그렇다고."

나는 무심코 내 볼에 손을 댔다. 여행을 떠날 때부터 길러보기로 마음먹었는데, 고로한테 그런 말을 들으니 아무래도 면도를 하는 편이 좋을 것 같다는 생각이 들었다. 그러나 면도를 위해 목욕탕까지 빌릴 필요가 있을까?

"감사한 말씀이지만 목욕까지는……."

"성묘는 몇 번이고 가능하지만 산골은 딱 한 번뿐이잖아요. 몸을 깨끗이 해야 한다고 할아버지가 그러시네요. 사양하지 마시고……."

그래도 왠지 부끄러워서 거절할 말을 찾고 있는데 나오코가 조심스러운 말투로 묻는다.

"아저씨, 혹시 목욕……, 계속 못하셨어요?"

"아냐, 계속은 아니고……."

어제도 빗물로 샤워했고……라고 마음속으로 횡설수설하는데, 나오코가 어제 저녁과 같은 말을 내뱉는다.

"타인의 호의는?"

나는 무심코 웃고 말았다.

"받아들여야 한다."

"정답입니다."

다에코도 킥킥 웃는다.

"그럼, 송구스럽지만 잠시 후에 실례하겠다고 할아버지한테 전해줄래?"

"예. 그런데 뭔가요? 아까 그 대화?"

"다쿠짱에겐 비밀. 그렇죠? 아저씨."

고개를 기울이며 장난스럽게 미소 짓는 나오코의 볼에 작은 보조개가 쏙 들어간 것 같았는데, 내가 잘못 본 걸까?


\* \* \*


그날은 늦은 시간까지 구름 하나 없는 쾌청한 날씨가 이어졌다. 서쪽으로 완전히 기울어진 태양이 세상을 투명한 파인애플색으로 물들여놓았다.

목욕탕을 빌려 수염도 깔끔하게 깎은 나는 차 안에서 산토카 시집을 다시 읽으며 다쿠야의 연락을 기다렸다.

마침 마음속 깊이 담아두었던 시를 읽고 있을 때 휴대전화가 울렸다.

〈혼자가 되면 우러를 수 있네, 푸른 하늘을〉

"여보세요."

"다쿠야예요." 전화기에서 활기 넘치는 젊은 목소리가 뛰쳐나온다. "할아버지가 지금 출발하신대요."

"알겠어. 곧 배 있는 데로 갈게."

전화를 끊고 "후우" 하고 숨을 내뱉는다.

이건 한숨이 아니라 결의의 호흡이다.

요코의 여행가방 지퍼를 열고 안에서 납골 항아리를 꺼낸다.

항아리에 들어 있는 수용성의 하얀 봉투를 조용히 들어올린다.

그리고 텅 빈 납골 항아리에 요코로부터 받은 두 통의 편지를 넣는다.

고마워.

요코…….

마음속으로 중얼거리며 살짝 뚜껑을 덮었다.

이제 두 번 다시 이 항아리를 여는 일은 없겠지. 그렇게 생각하면서 포장용 테이프로 뚜껑을 고정시켰다.

나는 납골 항아리를 이대로 묘에 넣기로 결정했다.

언젠가 내가 죽으면 요코의 유골이 아니라 요코의 '마음' 옆으로 들어가, 함께 영원히 잠들리라. 그렇게 결심한 것이다.

차에서 내려 이미 몇 번이나 오갔던 항구 길을 걸었다.

고로의 어선은 이미 시동이 걸려 있다.

"잘 부탁드립니다."

배 안의 어구를 정리하는 고로의 등에 대고 말을 걸었다.

"오오. 풍향이 바뀌어서 다행이에요. 자, 타세요."

고로는 굽혔던 허리에 손을 댄 채 초콜릿색 얼굴에 주름을 잡으며 미소 짓는다. 배 위의 고로는 거실의 좌식의자에 앉은 고로와 인상이 꽤 다르다. 과연 노련한 어부답다. 느긋함과 대범함을 함께 갖춘 얼굴, 바닷바람과 썩 잘 어울리는 미소다.

"아저씨, 배 탈 때는 조심하셔야 합니다. 짐 먼저 받을게요."

배 갑판에서 다쿠야가 긴 팔을 뻗어준다.

"그럼, 이걸."

나는 손에 들고 있던 청주 720밀리리터 병만 다쿠야에게 맡기고, 유골이 든 가방은 어깨에 그대로 멘 채 배에 오른다.

"할아버지, 줄 풀게요."

"으응."

드디어 바다로 나가는가……

그렇게 생각한 찰나, 멀리서 나를 부르는 소리가 들린다.

"구라시마 씨~."

다에코와 나오코가 파인애플색 풍경 속을 달려온다. 나오코의 손에는 꽃다발이 들려 있다.

"아아, 늦지 않아서 다행이다. 다쿠짱은 전화해도 안 받아."

하아하아 하고 헐떡이며 나오코가 말한다.

"미안. 휴대폰을 선실에 놔뒀네."

다쿠야가 목덜미를 긁는 동안 다에코도 뒤늦게 다가왔다.

"구라시마……, 씨……, 하아, 하아……, 헌화를……."

다에코도 거친 호흡을 반복하면서 말한다.

안벽 끝에 선 나오코가 선상에 있는 나에게 헌화를 건네준다.

꽃은 세 다발이다.

"우리 남편이랑……, 하아 하아, 다쿠야 군의 부모님이랑……,
하아, 구라시마 씨의…… 부인…… 하아 하아."

숨이 차오른 다에코가 의미심장한 눈빛으로 살짝 미소 짓는다.

"이렇게까지 마음을 써주시다니……, 감사합니다. 바다에 잘
바치고 오겠습니다, 이 꽃다발은."

나는 군이 '이 꽃다발은'을 덧붙였다.

그 말뜻을 알아차린 듯 다에코가 조금 더 큰 미소를 지으며 고
개를 천천히 끄덕인다.

"잘 부탁할게요."

"그럼 됐지? 출발합니다."

키를 잡은 고로가 이쪽을 돌아보며 말한다.

"네, 부탁합니다."

내가 대답하자 다쿠야가 재빨리 줄을 풀고 안벽을 찬다.

배가 육지에서 쓰윽 멀어진다.

고로 씨가 스크루를 돌린다.

타타타타타타타 하고 시원한 소리를 내며 어선이 파인애플색
수면 위로 미끄러진다.

안벽에 서서 손을 흔드는 다에코와 나오코의 모습이 점점 작아
져간다.

나도 두 사람에게 손을 흔들어준다.

옆에서 다쿠야도 크게 손을 흔들고 있다.

"아저씨, 먼바다에서 보는 석양은 참 예뻐요."

엔진 소리에 지지 않을 목소리로 다쿠야가 말한다.

나는 아무 말도 하지 않고 깊이 고개만 끄덕인다.


빨간 등대가 있는 방파제 밖으로 나오니 그곳은 북, 동, 남 세
면이 육지로 빙 둘러싸인 우스카 만이었다. 그리고 서쪽 만구를
통해 우스카 만을 빠져나오면 히라도시마, 이키쓰키지마(生月島),
다쿠시마(度島), 아즈치오시마(的山大島) 등 네 섬으로 둘러싸인 큰
바다가 펼쳐진다.

아무래도 아직 파도가 조금은 남아 있었지만 무서울 정도는 아
니었다.

"이 부근이면 괜찮겠지요."

고로가 배를 세운 곳은 섬 네 개의 딱 중간쯤 되는 지점이었다.

272

이때 나는 숨을 죽이고 있었다.

기적처럼 아름다운 황혼의 풍경에 마음을 빼앗겨버린 것이다.

이키쓰키지마의 실루엣 너머로 잘 익은 감 같은 태양이 느릿느릿 저무는 동안 바다도, 하늘도, 요코가 그린 그림 편지 속의 오렌지색으로 눈부시게 빛났다.

가라앉는 태양 빛은 수면에 반사되어 바다 위에 금빛 띠를 이루고 있다. 우리가 지금 그 빛의 띠 위에 떠 있다.

"굉장하다."

무심코 중얼거리니 다쿠야는 자기가 칭찬받은 표정이다.

"그렇죠? 예쁘지요?"

나는 감동의 한숨을 흘리며 고개를 끄덕인다.

그리고 꽃다발 하나를 고로에게 건넨다.

"아뇨, 구라시마 씨, 먼저 하세요. 우리는 마지막에."

"예."

옆에 있는 가방에서 수용성의 하얀 봉투를 꺼낸다. 이 안에 내 손으로 잘게 부순 요코의 유골이 들어 있다.

뱃전에 웅크리고 앉아 봉투를 양손으로 안아 올린다.

그 봉투에 가만히 이마를 대고 눈을 감는다.

요코.

마음속으로 이름을 부른다.

안녕, 평안히, 고마워…… 어떤 말도 어울리지 않았다. 하지만

'마음의 열'은 가슴속에서 부글부글 끓어오른다.

천천히 눈을 뜨고 이마에서 봉투를 내린다.

그러고 금색 띠 위에 살짝 눕히듯 요코의 유골을 놔준다.

하얀 봉투는 파문에 흔들리며 한동안 수면에 떠 있었다.

하지만 봉투가 바닷물에 녹으면서 하얀 알갱이가 된 요코의 유골이 조금씩 퍼져가며 금빛 바닷속으로 서서히 가라앉는다.

요코가, 바다가 된다.

그 모습을 멍하니 바라보는 동안, 어쩐 일인지 여태까지 피부의 감각으로 품어왔던 요코의 '존재감'까지 조금씩 바닷바람에 흩어져 사라지는 듯한 느낌이 든다.

내 안과 곁에서 요코가 없어진다.

상실감에 바람이 내 마음을 훑고 지나가는 듯하다.

"오늘 바다는 다정하네."

내 등에 말이 부딪쳤다.

뒤돌아보니 고로가 꽃다발을 내밀고 있다.

"감사……합니다."

받았다가 조용히 바다로 던진다.

"이거……."

다쿠야가 청주병을 건네준다.

"고마워."

요코가 좋아했던 청주를 넓은 바다에 콸콸 따라 준다.

모두 다 따랐을 때 고로가 눈을 감고 합장한다.

그 옆에서 다쿠야도 손을 모아 준다.

요코…….

나도 눈을 감고 가만히 손을 모은다.

함께해서 정말 좋았어.

마음을 담아 이별을 생각했다.


나오코의 아버지와 다쿠야의 부모님께 드리는 헌화와 기도를 마친 후, 배는 다시 항구를 향해 달렸다.

태양 빛이 아까보다 한층 붉어져 바다와 하늘을 태울 듯 뜨거운 색으로 바뀌었다.

나는 뱃전에 걸터앉아 새빨갛게 빛나는 바다를 바라보았다.

요코의 유골에서 배가 점점 멀어진다.

바닷바람은 시원했지만 마음을 따끔따끔 아리게 했다.

나는 두 번째 편지 내용을 음미하고 있다. 그러는 동안 텅 빈 가슴 안쪽이 열을 품기 시작한다. 그 열을 식히고 싶어서 새빨갛게 물든 바닷바람을 폐 안 가득 빨아들였다가 또 천천히 내뱉는다.

요코는 그 편지에 '나와 함께했던 평온한 인생을 사랑스럽게 여긴다'라고 적었다.

그렇다면…….

나 역시 요코와 함께했던 이 하나뿐인 인생을 사랑스럽게 여기며 살아가야 하리라. 분명 이것이야말로 요코가 남긴 두 통의 유언에 대한 가장 성실한 답이 될 수 있지 않을까?

요코를 잃고 나는 알았다.

생명이란 시간이라는 사실을.

그래서 나는 남은 시간을 소중히 여길 것이다.

시간을 소중히 여기는 것은 목숨을 소중히 여기는 것과 같다.

요코와 함께했던 이 사랑스러운 인생 속의 '지금 이 순간'을 소중하게, 정성을 다해, 살아가리라는 것.

유효기간이 끝날 때까지, 줄곧⋯⋯.

그런 결의와도 같은 마음이 내 안에 뿌리내린 순간, 요코가 없는 나의 미래로 선명한 색채가 확 퍼져나가는 듯했다.

머리 위를 한 마리 갈매기가 훨훨 가로지른다.

요코가 그린 첫 번째 그림 편지를 생각한다.

갈매기 두 마리가 '각각의 하늘'로 날아가는 그림이었다.

내가 살 수 있는 건 나의 인생뿐이다.

유일무이한 나만의 시간을 만끽해야 한다.

과거도 현재도 미래도 포함하여 모두.

나는 이 나이가 되어서야 비로소 내 인생을 있는 그대로 받아들일 각오가 선 것 같다. 각오가 서니 불완전한 내 존재까지 이토록 사랑스럽게 느껴진다. 신비한 감각이다.

그러자 이게 어찌 된 일인가.

가슴 깊은 곳에 꽁꽁 묶여 있던 감정의 끈이 스르르 풀어지면서, 갑자기 두 눈에서 물방울이 흘러넘치기 시작했다.

물방울은 볼에서 떨어지는 순간 바람에 뒤로 날려 우스카 바다의 일부가 되었다.

요코가 잠든 바다에 녹는다.

나는 울었다.

마침내…….

하늘도 바다도 없는 것만 같은 새빨간 세상 한가운데서 오열도 하지 않고 그저 따뜻한 물방울만 뚝뚝 흘리고 있었다.

다쿠야도, 고로도, 그런 나를 못 본 척해주었다.

이제 곧 오늘만의 태양이 저문다.

다시 살 수 없는, 단 하나뿐인 오늘이 끝난다.

제7장

# 바람 바람 불지 마

모지 항의 제1계류장 주변은 오래된 벽돌 건물이 아직 남아 있는 복고풍 거리였다. 도로나 광장 지면까지 벽돌이 빈틈없이 깔려 있어, 어디를 걸어도 메이지와 다이쇼 시대의 분위기가 감돈다.

　주홍색 바탕에 하얀 글자가 찍힌 광고용 현수막이 그 계류장을 빙 둘러싸듯 몇 개나 매달려 있다. 현수막에는 행서체로 '전국 맛있는 음식전'이라고 적혀 있다.

　시간은 아직 아침 9시 반인데 벌써부터 관광객들이 드문드문 모이기 시작했다.

　"손님, 시간 있으시면 한번 이용해보세요."

　목소리에 뒤돌아보니 관광용 인력거를 선전하는 모양이다. 30세 안팎의 청년이 강렬한 아침빛에 눈도 제대로 뜨지 못하면서 사근사근한 미소를 지으며 이쪽을 보고 있다.

"아, 아뇨, 괜찮습니다."

"그러세요? 안타깝네요. 손님, 오늘은 맛있는 음식전에 오셨어
요?"

"예. 이카메시는 어딘지……."

내가 묻자 청년의 눈이 갑자기 빛났다.

"이카메시요!?"

"예."

"이카메시라면 저쪽 해협 플라자 앞에 부스가 마련되어 있어요.
어제 저도 먹었는데요. 이건 뭐, 엄청나게 맛있던데요. 우리 고장
음식은 아니지만 적극 추천하고 싶어요."

"그래요? 감사합니다."

마치 내가 칭찬받은 것처럼 우쭐해졌다.

해협 플라자는 지금 내가 서 있는 모지 항 호텔 쪽에서 보면 계
류장을 사이에 두고 정반대 쪽에 위치한 관광 시설이다.

가방에서 천천히 휴대전화와 명함을 꺼내 처음 거는 번호로 전
화했다.

지금은 바빠서 받기 힘들까 하고 생각했지만 벨이 세 번 울린
후 굵고 무뚝뚝한 목소리가 흘러나온다.

"예, 여보세요."

"구라시마입니다. 지난번엔 감사했습니다."

"……."

할 말을 잃었을 난바라의 얼굴이 상상되었다.

"지금 바쁘십니까?"

"에……."

"사실은 난바라 씨를 잠시 뵙고 싶어서."

"어, 음……."

망설이는 듯한 난바라의 휴대전화 저편에서 열심히 판매 중인 다미야의 활기찬 목소리가 들려온다. 난바라는 지금 분명 상사인 다미야의 눈치를 살피고 있을 것이다.

"난바라 씨에게 전해드리고 싶은 것이 있습니다. 그런데 다미야 씨가 있는 곳에서는 조금……."

"알겠습니다." 난바라는 내 말을 끝까지 듣지 않고 갈라진 목소리를 조그맣게 냈다. 다미야에게 들리지 않도록 애쓴 것이다. "지금 어디 계십니까?"

"해협 플라자 맞은편의 모지 항 호텔 앞에 있습니다. 지금 다리를 건너 해협 플라자 옆 친수(親水) 광장으로 갈 테니 거기까지 와주실 수 있겠습니까?"

"알겠습니다. 가겠습니다, 곧."

난바라는 그렇게 말하고 전화를 뚝 끊었다.

나는 해협 플라자 앞을 지나지 않도록 돌아서, 정확히 말하면 다미야의 눈에 띄지 않도록 '블루 윙 모지'라 불리는 도개교를 건너 계류장을 반 바퀴 빙 돌아 친수 광장 쪽으로 향했다.

친수 광장이라 하지만 바다에 들어가서 놀기 위한 시설이 있는 게 아니었다. 계류장에 면한 벽돌 깔린 광장에 예쁘게 물들기 시작한 어린 가로수와 바다를 바라볼 수 있는 벤치가 설치되었을 뿐인, 말하자면 어른들을 위한 산책로 같은 곳이었다.

아무도 앉아 있지 않은 벤치에 걸터앉아 난바라가 오기를 기다렸다.

시원한 가을 아침의 산들바람이 바다 너머에서 불어온다. '전국 맛있는 음식전'에서 피어오르는 구수한 냄새도 그 바람에 녹아 있다.

눈앞을 노부부가 한가로이 가로지른다. 단정한 옷차림의 두 사람은 손을 정답게 맞잡고 있다. 하얀 아침 햇빛 속에서 서로 몸을 바싹 붙이고 걷는 자그마한 두 개의 뒷모습이 마치 꿈속의 장면처럼 멋져 보인다.

가벼운 한숨을 쉬면서 저 두 사람의 행복이 조금이라도 더 오래 지속되면 좋겠다고 생각한다.

"구라시마 씨."

노부부의 반대쪽에서 소리가 들린다.

조금 숨이 찬 듯한 난바라는 위생복을 입고 있다. 옷에 이카메시 소스가 묻었는지 매콤하게 맛있는 냄새가 난다.

"바쁘신데 죄송합니다."

나는 일어나서 살짝 고개 숙여 인사했다.

그러고 벤치에 나란히 앉았다.

"화장실에 간다고 하고 빠져나왔습니다."

"시간이 많이 걸리진 않을 겁니다."

내가 당장 본론으로 들어가려 하자 난바라가 조금 의아한 표정을 지었다.

"스기노 씨는요?"

나는 태연한 얼굴로 "그 사람과는 시모노세키에서 헤어졌습니다"라고 대답했다. 이럴 때는 무표정한 얼굴이 도움이 된다.

"그런가요."

"예. 다미야 씨 목소리, 여기까지 들리네요."

나는 화제를 다른 곳으로 돌렸다.

"그러네요. 목소리가 쩌렁쩌렁해서 참 부러워요."

둘이서 해협 플라자 쪽을 바라본다.

난바라는 또 자신과 관계없는 이야기를 꺼낸다.

"아, 구라시마 씨랑 헤어진 후에, 과장님, 큰맘 먹고 부인에게 전화했다고 합니다."

남편이 집을 비운 틈을 타서 바람을 피웠다는 부인이다.

"……."

"합의 이혼 절차를 밟기로 했다고 합니다."

"그렇습니까."

"어젯밤에 함께 마실 때는 발전적인 방향으로 이혼하는 모습을 보여주겠다고 하더군요. 마음이 잘 정리된 모양입니다."

"그것 참……." 다행이라 해도 좋은 건지 망설이다가 "다미야 씨답군요"라고 말했다.

순찰 중인 듯한 경찰관이 우리 앞을 지나갔다. 그 발걸음이 너무나 한가로워 내 눈에는 거의 산책으로 보였다. 경찰관 너머로 수학여행 중인 교복 입은 남녀 무리가 소리를 지르며 달려간다.

평화롭고 밝고 맛있는 냄새를 품은 아침 공기를 폐로 들이마셨다가 말과 함께 내뱉기로 했다.

"말씀드릴 게 있습니다."

"예."

난바라의 긴장감이 나까지 전염시킬 것 같다.

"우선 감사드리고 싶습니다. 덕분에 오우라 고로 씨의 배를 탈 수 있었습니다."

"그럼 산골은 무사히?"

"예."

"다행입니다. 고로 씨는 안녕하십니까?"

양 무릎 위에 팔꿈치를 올리고 양손을 깍지 낀 난바라가 나를 올려다보듯 고개를 돌렸다.

"예. 잘 지내고 계신 듯했습니다. 그런데……."

"그런데……?"

난바라의 눈에 걱정스러운 빛이 떠오른다.

"신야 씨 부부는 이미 고인이셨습니다."

"……."

뜻밖의 말에 난바라가 숨을 삼키는 게 느껴졌다.

"왜, 왜요."

쉰 목소리를 낸 난바라의 입술이 떨리고 있다.

"7년 전, 난바라라는 남자가 되기 전에 당신이 바다에서 목숨을 잃은 직후에, 신야 씨 부부도 마찬가지로 조난했다고 합니다."

"……."

난바라는 호흡하는 것도 잊은 채 나를 응시했다.

가을바람이 산들산들 부니 발밑의 낙엽들이 빙글빙글 돌다가 바다 쪽으로 구른다. 계류장에 정박한 유람선이 부우 하고 기적을 울린다.

가방에서 사진 한 장을 꺼내 난바라에게 조용히 내민다.

"이걸……."

돌처럼 굳어 있던 난바라가 사진을 천천히 손에 든다. 사진으로 시선을 떨구는 순간 난바라의 눈에 빛이 깃든다.

"신야 씨의 아들 다쿠야 군과, 하마사키 식당의 따님입니다."

"……."

난바라는 그저 사진을 뚫어질 듯 응시하기만 한다.

"무척 행복해 보이는 커플이었습니다."

"……."

"그 사진, 다에코 씨가 몰래 건네주셨습니다. 유골을 뿌릴 때 같이 바다로 흘려보내 달라고 부탁하셨어요."

사진에서 얼굴을 든 난바라가 호소하는 듯한 눈으로 나를 본다.

"걱정 마십시오. 다에코 씨도 행복해 보였습니다."

그러자 흉터가 남은 눈썹이 팔자 모양으로 애달프게 움직이면서 입술도 'ㅅ' 모양이 되었다. 그리고 두 눈에서는 물방울이 주르르 흘러내렸다.

"우스카……, 작은 어촌이었지요."

흐느껴 우는 목소리로 말한다.

나는 묵묵히 고개를 끄덕인다.

"나는……, 그 마을에서 태어나 자라 어부가 되어서, 그 사람과 결혼하고, 딸도 태어나고……, 그걸로 충분히 행복했을 텐데."

"……."

"그런데 나는……."

"예……."

천천히 깊이 고개를 끄덕여서 내가 모두 알고 있다는 사실을 눈으로 전했다.

난바라는 끝없이 넘쳐흐르는 눈물을 위생복 소매로 아이처럼 닦았다. 그리고 말했다.

"구라시마 씨, 저는…… 이제 어떻게 하면."

나는 더 이상 견디지 못하고 난바라에게서 일단 시선을 떼어 계류장의 자그마한 바다를 바라보았다. 그 바다 부근에서는 행복해 보이는 사람들만 모여, 저마다 자신만의 단 한 번뿐인 순간을 즐기는 듯 보였다.

그런데 내 옆에는 눈물을 뚝뚝 흘리는 남자가 있다.

문득 내 뇌리로 시 하나가 떨어진다.

"그것도 좋겠지, 풀은 피었다."

"……."

"스기노 씨가 가르쳐준 산토카의 시입니다."

"그건 무슨……."

멋쩍은 웃음을 흘리며 대답했다.

"죄송하지만 저도 잘 모른답니다. 다만 이 시를 입에 올리면 내 인생을 통째로 허락받은 것 같은 기분이 들어서."

우스카의 공터에 머물면서 몇 번이나 입에 올렸던 시다.

"그것도 좋겠지……."

성장한 딸의 사진을 바라보며 난바라가 한숨처럼 중얼거린다.

"예, 보세요. 저기에도 풀이 피어 있습니다."

옆에 있는 화단에 핀 코스모스를 가리킨다.

난바라는 눈물을 흘리며 쓸쓸하게 미소 짓는다.

"제 직업이 공무원이라고 했는데 사실은 교도소에서 일하고 있습니다."

"교도관이십니까?"

"직업훈련 교사입니다. 아, 조금 전에 사표가 수리되었으니 과거형이 되어야겠죠."

"……."

"교도소에서는 수형자가 타인을 통해 담 밖과 연락을 취하는 행위를 두고 비둘기를 날린다라고 표현합니다. 엄중하게 처벌받을 행위지요."

난바라는 입을 다문 채 손에 든 사진을 바라보았다.

"저는 오늘 비둘기가 되었습니다."

"……."

"하지만."

말하면서 천천히 일어난다. 진심으로 난바라를 격려해주고 싶었다.

"그것도 좋겠지, 그렇지요?"

또 유람선 기적이 울린다.

난바라와 내 앞을 아까와는 다른 학생들이 경쾌한 발걸음으로 지나간다.

"구라시마 씨."

난바라가 벤치에 걸터앉은 채 나를 올려다본다.

"화장실에 너무 오래 있으면 다미야 씨가 걱정하겠지요?"

눈물을 흘리면서도 문득 얼굴에 웃음을 띠며 난바라가 일어난다.

바닷바람이 예쁘게 물든 가로수 잎을 흔들어 살랑살랑 부드러운 음을 연주한다. 멋진 바람과 소리다.

난바라에게 오른손을 내민다.

그 손을 어부 출신의 커다란 손이 맞잡는다.

"다쿠야 군과 나오코 양의 결혼식은 11월 1일이라고 합니다."

"……."

"그럼 비둘기는 이제 날아가겠습니다."

"감사……합니다."

난바라는 얼굴을 찌푸리며 울었다.

손을 놓고 걸음을 떼려던 순간 문득 쓸데없는 질문을 해보기로 했다.

"아, 혹시 날아오르기 전에 하나 여쭤봐도 될까요?"

"예……."

여기서 나는 후우 하고 숨을 내뱉으며 마음을 가다듬어야 했다.

"미쓰무라 요코라는 이름을 아십니까?"

"미쓰무라……."

잠시 고개를 갸우뚱하던 난바라가 별안간 퍼뜩 놀란 표정을 짓는다.

"아, 생각났어요. 초등학생 때 같은 반이었습니다."

나는 꿀꺽 하고 침을 삼켰다.

"어떤 아이였습니까?"

"으음……. 저는 여자아이들 하고는 잘 안 놀았거든요. 그래도 노래를 잘하고 밝은 성격의 아이였다는 건 기억이 나네요."

"그랬나요."

마음에 은혜로움을 느끼며 가벼운 한숨을 흘렸다.

"그 아이가 무슨?"

난바라가 의아하다는 표정을 짓는다.

대답하려는 내 얼굴에 저절로 웃음이 떠오른다.

"저와 난바라 씨를 만나게 해준 사람입니다."

"어……."

"제 아내입니다."

어안이 벙벙한 표정의 난바라에게 "그럼" 하고 인사하고 발길을 돌린다. 그러고 다시 도개교 쪽으로 걸어간다.

마음이 높은 가을 하늘로 둥실둥실 떠오를 만큼 가벼워서인지 평소보다 성큼성큼 걷고 있다.

뒤는 돌아보지 않았다. 난바라에겐 난바라만의 미래가 앞으로도 펼쳐질 것이고, 미래를 향한 무한한 선택지 중에서 자신이 나아갈 길을 자유롭게 선택할 권리도 난바라 본인에게만 주어진다.

행복하길 바란다. 난바라도, 다미야도, 우스카 사람들도……. 그리고 산토카를 무척 좋아하는 내 친구도.

친수 광장을 나와서 왼쪽으로 꺾어 도개교로 접어들었을 때 발걸음이 문득 멈췄다.

투명한 구슬이 내 바로 앞에서 하늘을 향해 두둥실 떠올랐던 것이다. 반들반들 무지개색으로 빛나는 구슬이 푸른 하늘을 향해 몇 개나 몇 개나 떠오르고 있다.

다리 한가운데를 보니 빨간 옷을 입은 다섯 살쯤 되어 보이는 소녀가 엄마와 함께 비눗방울을 날리고 있다. '전국 맛있는 음식전' 경품으로 받은 비눗방울 세트인 모양이다.

소녀는 순수한 얼굴로 푸른 하늘을 올려다보며 갓 태어난 비눗방울들의 행방을 지켜보고 있다.

소녀 시절의 요코도 저런 모습이었을까, 하고 나도 모르게 먼 과거로 마음을 보내고 만다.

비눗방울은 바람의 장난에 말려들며 천천히 천천히 떠오른다. 그러다 갑자기 터져버리는 것도 있다.

비눗방울도 참 가지각색이구나.

계류장의 작은 바다를 향해 말을 건 순간, 요코가 자주 입에 담았던 대사가 떠올랐다.


신기할 만큼 우연한 만남은 멋진 일이 생길 징조라고 해. 그게 세 번 이어지면 놀랄 만한 기적이 일어난대.

이 여행을 생각한다.

아오모리 교도소에서 목공을 가르쳤던 스기노와의 만남.

요코와 어릴 적 같은 반 친구였던 난바라와의 만남.

이 두 만남은 단순한 우연이 아니라는 생각이 자꾸만 든다.

기적까지 이제 하나 남았어, 요코.

자그마한 비눗방울이 둥실둥실 내 눈앞으로 날아왔다.

생긋 웃는 소녀와 시선이 마주친다.

그 순수한 웃음에 이끌려 나도 온화한 마음이 되어 같이 웃어 준다. 그 모습을 본 소녀의 엄마도 미소 지으며 이쪽을 보고 살짝 인사한다.

후우…….

나는 다리 난간에 기대어 우주가 비쳐 보일 듯이 푸르른 하늘을 올려다보았다.

비눗방울들이 둥실둥실, 즐겁게, 불안하게, 허무하게, 산들바람의 장난을 타고 투명한 블루의 세계로 상승한다.

곧 터져버릴 것, 잠시 바람을 참고 견뎠다가 터질 것, 그리고 높이 높이 하늘로 날아오를 것.

태어나서 곧 사라지지 않은 내 인생은 아직 이어지고 있다.

언제까지 이어질지는 모른다.

어떤 바람에 휘둘릴지도 그때가 되어봐야 안다.

그저 가능하다면 유효기간이 아직 남아 있을 때 기적 같은 것을 한번 만나보고 싶다는 생각은 한다.

천국에 있는 요코가 몰래 준비하고 있을지도 모를, 또 하나의 우연한 만남을 거쳐…….

조금 강한 바람이 불었다.

쌍둥이 비눗방울이 부들부들 위태롭게 흔들리며 내 머리 위를 날아간다.

아직 아직 터지지 마…….

쌍둥이 비눗방울의 행방을 끝까지 지켜보지 못하고 다시금 다리 위를 걷기 시작한다. 따끈따끈한 가슴속에서 요코가 부르지 않았던 노래를 흥얼거리며.


바람 바람 불지 마
비눗방울 날리자

제8장

당신에게

당신에게


인생의 막바지에 이런 장난을 쳐서 미안해요.

하지만 모처럼 나를 위해 만들어준 캠핑카이니, 적어도 한 번은 당신과 '함께' 여행을 해보고 싶었어요.

나는 '신혼여행'이라 생각할래요.

여기로 오기까지의 여행은 어땠나요?

나는 분명 당신 옆에서 멋진 추억을 많이 만들고 있겠지요?

상상하니 병상에서도 가슴이 두근거립니다.

솔직히 말하면, 인생은 내가 생각했던 것보다 훨씬 짧았어요.

태어나자마자 터져서 사라져버리는 비눗방울의 마음을 아주 조금은 알 것 같아요. 좀 더 좀 더, 지붕보다 높이, 하늘 끝까지, 서로 달라붙은 두 개의 비눗방울처럼 날아다니고 싶었어.

그런데 한쪽이 곧 터질 것 같아.

멋진 만남도 이제 끝날 시간.

몹시 쓸쓸하지만.

하지만 이토록 내 '삶'을 사랑스럽게 여긴다는 건 내가 무척 행복한 인생을 보냈다는 증거이기도 하겠지요?


나는 곧 이 세상을 떠나지만, 당신과 만나 늘 함께하며 평온하게 생활할 수 있었던 이 인생을, 진심으로 사랑스럽게 여기고 있습니다.

함께했던 시간이 너무나 소중하고 사랑스러워서, 혼자 있으면 그만 눈물이 흐르고 마네요.

지금, 나를 이 세상에 태어나게 해주시고, 당신을 이 세상에 태어나게 해주신 양가 부모님께 깊은 감사의 마음을 갖고 있답니다.

우스카 바다는 지금도 예쁘던가요?

가을이니 분명 날치의 고소한 냄새가 마을에 가득하겠지요. 상상하면 그리워서 한숨이 나옵니다.

그 바다에 뿌려지는 순간 당신과는 이제 이별이겠지요.

부디 앞으로의 인생을 마음껏 자유롭게 살아주세요.

이번 여행은 내가 억지로 강행한 셈이지만, 앞으로의 당신에겐 당신만의 '한 걸음'이 있으리라 생각해요. 그 한 걸음을 내딛고 성큼성큼 멋지게 걸어주세요.

가끔 내 생각이 나면 가장 가까운 바다로 와줄래요? 나는 이 작은 섬나라를 빙 둘러싼 채, 언제나 당신의 행복을 위해 기도할 거예요.

이제, 조금의 거짓도 없이 말합니다.

당신과의 만남이야말로 내 인생 최고의 기적이었습니다.

나를 만나줘서 정말 고마워요.

진심으로.

구라시마 요코

제9장
# 공기 같은 말

내가 입원한 병실은 5층 구석방인데 창문 밖 전망이 무척 마음에 든다.

　눈 아래에 깔린 기와지붕들 너머로 자그마하지만 울창한 숲과 유유히 흐르는 강을 바라볼 수 있다.

　하지만 오늘처럼 하루 종일 하얀 침대에 누워 있는 날엔 그런 아름다운 풍경을 볼 수 없으니 안타깝다.

　조금만 더 창을 아래로 내렸으면 위독한 환자라도 누운 채 풍경을 즐길 수 있을 텐데.

　나는 새우처럼 몸을 동그랗게 말고, 하늘밖에 보이지 않는 창을 멍하니 바라보며 생각한다.

　병원을 설계하는 건 분명 건강한 사람일 테니 그런 세심한 부분까지는 배려를 못할 것이다. 그건 어쩔 수 없다. 인간은 어차피 인간이니까. 타인의 마음을 모두 이해하는 신이 아니니까.

그래도…….

그렇게 생각한다.

만약 그 사람이 병원을 설계한다면 이런 사소한 부분까지 하나하나 신경 써줄 텐데.

오늘은 항암제 부작용 때문인지 몸이 믿기지 않을 만큼 무거웠다. 모세혈관 구석구석에 점토가 잔뜩 쌓여 있는 게 아닐까 싶을 정도다.

그래도 구토 증상이 제법 가라앉으니 기분은 꽤 나아졌다.

그렇다면…….

한심하리만치 약해져버린 근육에 힘을 꾹 실어 상반신을 일으킨 후, 침대에 고정된 테이블을 끌어당겼다. 그리고 머리맡에 둔 핸드백 안에서 편지지 다발과 손에 익은 만년필을 꺼낸다.

후…….

고작 이만한 일로 벌써 피로를 느끼다니.

내가 좋아하는 창문을 통해 오늘 첫 풍경을 바라보았다.

여름 하늘이 어중간하게 저물어 숲과 강에서 조금씩 색채를 빼앗아가고 있다. 왠지 꿈속 풍경처럼 명료하지 않다. 하지만 시계의 긴바늘이 한 바퀴만 더 돌면 세상이 온통 정열적인 색으로 물들 것이다.

창에서 시선을 돌려 조용히 편지지 겉장을 넘긴다. 안에는 초롱꽃이 그려져 있다. 내가 좋아하는 꽃이다.

딸랑.

그이와 함께 관사에서 듣던 풍경의 음색을 떠올리니 기분이 점점 맑아지는 듯하다.

만년필 뚜껑을 연다.

음……, 여기까지 매일 똑같은 동작을 반복해왔다. 그런데 이 다음 단계로 좀처럼 나아가지 못하고 있다. 그이에게 남길 마지막 메시지에 뭐라고 쓰면 좋을지 계속 망설이고만 있다.

쓰카모토 구미코 씨에게 전화하여 유언 지원회와의 일을 이미 부탁해버렸으니 이제 와서 안 쓸 수도 없고, 또 안 쓰고 죽는다면 엄청난 후회를 이 세상에 남기고 갈 게 틀림없다.

그런데도 만년필은 움직여주지 않는다.

무슨 내용으로 할지, 방향은 잡았는데.

인생을 나답게 끝내기 위한 유언이자, 그 사람답게 앞으로의 인생을 살아가도록 돕기 위한 편지를 쓰는 것이다.

물론 감사의 마음도 듬뿍 담고 싶다.

여태까지 인생을 살면서 그이에게 받은 은혜를 갚을 수 있다면 더 좋겠다.

보은.

문득 이 유언이 선물이 될 순 없을지 생각해본다.

선물.

응, 하고 혼자서 고개를 끄덕여본다.

유서가 선물이 되다니, 제법 괜찮은 아이디어 같다.

내가 마지막으로 주는 것이 그이에게 가장 큰 선물이 될 수 있다면 기쁘겠다.

또 창밖으로 시선을 준다.

하늘 색깔이 시시각각 변하고 세상은 다른 색으로 물들어간다.

작은 숲에서 키가 가장 큰 나무 꼭대기에 저물어가는 태양이 아주 조금 닿은 것을 보고 생각한다.

이제 곧 그이가 온다.

오늘도 분명 쑥스러운 듯한 작은 목소리로 다정한 말을 듬뿍 선사해주겠지.

"요코가 좋아하는 사라시나소바 가게가 시내에 생겼대. 다음에 먹으러 가자."

"요코가 좋아하는 작가, 신간 냈더라. 그래서 사 왔지."

"요코의 캠핑카, 드디어 주방 수납까지 완성됐어."

요코, 요코, 요코……

하아…….

한숨을 쉰다.

그이는 지난 15년간 내 이름을 몇 번 불러주었을까?


요코.

공기처럼 지극히 당연하게 들렸던 내 이름. 그러나 지금은 다르다. 그이에게 '요코'라고 불릴 때마다 자그맣게 빛나는 행복감이 내 안에 쌓여가는 것이 확실히 느껴진다.

그저 평범하게 이름을 불러주는, 평범하지 않은 행복······.

아, 이토록 멋진 것을 왜 좀 더 일찍 깨닫지 못했을까.

그저 그런 가수에서 공무원의 아내로······. 내 인생은 지극히 평범하고, 정말 하잘것없고, 너무나 흔하고, 그렇기 때문에 이토록 행복했는데······.

왜 이렇게나 빨리 나는······.

눈물이 두 뺨을 주르르 흘러 초롱꽃 그림을 적시고 만다.

안 돼, 안 돼.

잠옷 소매로 닦는다.

한 번 심호흡을 하고 나서 만년필을 다시 잡는다.

행복한 나의 선물이 될 마지막 메시지.

우선, 첫 줄은······.

그래, 역시 내가 부른다면······.


당신


내 인생에서 가장 행복했던 시기에, 내가 가장 많이 말했던 '당신'이라는 공기 같은 단어를 써본다.

당신에게

공기 같은 단어의 그 은혜로움을 생각하니 또 물방울이 뺨을 타고 흐른다.

이제 곧 그 단어를 말하지 못하게 된다고 생각하니 또 눈물이 주르르 떨어진다.

머리맡에서 티슈를 한 장 뽑아 눈가를 꾹꾹 눌러 닦았다.

창밖을 보니 세상이 귤색으로 조금씩 물들기 시작한다.

이제 곧 그이가 온다.

향기롭고 부드러운 나무 냄새를 두르고.

편지를 들키면 큰일이니 내일로 미룰까?

그 사람과 나의 내일은…… 분명, 아직 조금은 남아 있을 거야.

아냐. 나는 없어지지만 그 사람에겐 아직 내일이 있다. 내일의 내일도 있고, 그로부터 한참이 지나도 내일은 또 찾아오리라.

그 사람은 아직 여행 중이다.

아직 종착역 따위 보이지 않는다.

나그네다, 그이는.

그렇게 생각한 순간, 내 안으로 번뜩이는 별이 하나 떨어진다.

그래…….

멋진 아이디어가 떠오른 것 같다.

여행을 떠나자.

그이와 둘이서 떠나는 여행.

그이가 만들어준 '요코의 캠핑카'로.

목적지는…….

어디가 좋을까…….

문득 내가 좋아하는 창밖을 보니 세상이 더 빨갛게 물들어 있다.

예쁜 저녁놀.

내 안에서, 아름다운 오렌지색 하늘이, 빨간 등대가 자그맣게 놓인 그리운 풍경과 겹쳐진다.

후후후…….

나는 침대 위에서 홀로 미소 짓는다.

당신에게 '날개'를 선물하자.

편지지 위에 가만히 펜 끝을 댄다.

만년필이 기쁜 듯 술술 미끄러진다.

# 삶과 죽음은
# 자연의 한 조각

  교도소에서 직업훈련 교사로 일하는 구라시마 에지. 어느 날, 죽은 아내가 자신에게 두 통의 편지를 남겼다는 사실을 알게 된다. 한 통은 바로 그 자리에서 열어볼 수 있지만, 다른 한 통은 머나먼 마을의 우체국까지 찾으러 가야 한다. 편지를 받을 수 있는 기한은 12일. 그 안에 편지를 찾지 않으면 읽기도 전에 재로 변하게 된다. 과연 아내의 의도는 무엇이었을까? 무슨 마음으로 남편을 그 먼 곳까지 보내려 하는 걸까? 구라시마 에지는 한순간 망설이긴 했지만 결국 편지를 찾기 위한 여행을 떠난다. 그리고 여행의 마지막 날, 60년간 피부에 들러붙어 있던 갑옷을 벗어던지고 진정한 자신의 모습을 만난다.

  책 밖에 있는 우리는 그런 에지의 뒤를 열심히 따라가다가, 엔딩 장면이 흐르는 시점에 문득 발을 멈추고 생각에 잠기게 된다.

작품 속 등장인물에게서 시선을 떼고 나 자신과 마주하기 시작하는 순간이다. '타인과 과거는 바꿀 수 없어도, 나와 미래는 바꿀 수 있다'라는 요코의 말을 따라, 인생을 좀 더 다르게 살아보리라 마음먹은 에지. 그 앞에 얼마나 자유로운 미래가 펼쳐질지 사뭇 기대가 되는 만큼, 책을 덮고 난 후 우리 앞에 놓일 미래에도 밝은 색채가 깃들기 시작할 것이다.

저자인 모리사와 아키오는 이 작품을 쓰면서 일본 구석구석을 직접 걸어 다니며 면밀한 취재를 거듭했다고 한다. 배경을 묘사한 부분을 읽을 때, 눈앞에 영화의 한 장면이 펼쳐지듯 느꼈던 감각은 저자의 발품이 독자에게 선사한 즐거움 중 하나이다. 풍경을 앞에 두고 붓으로 그림을 그리는 화가 대신, 원고지를 펼쳐놓고 펜으로 글을 쓰는 저자의 모습을 상상해보라. 원고지에 그려둔 길을 따라, 일본의 알려지지 않은 소박한 거리를 두 발로 걸으며, 생선 냄새 가득한 공기를 흠씬 들이마시고 싶은 충동으로 가슴 한구석이 움찔거릴 것이다.

그 충동에 못 이긴 역자는 구라시마 에지가 도야마에서 출발하여 우스카까지 갔던 여정을 하나하나 그대로 밟으며 여행해보겠다는 야심찬 계획을 세운 바 있다. 번역을 끝내고 원고를 보내자마자 흥분된 마음으로 지도부터 펼치고 계획을 짰으나, 역시…… 그만두기로 한다. 약수터에서 스기노가, 주차장에서 다미야가 나타나주지 않고, 우스카에서 하마사키 식당을 찾을 수 없을 때 엄습해

올 쓸쓸함이 문득 두려워졌기 때문이다. 몸보다 몇 배는 부지런하여 벌써 우스카 항을 향해 출발해버린 내 마음은, 작년에 영화로 만들어진 〈당신에게〉를 감상하는 것으로 일단 달래보려 한다.

"오늘도 열심히 일했더니 사람이 그립구나."

이 소설 곳곳에 등장하여 방랑의 냄새를 흩뿌리고 지나간 다네다 산토카의 시 중 하나이다. '시'라고 했지만 우리의 시와는 엄연히 다른 일본의 '하이쿠'라는 장르이다. 원래는 5·7·5의 3구, 17자의 형식을 따라야 하지만 방랑의 시인답게 모든 형식을 무시하고 가슴에 떠오르는 대로 읊기로 유명했다. 산토카의 시는 받아들이는 사람이 자유롭게 해석해야 한다고 작품 속 스기노가 말했다. 의미를 특정할 수 없다는 뜻일 게다. 그렇다면 번역은 어떻게 하는 것이 옳을까? 가장 고민이 깊었던 부분이다. 일본어로 된 시를 우리말로 바꾸되, 그 과정에 개입되는 요소를 극한으로 낮춰야 한다는 판단만이 가능했다. 다른 건 몰라도 이 시만큼은 최대한 원문에 가까워야 하지 않을까? 혹여 번역자 개인의 느낌이 담기진 않을까 고민한 끝에, 그 우려를 사전에 차단하기 위한 방책으로, 이 책의 저자인 모리사와 아키오 선생께 SOS를 치기로 했다.

결과적으로 이 책에 실린 산토카의 한글판 시는 그 과정을 거친 후 탄생한 저자와 역자의 합작품이다. 숨은 뜻이 많아 혼란스러웠던 역자에게 시가 품은 의미와 느낌을 정성껏 설명해주신 모리사와 선생에 대한 감사의 뜻을 여기에 남기면 조금 우스워지니 생략하련다. 아, 나 역시 "오늘도 열심히 번역했더니 독자가 그립구나"라고 중얼거리면서 산토카 흉내라도 내보고 싶어지는 순간이었다.

'삶과 죽음이 모두 자연의 한 조각 아니겠는가?'

이 한 문장이, 소중한 무언가를 잃고 깊은 상실감에 빠져 있던 나를 구제해준 적이 있다. 그로부터 몇 년의 시간이 흐른 지금, 나는 또 이 책을 통해 다시금 구원받았음을 느낀다. 죽음을 삶과 동떨어진 곳에 존재하는 무언가로 알고 있던 동안에는 '죽음'뿐만 아니라 그 '죽음'을 향해 한 방향으로만 내달리는 '삶'마저 두려움의 대상이었고 버거운 짐이었다. 그런데 이 책을 번역한 지난 세 달간, 내 어깨를 짓누르던 짐의 무게가 순식간에 가벼워졌다. 그 변화의 시발점은 죽음에 대해 갖고 있던 생각이 극적으로 바뀐 시점이라는 사실에는 의심의 여지가 없으리라.

모리사와 작가의 전작인 《무지개 곳의 찻집》이 어떻게 잘 살아야 할지를 이야기했다면, 《당신에게》는 자신이나 타인의 죽음을 어떻게 받아들여야 하는지를 이야기하고 있다고 표현해도 좋다. 요코가 남편인 에지에게 남긴 두 번째 편지는 앞으로 언젠가는 죽게 될 우리와, 언젠가는 사랑하는 이의 죽음으로 가슴 아픈 이별을 맞게 될 우리에게, 죽음을 어떻게 받아들이고, 남은 삶을 어떻게 살아야 할지를 부드럽지만 명료하게 깨우쳐준다.

아아, 책을 덮은 후 나는 생각했다. 이런 죽음을 맞고 싶다고……. 저쪽 세상에서 이쪽 세상으로 툭 던져진 탄생이라는 이름의 사건이 축복받는 만큼, 또 다음 세상을 향한 출발인 죽음도 축복받아야 한다는 말을, 조용히 조심스럽게 건네도 될까? 어느 한쪽의 죽음으로 인한 이별이 이렇게 아름다울 수 있다면, 조금 위험하고 엉뚱한 생각인지는 몰라도, 그리 슬프지만은 않을 것 같다.

이제 나는 마음을 추슬러야 할 때이다.《당신에게》한국어판의 이른 독자로서, 지금부터 이 책을 읽게 될 여러분이 한없이 부러워진다. 우리네 인생을, 삶과 죽음을, 좀 더 새로운 시각으로 바라볼 기회를 넘기려 하는데, 그 기회를 받아줄 당신은 지금 어디에 있는지?

2013년 6월

이수미

# 당신에게

**1판 1쇄 발행** 2013년 6월 30일
**1판 4쇄 발행** 2019년 2월 12일

**지은이** 모리사와 아키오
**옮긴이** 이수미
**펴낸이** 김성구

**단행본부** 류현수 이은정 고혁 현미나
**디자인** 한아름 문인순
**제 작** 신태섭
**마케팅** 최윤호 나길훈 유지혜 김영욱
**관 리** 노신영

**펴낸곳** (주)샘터사
**등 록** 2001년 10월 15일 제1-2923호
**주 소** 서울시 종로구 창경궁로35길 26 2층 (03076)
**전 화** 02-763-8965(단행본팀) 02-763-8966(마케팅부)
**팩 스** 02-3672-1873 **이메일** book@isamtoh.com **홈페이지** www.isamtoh.com

한국어 판권 © (주)샘터사, 2014, Printed in Korea.

ISBN 978-89-464-1843-1 03830

이 도서의 국립중앙도서관 출판시도서목록(CIP)은 e-CIP 홈페이지
(http://www.nl.go.kr/cip.php)에서 이용하실 수 있습니다. (CIP제어번호: CIP2013009425)

값은 뒤표지에 있습니다.
잘못 만들어진 책은 구입처에서 교환해 드립니다.